C'est là que je l'ai vue

©2021. EDICO
Édition : JDH Éditions

77600 Bussy-Saint-Georges. France
Imprimé par BoD – Books on Demand, Norderstedt, Allemagne

Illustration de couverture : Yoann Laurent-Rouault
Création couverture : Cynthia Skorupa

ISBN : 978-2-38127-158-3
Dépôt légal : juin 2021

Le Code de la propriété intellectuelle n'autorisant, aux termes de l'article L.122-5.2° et 3°a, d'une part, que les copies ou reproductions strictement réservées à l'usage privé du copiste et non destinées à une utilisation collective, et d'autre part, que les analyses et les courtes citations dans un but d'exemple et d'illustration, toute représentation ou reproduction intégrale ou partielle faite sans le consentement de l'auteur ou ses ayants droit ou ayants cause est illicite (art. L. 122-4).
Cette représentation ou reproduction, par quelque procédé que ce soit constituerait une contrefaçon sanctionnée par les articles L. 335-2 et suivants du Code de la propriété intellectuelle.

Carlo Sibille Lumia

C'est là que je l'ai vue

JDH Éditions
Black Files

À la femme qui, enfant, a nourri mon imagination de milliers de pages et qui fut l'une des premières à se plonger dans celles-ci.

La plus importante à mes yeux.

À A. et L., celles qui m'ont inspiré pour ce roman, notamment pour le personnage de Cassandre. Aux histoires d'amour passées, inachevées, ainsi qu'à celles qui ne verront jamais le jour… Elles sont peut-être finalement les plus belles.

À la souffrance, en tout point nécessaire.

PREMIÈRE PARTIE

Ils avaient pris le train de la vie ensemble,
Par simple hasard, par simple désespoir.

1
De douces retrouvailles

C'est là que je l'ai vue. Au milieu de cette immense forêt qui me paraissait familière sans que je puisse réellement en situer le lieu, ni même y expliquer ma présence. J'avais le souffle court, comme si je venais de réaliser une course effrénée pour me retrouver à son niveau.

Elle demeurait telle que dans mes souvenirs. Jolie. Rayonnante. Ses longs cheveux blonds, son visage si doux lui donnaient l'apparence d'un ange. Il émanait d'elle quelque chose de céleste. D'apaisant. Comme si elle n'appartenait désormais plus à ce monde, mais à quelque chose de différent. De plus lointain. De plus grand, mais également de plus secret. Quelque chose d'insaisissable.

Mais qu'importent d'où elle venait et la raison pour laquelle elle était partie. Je la retrouvais enfin. Après tant d'années. Des années de calvaire, de peine à me demander si je la reverrais un jour. À me demander pourquoi elle m'avait abandonné, moi, son ami, son amant, son âme sœur, à quelques mois seulement de notre mariage. Son pas était gracieux, son regard serein. Ses deux grands yeux bleus en amande me fixaient alors qu'elle avançait en prenant soin d'éviter les branches et troncs d'arbres qui semblaient avoir été fracassés au sol avec violence. Il ne faisait nul doute qu'une tempête était passée par là, décimant chênes, charmes et hêtres dans son sillage. Quelque chose d'inquiétant planait au sein de l'atmosphère ambiante.

Le craquement de ses pas au contact des feuilles mortes résonnait dans toute la forêt, créant une sinistre mélodie.

Alors qu'elle n'était plus qu'à quelques mètres de moi, elle esquissa un léger sourire.

Je m'imaginais déjà la prendre dans mes bras pour ne plus jamais la lâcher. Passer ma main dans ses cheveux, jouer avec, les caresser longuement. L'aimer. Chaque seconde, chaque minute, comme j'aurais dû le faire durant ces deux années écoulées. Gâchées.

La douleur que je ressentais en permanence au creux de mon cœur, ce picotement quotidien, m'avait progressivement abandonné sans que je m'en rende réellement compte. Heureux. J'étais tout simplement heur...

Soudain, tout me revint en mémoire. Une série d'images morbides défila dans ma tête. La une du journal régional d'information Le Républicain Lorrain *titrant, en ce sinistre 27 janvier 2020,* « Une jeune femme retrouvée morte au mont Saint-Quentin ».

La police. Les gyrophares. Les ambulances. La scène de crime.

Son corps inanimé gisant au milieu des feuilles mortes. Du sang. Beaucoup de sang. Et la foule, sans doute attirée par ce parfum de mort, par toute cette violence. L'identification. La vision insoutenable de son visage, d'ordinaire si beau, ravagé par les coups. Cabossé. Fracassé, tout comme les troncs d'arbres, mais par une tempête d'un tout autre type. Pourtant humaine. Mais à la fois tellement monstrueuse qu'elle en paraissait bestiale.

— Cassandre, mais... Mais comment est-ce possible ? balbutiai-je. Tu es morte.

À ces mots, son doux sourire laissa brusquement place à une terrible expression de peur, d'incompréhension. Elle fondit en larmes.

Bientôt, sa robe blanche, tout comme son visage, se tacha de liquide écarlate.

Elle devint méconnaissable. Son cri strident retentit à plusieurs centaines de mètres à la ronde. Mon sang se glaça. C'était la deuxième fois que je l'entendais.

2
L'horreur du quotidien

13 octobre 2019, trois mois avant les faits

Comme à son habitude, Alexandre s'éveilla le premier... *Encore ce fichu cauchemar*, grommela-t-il, tout en se frottant les yeux. Il se blottit contre sa petite amie, toujours endormie. *Qu'est-ce qu'elle est belle, dès l'aube !*

Il avait envie de Cassandre, maintenant. Oui, tout à fait, à 7 heures du matin, avant même que le réveil sonne.

C'était un jeune homme de 26 ans dans toute sa complexité. Avec ses désirs, ses pulsions, ses démons.

— Chérie... dit-il en la secouant légèrement pour la tirer de son sommeil. Même quand tu dors, tu es terriblement sexy !

Il se mit à lui peloter les seins en glissant ses mains sous le soutien-gorge et lui proposa un réveil un peu coquin. Aux fins de bien commencer la journée. Ainsi que d'oublier le mauvais rêve qu'il venait de faire...

— Non, pas maintenant, bébé, j'ai passé une mauvaise nuit, gémit-elle, alors qu'il venait de l'arracher des bras de Morphée. Et cette affreuse migraine depuis hier soir...

Elle le repoussa gentiment, puis entrouvrit légèrement les yeux pour tenter d'apercevoir l'heure sur l'horloge noire se trouvant sur la table de chevet offerte par sa mère.

7 heures 01.

— Laisse-moi me reposer encore un peu, je ne me lève que dans une demi-heure, bougonna-t-elle.

— Allez, rendors-toi, va ! Déjà que tu t'es couchée deux bonnes heures avant moi hier soir, sans même regarder la fin du film... J'ai vraiment l'impression de sortir avec un koala !

C'est toujours pareil, se dit-il. Les femmes, de nos jours, détiennent indubitablement le pouvoir ! C'est seulement quand elles en ont envie. Et avec Cassandre, ça devient de plus en plus rare... Dès qu'elle est allongée, elle dort. Sa libido n'a pas pu changer à ce point du fait que nous nous soyons fiancés... Avant, c'est elle qui en demandait presque plus que moi. C'est obligé, elle doit aller voir ailleurs !

Il se leva d'un bond du lit, enfila ses chaussures de course après avoir englouti un café italien bien serré, puis partit se défouler sur la piste d'athlétisme du stade du Canal, situé à quelques pâtés de maisons seulement de leur appartement de Montigny-lès-Metz.

Pourquoi serait-ce à la femme de décider où et quand le couple devait faire l'amour ? se demanda-t-il, en allongeant ses foulées puissantes et aériennes. Après tout, bien que toujours prêt à remettre le couvert, lui aussi avait son mot à dire. Au cinquième tour, la sueur commençait à perler au sommet de son front. Il accéléra encore la cadence. Une petite goutte ruissela au ralenti jusqu'à son nez, prit son élan sur sa lèvre supérieure avant de, tout à coup, plonger vers le sol de la piste synthétique et de s'y écraser.

La veille, le couple s'était endormi sans même se souhaiter une bonne nuit, fâché. Après une brève engueulade. La raison ? Il ne s'en souvenait même plus... Se rappelant tout juste qu'ils avaient été devant leur écran 4K dernier cri, à regarder *Annabelle*, l'histoire d'une poupée tueuse, hantée par un esprit maléfique. Film qui avait d'ailleurs été déprogrammé de nombreux cinémas français quelques jours seulement après sa sortie, tant il excitait les bandes de jeunes et provoquait des scènes de bagarres et de dégradations dans les salles obscures.

Lui adorait le septième art. Et tout particulièrement les thrillers psychologiques à la *Old Boy*, *Prisoners* ou encore *Shutter Island*, ce genre de production qui vous maintient en haleine jusqu'à la dernière seconde avec leur twist final, et auquel vous êtes obligé de repenser des heures, voire des jours après leur visionnage.

Elle, préférait avoir peur, frissonner, sursauter, frémir d'angoisse.

Elle poussait par moments de petits cris à la vue du sang, ou plaçait ses doigts devant les yeux en guise de protection.

Puis elle se rapprochait d'Alexandre, lui tenait la main fermement avant de se blottir contre lui.

C'était donc tout naturellement qu'il s'était également mis aux films d'horreur. Pour lui faire plaisir. Par amour. Ça oui, il l'aimait. Ils s'aimaient. D'un amour passionnel, parfois destructeur. Ponctué par d'innombrables coups de sang. Des coups de gueule.

Plus les raisons étaient ridicules, plus les disputes éclataient avec violence. Une mention *j'aime* sur une photo d'un contact du sexe opposé sur Facebook ou Instagram, un texto auquel il ou elle n'avait pas répondu dans l'heure, une assiette ou une fourchette qui n'aurait pas été débarrassée par monsieur sur leur immense bar américain.

Ah oui, le volume de la télévision ! C'est pour ça qu'ils s'étaient chamaillés la veille au soir. Entre autres. Car plus il y avait eu d'accrochages au cours des dernières vingt-quatre heures, plus il y avait de chances que l'un des deux voie rouge à n'importe quel moment, la raison fût-elle dérisoire.

Le volume de la télévision, donc... Quand il se délectait d'une œuvre, il souhaitait que tout soit parfait. Exactement comme dans une salle de cinéma, les nuisances sonores de ses congénères en moins. Le moindre toussotement, respiration appuyée, ou chuchotement stérile lui hérissait le poil. Il détestait qu'un facteur extérieur puisse le faire sortir de son film.

Il manquerait alors sans doute un détail qui aurait son importance à la bonne compréhension de la chute finale. Une des pièces du puzzle. Un élément majeur, qui sait ? Ou pire, la réplique d'un acteur qui deviendrait culte par la suite. Ce n'était tout bonnement pas possible. Aussi, revenait-il souvent en arrière à l'aide de la télécommande quand un passage lui avait singulièrement plu ou qu'il n'avait pas été totalement concentré, pris par une pensée quelconque.

Elle ne supportait plus toutes ses lubies. Elle en était même exaspérée, désirant simplement se détendre auprès de son homme après une longue et fastidieuse journée de travail.

Celle d'aujourd'hui avait d'ailleurs été particulièrement horrible et lui avait donné de terribles maux de crâne.

Elle avait pleuré en cachette, dans les toilettes du magasin spécialisé dans la vente d'articles de sport dans lequel elle officiait ; après que son patron l'eut forcée à lui faire une gâterie sous peine de la renvoyer.

Une journée comme toutes les autres, depuis quelques mois, au cours de laquelle il avait abusé d'elle, exerçant son moyen de pression favori.

— Rejoins-moi dans la réserve durant ta pause, sinon c'est la porte et je raconte à la police ce que je t'ai surprise en train de faire la dernière fois, l'avait-il menacé de sa voix sourde.

Elle s'était exécutée sans demander son reste, s'agenouillant devant ce petit homme d'une cinquantaine d'années au physique ingrat qui lui donnait la nausée. Puis elle était allée se cacher dans les WC pour pleurer, et vomir... Maudissant ce Christophe Schneider, vieux pervers colérique et manipulateur. Ce maître chanteur. Un jour, il paiera, avait-elle pensé avant de reprendre machinalement son service.

Mais tout ça, Alexandre ne pouvait se l'imaginer, préférant jouer avec la commande du téléviseur. Bien loin de la réalité. Inconscient de la situation et du danger imminent qui guettait sa petite amie. Et du fait qu'ils passaient là l'une de leurs toutes dernières soirées film en amoureux, aveuglé par ses manies, ses lubies, ses caprices d'enfant gâté.

— Chéri, j'ai un peu mal à la tête, tu peux baisser, s'il te plaît ? avait-elle osé demander de sa petite voix si aigüe qu'elle en paraissait enfantine, caressant tendrement l'épaule de son compagnon.

— Tu as toujours autre chose ! Je ne peux donc pas regarder un film en paix ? Si tu as mal à la tête, va au lit. Moi, je visionne la fin. Seul. Et avec du son. Déjà que j'ai mis un film d'horreur pour te faire plaisir, avait-il tranché, sèchement.

— Bonne idée, je vais me coucher !

Elle était partie dans la chambre sans répliquer davantage, après avoir pris un cachet pour soulager sa migraine. Incapable de se lancer dans une énième discussion qui s'avérerait de toute manière stérile. Ce soir, elle n'avait vraiment plus la force. Ni le courage.

Avant de s'endormir, elle avait tressailli en songeant au lendemain qui s'annonçait tellement sombre. Sans espoir. Certainement tout aussi éprouvant que la journée passée. Il fallait qu'elle trouve une solution pour mettre un terme à l'emprise que son patron exerçait sur elle. Qu'elle s'échappe de ce cercle vicieux. Et vite !

Car elle ne tiendrait plus longtemps comme cela. Depuis quelques jours, elle s'était même surprise à penser au suicide.

3
Le visage de la honte

Christophe n'a jamais plu aux femmes.

L'adolescence avait constitué une étape difficile de sa vie tant il avait essuyé les moqueries et refus des filles qu'il convoitait alors. Très petit et grassouillet, sa forte myopie l'avait vite obligé à s'embarrasser d'épaisses lunettes à verres négatifs. La chute précoce de ses cheveux à la puberté n'arrangeait malheureusement rien au regard que les filles portaient sur lui. Mais cela n'aurait eu aucune espèce d'importance s'il avait été doté d'un quelconque sens de l'humour, ou d'un semblant de gentillesse à l'égard de ces dernières. Le problème, c'est qu'il en était totalement dénué, et qu'il perdait rapidement ses moyens au contact de la gent féminine. Alors, il s'était résigné. Si bien qu'à 27 ans, incapable de nouer le moindre contact ou de prendre les devants avec une demoiselle, il était encore vierge.

Martial et Vincent étaient ses deux seuls amis, ils se connaissaient depuis l'enfance. Ils avaient en effet été gardés dès leur plus jeune âge par la mère de Christophe, tout comme une nuée de gamins du quartier. Et ce, à toute heure de la journée, et parfois même la nuit. Une façon pour elle de mettre un peu de beurre dans les épinards de son fils et compléter le maigre salaire qu'elle touchait en réalisant des ménages.

Très vite, Christophe s'était senti délaissé, pas à sa place. Sa mère semblait accorder plus d'intérêt, et d'admiration, aux enfants sur qui elle veillait, et avec qui Christophe devait partager sa chambre à coucher et ses quelques jouets achetés d'occasion. Elle aimait leur raconter des histoires et passait des heures à les câliner, les chatouiller, les embrasser.

Christophe, lui, pendant ce temps, n'avait droit à rien. Il faut que tu montres l'exemple, lui disait-elle. C'est mon boulot de m'occuper d'eux, c'est grâce à ça que tu as ton bol de céréales sur la table du petit-déjeuner tous les matins.

Un jour, alors qu'elle racontait au groupe d'enfants l'histoire du *Vilain petit canard*, elle s'était servie de son fils, plus petit et plus renfermé sur lui-même que les autres garçons de son âge, pour illustrer ses propos. Christophe en avait été très affecté. Devant les regards et les railleries des autres gamins, il prenait, pour la première fois, conscience de sa différence. Seuls Martial et Vincent n'avaient pas ri, prenant en pitié leur camarade de jeu. Christophe s'était, ce jour-là, senti plus bas que terre, et n'avait depuis, à vrai dire, jamais retrouvé confiance en lui.

Le surnom de *Vilain petit canard* avait d'ailleurs ensuite collé à la peau de Christophe jusqu'à l'entrée au collège. Puis, il avait été raccourci en « Le vilain ». Les choses s'étaient à cette période envenimées pour lui, même s'il pouvait tout de même compter sur ses deux amis de toujours pour venir à sa rescousse et prendre sa défense. Concernant les femmes, en revanche, ils n'avaient pu faire de miracles pour lui, tous les conseils donnés jusqu'alors ayant échoué devant le mutisme de Christophe. Le pire était que ce dernier s'était inventé quelques aventures au fil du temps, histoire de sauver la face. Mais Martial et Vincent n'étaient pas dupes et connaissaient leur copain par cœur.

Si bien que, devinant l'urgence de la situation, et pensant que cela lui apporterait peut-être une certaine confiance en lui, ils s'étaient cotisés, le jour de ses 27 ans, pour lui payer les services d'une professionnelle.

Trois cents francs, le prix d'un dépucelage express en Allemagne, à moins d'une centaine de kilomètres seulement de Metz. Ils étaient partis la fleur au fusil à bord de la Clio I de

Vincent en direction d'une maison close du nom de l'Eros Paradise. Arrivé à Sarrebruck, devant la façade si facilement reconnaissable par son éclairage de couleur rose, Christophe avait commencé à se dégonfler. Cherchant mille et une excuses pour ne pas pénétrer dans l'établissement ; et dans sa première femme...

— Et si mon petit soldat décidait subitement de ne pas se mettre au garde-à-vous ?

Christophe, qui détestait la vulgarité, parlait toujours de sexualité avec énormément de pudeur, et ce, même devant ses plus proches amis. Ce qui détonnait d'ailleurs totalement avec ses goûts déjà si particuliers... Sa mère l'avait en effet éduqué à rester poli en toutes circonstances. Rares étaient les personnes qui l'avaient déjà entendu prononcer des mots grossiers ou insulter quelqu'un.

— Alors tu nous auras fait perdre 300 francs, avait plaisanté Martial, qui s'était préalablement rendu à plusieurs occasions dans l'établissement allemand après des soirées bien arrosées dans les bars et boîtes de nuit du centre économique, universitaire et culturel de la Sarre.

Christophe grattait frénétiquement l'arrière de son crâne chauve, une sorte de toc nerveux qu'il répétait chaque fois qu'il se sentait embarrassé.

— Les gars, j'ai... Je n'ai jamais... Je vous ai menti ! Voilà, je suis encore puceau. Je ne sais pas si je vais pouvoir assurer.

Il se frottait de plus belle. Martial avait souri à cette annonce.

— Sans blague. Et pourquoi penses-tu qu'on t'emmène ici ? On était au courant, bien évidemment !

— Mais, pour l'histoire de la Canadienne au camping à Gérardmer il y a deux ans, vous ne m'aviez pas cru ?

— Qu'est-ce qu'une Canadienne viendrait donc fabriquer dans un camping des Vosges ? Et admettons, même si l'une d'entre elles s'y était, par le plus grand des hasards, aventurée, ou perdue, jamais tu n'aurais osé lui adresser la parole. Et encore moins lors d'une partie de beach-volley... s'était amusé Vincent, le bellâtre de la bande, tout en observant un groupe d'hommes, bien plus âgés qu'eux, entrer dans le bordel.

Les quinquagénaires, bon chic bon genre, semblaient sortir tout droit d'un dîner d'affaires : costumes trois-pièces, chaussures cirées et nœuds de cravate parfaitement noués. C'est peut-être une façon pour eux de sceller un important accord, s'était pris à spéculer Vincent, qui débutait également dans le monde du commerce, alors que la plupart des mâles de sa famille s'étaient dirigés vers une carrière de flic. VRP depuis quelques mois pour une entreprise de vente de panneaux solaires, son sourire charmeur et son éloquence lui permettaient de faire signer aux gens deux fois plus de contrats que ses collègues. Surtout auprès du sexe opposé, immédiatement séduit, et des personnes âgées, à qui il inspirait rapidement confiance.

— Et depuis quand peut-on faire du beach-volley à Gérardmer ? avait poursuivi Martial, en riant. Tu aurais au moins pu te creuser la tête pour inventer un mensonge à la hauteur d'une première fois.

Christophe s'était alors défendu.

— Allons, cessez un peu vos sarcasmes... Et pour le beach-volley, c'est vrai ! Ils ont installé du sable artificiel. Mais bon, arrêtons avec cette fichue histoire. J'ai menti, j'ai honte devant vous qui enchaînez les conquêtes depuis des années. Moi, je n'ai jamais rien à raconter. Je voulais simplement être comme vous.

— C'est pour ça que c'est important que ce soir, tu débloques ton compteur ! Surtout le jour de ton anniversaire. Tu verras, après ça, elles vont toutes tomber comme des mouches. C'est chimique, ça ne s'explique pas : plus tu fais l'amour aux femmes, plus les femmes ont envie de te faire l'amour.

— Exactement ! Donc, ne stresse pas pour rien, et savoure, tout simplement. À l'intérieur, c'est un parc d'attractions pour adultes. Ce n'est quand même pas tous les jours que tu peux, en un claquement de doigts, choisir, entre vingt splendides créatures, celle avec qui tu passeras un bon moment, avait conclu Vincent, décidant Christophe par son dernier argument.

Bon, certaines sont tout de même plus sublimes que d'autres… avait-il secrètement pensé, tout en menant à terme sa démonstration à l'adresse de son ami.

— C'est d'accord, les mecs, je me lance…

Sur ces mots, ils étaient entrés. Un long, et glauque, couloir parsemé de chambres dont la simple vision aurait suffi à vous refiler des chlamydias. Occupées par des prostituées qui, elles, pouvaient, au moindre accident de condom, très certainement vous en fourguer. Voire plus, si affinités…

Après un timide aller-retour dans le corridor, Christophe avait choisi une jeune femme originaire d'Europe de l'Est. Une blonde. Léna. Oui, il lui avait demandé son prénom, mais n'avait, en revanche, pas osé l'interroger sur son âge, avant de se livrer à quelques désolantes minutes d'ébats. La chambre d'une dizaine de mètres carrés dans laquelle il était entré ne comportait qu'un grand lit, une table de chevet sur laquelle étaient disposés lingettes nettoyantes et préservatifs, ainsi qu'une minuscule salle de bains avec toilettes. La petite lampe posée à même le sol tamisait la pièce d'une lumière rougeâtre rappelant la façade du bâtiment.

Stressé, Christophe avait laissé la professionnelle prendre les devants, ne sachant vraiment que faire.

Malgré l'appréhension du départ, il n'avait eu aucun mal à avoir une érection, les talons que portait la jeune femme l'ayant tout de suite excité. Il lui avait d'ailleurs demandé de les garder durant le rapport dans un allemand approximatif appris lors de ses années de collège. Mais avait, tout de même, été déçu par ce premier rapport, ainsi que par la puissance de son orgasme. Au fil des années, il avait en effet développé une sexualité assez atypique et s'adonnait à de petits plaisirs solitaires en visionnant des vidéos de femmes soumises, parfois attachées, au moment de l'acte sexuel. Et ce, entouré d'objets qu'il affectionnait spécialement : sous-vêtements et chaussures de femmes, plus particulièrement des talons aiguilles.

Fétichiste, il avait d'ailleurs dérobé l'une de ses paires préférées à la sœur cadette de Vincent lors d'une soirée chez ce dernier, et il prenait un immense plaisir, un peu coupable, à l'utiliser.

La prochaine fois, avait-il pensé en se rhabillant, *c'est moi qui mènerai la danse…* Ce qu'il avait tout de même retenu de cette grande première ? Que le sexe, c'était plus court, mais quand même un peu mieux à deux que devant un écran.

13 octobre 2019, trois mois avant les faits, à Metz

— Ça va, vieux ? demanda-t-il à Martial, son ami de toujours, qui l'attendait, accoudé au comptoir du King's Head, le pub irlandais situé au pied de la majestueuse cathédrale Saint-Étienne du centre-ville messin.

Il était 23 heures.

— Qu'est-ce que ça peut bien te faire ? plaisanta ce dernier, qui se fondait parfaitement dans le décor, avec sa barbe fournie plus rousse que châtain, et ses cheveux blonds mi-longs coiffés d'une casquette noire lui permettant de cacher un début de calvitie.

Martial n'était pas vraiment beau, mais les femmes lui trouvaient un certain charisme. Une réelle virilité émanait en effet de cet homme de taille moyenne et au physique trapu. Malgré un léger et récent embonpoint, des années de lutte en compétition lui avaient permis de se bâtir un corps robuste et d'afficher une indéniable confiance en lui. Sa voix grave était devenue rauque devant l'impressionnante quantité de cigarettes qu'il fumait, ne laissant que très peu de répit à ses cordes vocales qui subissaient de constantes brûlures et agressions.

— Alors, raconte-moi un peu, qu'est-ce qu'il se passe de positif dans ta vie en ce moment ? Et quand est-ce que tu vas enfin nous présenter une femme ? s'amusa-t-il, tellement habitué à voir son ami célibataire. Tiens, mets-nous deux Guinness, balança-t-il au barman, occupé à nettoyer une dizaine de verres vides derrière son bar.

Le son *I'm Shipping up to Boston* des Dropkick Murphys, rendu célèbre par le film *Les infiltrés,* retentissait dans le pub.

—Justement, il faut que je t'en parle.

Il prit son ton solennel, celui qu'il adoptait toujours pour annoncer les grandes nouvelles à ses proches, tout en se grattant l'arrière du crâne.

Martial, qui le connaissait parfaitement, remarqua immédiatement son geste. Il fit néanmoins mine de rien, lui accordant le bénéfice du doute. Le barman servit les deux Guinness qu'il avait commandées.

— Il y a une fille, elle me plaît beaucoup... Et je crois bien que mes sentiments sont réciproques. Depuis quelque temps, nous nous sommes beaucoup rapprochés, tous les deux. Et même un peu plus que ça, si tu vois ce que je veux dire, avança-t-il fièrement.

— Ah, en voilà une nouvelle ! s'enthousiasma son acolyte tout en levant sa pinte de bière, trouvant là une occasion rêvée d'en boire la moitié d'une traite.

Habitué aux histoires fantaisistes de Christophe concernant ses liaisons avec les femmes, il n'y crut cependant qu'à moitié.

— Et est-ce que je peux connaître son prénom, et savoir où tu l'as rencontrée ? répondit-il pour tenter de démêler le vrai du faux.

— Elle s'appelle Cassandre, c'est la nouvelle petite vendeuse que j'ai embauchée au magasin il y a six mois. Je te l'avais présenté au sein du rayon athlétisme, tu t'en souviens ?

Martial avala sa Guinness de travers, puis la recracha au pied du tabouret de bar sur lequel il se trouvait. Il réajusta sa casquette, avant d'essuyer d'un revers de main son épaisse barbe humidifiée par la boisson. Il tourna alternativement la tête à droite, puis à gauche, pour vérifier qu'aucune oreille indélicate ne puisse surprendre leur conversation.

— Christophe, j'espère que tu te souviens de ce qu'il s'est passé la dernière fois, dit-il, l'air grave. L'affaire a été étouffée grâce aux relations haut placées qu'avait Vincent dans la police au moyen de sa famille. Et je peux te dire qu'il a dû baratiner des heures et des heures son cousin pour qu'il la confie à l'un de ses collaborateurs, proche de lui… La petite a été dédommagée, tu t'en es bien tiré… Mais tu réalises au moins que tu ne peux pas commettre les mêmes erreurs une seconde fois ? Ils ne te feront pas de cadeau cette fois-ci. Est-ce que tu peux être un peu plus clair sur la nature de votre relation ? Qu'entends-tu exactement lorsque tu parles de sentiments réciproques ?

— Ah, je vois… Je vis enfin, à 53 ans, une histoire comme j'aurais voulu en connaître trente ans en arrière, et toi, tout ce que tu trouves à faire, c'est me mettre en garde et me faire des reproches sur mes antécédents. Ce qu'il s'est passé avec Éléonore, c'était il y a dix ans. Il y a prescription… se défendit-il. Je te signale quand même…

Mais Martial le coupa violemment.

— Je suis le seul ami qu'il te reste ! Donc s'il te plaît, Christophe, ne me mens pas. Pas à moi. Je te connais trop bien pour ça. Même Vincent a préféré te tourner le dos après l'affaire Éléonore. Quant à moi, si j'ai un moment hésité, je t'ai finalement soutenu, et épaulé, du mieux que je le pouvais. En souvenir de nos longues années d'amitié, j'ai fait table rase du passé. Alors maintenant, écoute-moi attentivement, tu vas me raconter exactement ce qu'il se passe avec cette minette qui doit avoir à peine la moitié de ton âge… Sinon, je te le jure, tu n'entendras plus jamais parler de moi.

4

Rendez-vous en terrain connu

13 janvier 2020, le matin du drame

Son analyse de sang était formelle, Cassandre attendait un enfant. Après plusieurs tests de grossesse achetés en pharmacie qui s'étaient révélés positifs, elle s'était fait prescrire par son médecin un examen sanguin en laboratoire, à dessein d'être sûre à 100 %. Voilà des mois qu'elle ne prenait plus sa pilule contraceptive, et ce, sans qu'Alexandre ne le sache. Elle avait décidé d'avoir un bébé, et qu'importe ce que ce dernier en penserait, il en serait le père.

Il fera un bon père, songeait-elle souvent. Il gagnera par la même occasion en maturité, et notre couple n'en sera alors que plus épanoui.

C'était le plus beau jour de sa vie, en attendant celui où leur fille viendrait au monde. Car oui, elle en était sûre, ce serait une fille. Elle porterait le prénom de Rose. Comme sa grand-mère l'avait, avant elle, porté. Avec beaucoup de classe, de coquetterie, de respect envers elle-même et les autres, d'après les souvenirs de Cassandre. Sa fille, leur fille, Rose, en ferait preuve également.

Il fallait qu'elle annonce au plus vite la nouvelle à Alexandre. Comment réagirait-il ? Serait-il prêt à s'occuper d'une famille ? La préserver ? Lui qui, pour le moment, n'arrivait même pas à protéger la femme qu'il aimait.

Lui qui était bien loin de s'imaginer le quotidien, empli de souffrance, dans lequel vivait celle avec qui il partageait son lit, son présent, son avenir… Elle en aurait très vite la réponse.

Cassandre se saisit de son smartphone à l'écran fissuré et envoya un texto à Alexandre.

Chéri, j'ai quelque chose à t'annoncer... Rendez-vous à 17 heures 30 au pied du chêne ? <3

Ses SMS, de même que ses messages Facebook, Snapchat, Instagram et mails étaient toujours agrémentés de divers smileys. Une façon pour elle, comme pour bon nombre de jeunes filles et garçons de sa génération, de marquer son affection, son amitié, son amour auprès de l'interlocuteur. Si ce dernier ne lui rendait pas la pareille, Cassandre prenait ça pour de l'hostilité, une forme d'antipathie.

Quelques instants plus tard, son téléphone vibra.

J'y serai...

La réponse d'Alexandre était laconique. Cela ne lui ressemblait pas. Il était différent depuis plusieurs jours, beaucoup plus distant, moins bavard et attentionné. À vrai dire, il ne se confiait plus beaucoup à Cassandre sur sa vie. Elle avait parfois l'impression qu'ils étaient devenus deux étrangers partageant le même toit. Le sentiment qu'il ne s'intéressait plus qu'à elle que lorsqu'il avait envie de lui faire l'amour. Chose qu'elle refusait la majeure partie du temps. Elle se faisait déjà bien assez abuser au boulot.

Tous les mêmes, de vrais porcs ! pensait-elle lorsqu'il tentait de mettre la main sur elle, après une journée passée à l'ignorer.

Ce n'était manifestement pas la façon dont il fallait s'y prendre, pas en ce moment. Elle avait besoin d'attention, de réconfort, de se deviner importante aux yeux de quelqu'un. Elle qui avait perdu tout désir depuis plusieurs mois.

Elle qui se sentait salie, bafouée, souillée, amoindrie, usée, réduite par son patron au rang d'esclave sexuelle, d'objet, de poupée. Elle était honteuse et espérait, au fond d'elle, que son fiancé remarque quelque chose, qu'il intervienne, la sauve des griffes de ce serpent. Et ce, tout en faisant, à l'inverse, le nécessaire pour qu'il ne s'aperçoive de rien, redoutant sa réaction. Car, en effet, la plus grande de ses craintes était de le perdre.

Alors depuis plusieurs mois, elle n'avait accepté d'Alexandre qu'un nombre minimum de rapports, suffisant cependant pour tomber enceinte et pour tenter de ne pas éveiller les soupçons sur la liaison si particulière qu'elle entretenait avec Christophe.

En ce jeudi matin, Cassandre se rendait, pour une fois, au travail, des espoirs et rêves plein la tête. Elle glissa les résultats de son analyse sanguine au fond de son sac, à côté d'un vieux test urinaire Clearblue qui traînait là depuis deux semaines, et se saisit de son trousseau de clés, tout en sifflotant. Ça ne lui était pas arrivé depuis des mois. Elle ramassa également le sachet qu'elle avait préparé et qui contenait une robe blanche et des chaussures à talons qu'Alexandre connaissait bien ; puisque c'était la tenue qu'elle portait lors de leur premier baiser. Tout un symbole. Elle affectionnait par-dessus tout ce genre de petites attentions. J'espère au moins qu'il remarquera, s'inquiéta-t-elle. Avant de se raisonner : une robe et des talons en forêt et en plein hiver, même un malvoyant s'en apercevrait. Bon, je vais quand même enfiler ma parka par-dessus ; je ne veux pas attraper la mort…

Alexandre, lui, était parti plus tôt à cause d'un reportage aux aurores. Il couvrait un championnat de moto-cross à une heure de là et avait pris de l'avance pour pouvoir interroger les pilotes avant leurs essais. Son métier de journaliste de presse écrite lui prenait le plus clair de son temps. Il rentrait souvent exténué et d'une humeur exécrable.

Plus qu'une journée de boulot ! se convainquait-elle sur le chemin qui la conduisait à la zone d'activité commerciale d'Augny, à quelques kilomètres de son domicile, où elle travaillait depuis plusieurs mois.

Dans son véhicule, sur la voie rapide, au milieu de la longue file d'automobilistes qui se dirigeaient vers Nancy, Cassandre se laissait aller à fantasmer la vie des autres. Elle se questionnait souvent sur le sort des individus qu'elle croisait en route… Rencontraient-ils le même genre de problèmes qu'elle, ou menaient-ils, au contraire, une existence banale, tranquille, heureuse, enviable ?

Elle se fiait au faciès, à l'expression de ces derniers pour leur coller toutes sortes de maux.

Des mots sur des visages.

Drogue.

Celui-là, dépendant à l'héroïne, s'administrait certainement ses doses, en cachette, dans les toilettes de l'usine dans laquelle il exerçait, pensait-elle. Et ce, en observant un jeune homme d'une vingtaine d'années, flanqué d'un bleu de travail, aux traits émaciés et yeux cernés, la dépasser à bord de sa vieille Fiat Punto qui menaçait de perdre une roue à tout moment.

Suicide.

Celle-là, veuve depuis une dizaine d'années, a déjà tenté plusieurs fois de mettre un terme à sa peine avant de se résigner à survivre, tant bien que mal, sans celui qu'elle aimait plus que tout… rêvassait-elle en jetant un œil dans son rétroviseur intérieur.

Plus les difficultés imaginées chez les autres étaient graves, plus Cassandre jugeait les siennes dérisoires. Cela l'apaisait. Du moins, pour quelques instants. C'était pour elle une façon de se rassurer. De prendre du recul sur sa vie. Une véritable échappatoire.

Elle se disait alors qu'il y avait toujours pire sort en ce monde. Et qu'elle n'était finalement pas si mal lotie. Souvent, elle se posait la question de savoir si les automobilistes qui l'observaient, de leur côté, pouvaient également deviner ce qu'elle subissait au quotidien. Mettaient-ils le mot « viol » sur son visage ? Et si oui, cela les rassurait-ils, les aidait-ils à aller mieux et à surmonter leurs problèmes ?

Depuis quelques semaines, elle s'était mise à lire la rubrique Faits divers du *Républicain Lorrain*. Viols, suicides, meurtres, accidents en tous genres. Chaque nouvelle journée amenait avec elle son lot de drames. Mais il en fallait toujours plus à Cassandre, devenue dépendante à l'un des seuls moyens qu'elle eût trouvés pour ne plus penser à ses propres difficultés.

Tout cela devait changer. Allait changer. Une fois l'annonce faite à Alexandre, il lui suggérerait sûrement d'arrêter de travailler pour préparer au mieux l'arrivée de leur enfant et éviter les tâches qui pourraient nuire à sa grossesse. Porter des cartons remplis de vêtements et de chaussures, rester debout toute la journée, monter des marches, les redescendre n'était peut-être pas l'idéal lorsque l'on porte en ses entrailles un bébé ? La situation qu'elle était en train de vivre depuis plusieurs mois ne serait alors plus qu'un lointain cauchemar, un mauvais rêve qu'elle choisirait d'effacer à tout jamais lorsqu'elle serait mère de famille.

Pour l'heure, elle entra sur le parking du commerce de grande distribution Gigasport, comme tous les matins. Une dizaine de voitures y étaient déjà garées. Elle était vêtue de sa tenue de travail, une chemise verdâtre et un pantalon noir, tous deux floqués de plusieurs marques de sport lowcost créées par le magasin de sport qui fabriquait depuis l'Asie. Dans la mesure du possible, elle évitait de se changer dans les vestiaires de l'entreprise, où rôdait son patron, prédateur sans pitié qu'elle redoutait tout particulièrement. La voir à moitié nue pourrait l'exciter pour la journée. Et elle devrait, alors, en subir les conséquences, une ou plusieurs fois.

Elle prit soin de se garer à l'extrême opposé de la voiture de Christophe Schneider, une Porsche Cayenne qu'il aimait exhiber à la moindre occasion. Et avec laquelle il fanfaronnait fréquemment dans le centre-ville de Metz, n'hésitant pas à passer et repasser, vitres baissées, et musiques qu'il pensait à la mode, devant les cafés les plus fréquentés.

Rien qu'à l'apercevoir, Cassandre avait la nausée. Une nausée qui ne disparaissait qu'une fois sa tenue de travail retirée, et son corps, alors souillé, purgé par une interminable douche, une fois rentrée chez elle. Elle aimait que l'eau brûlante lui martèle le visage, les seins, le bas du dos… Une façon pour la jeune femme de purifier son corps et son esprit ; de brûler tout microbe, toute trace ou odeur qui aurait pu être laissée par les sales pattes de Christophe.

Elle se faufila par le petit tourniquet d'entrée qui donnait sur le hall aux couleurs vert et noir, non loin des caisses. Deux de ses collègues la saluèrent. Elle répondit d'un bref geste de la main, avant de se diriger vers les vestiaires dédiés au personnel, en dessous de la réserve. Sabine, l'une des caissières, se changeait. Les deux femmes se lancèrent un bonjour bien plus courtois qu'amical. Il faut dire qu'en cinq mois, Cassandre n'avait pas réellement tissé de liens avec ses homologues. Le profond mal-être qu'elle ressentait sur son lieu de travail se répercutait sur sa façon d'agir, qui ne donnait pas vraiment envie d'aller vers elle… Et elle ne faisait pas vraiment l'effort de s'intégrer non plus, préférant raser les murs et se faire la plus discrète possible. Aspirant peut-être, ainsi, inconsciemment à passer entre les mailles d'un filet du nom de Christophe, qui finissait tout de même par l'attraper presque quotidiennement. Elle monta la dizaine de marches qui menaient à la réserve pour mettre la main sur les tenues d'athlétisme qu'elle avait pour mission de disposer en rayon ce matin-là.

Elle n'avait pas encore croisé son patron et espérait qu'il se trouve dans l'atelier en compagnie du stagiaire, Thomas, qu'il briefait depuis quelques jours sur le cordage des raquettes de tennis. Le violait-il également ? Non, Christophe semblait n'aimer que les femmes. Qu'une femme.

La veille, le jeune homme s'était fait vivement réprimander après avoir cassé la raquette d'un des clients réguliers du magasin. Christophe avait dû rembourser ce dernier et lui offrir plusieurs mois de cordage gratuit pour le convaincre de continuer à leur faire confiance et revenir chez eux. C'était sûrement l'ultime chance de Thomas, aujourd'hui, s'il ne voulait pas finir son stage de BTS depuis son canapé.

La vendeuse se dirigea vers la centaine de cartons méthodiquement empilés, par référence de produits, au fond du vide et sombre premier étage.

— Bonjour, Cassandre, émit une voix mielleuse, qu'elle trouvait ô combien désagréable, derrière elle.

Cassandre se retourna en direction de Christophe, qu'elle avait immédiatement reconnu à son timbre si particulier, mais ne répondit pas.

— Tu es resplendissante, ce matin, continua l'homme, qui portait un costume en laine cardée gris de mauvaise facture, bien trop large pour lui malgré son surpoids, tout en s'avançant vers elle.

— Eh bien, tu te fais désirer ou bien tu as perdu ta langue ? Il va pourtant falloir que tu la retrouves au plus vite... car elle va t'être bien utile. J'ai très envie de toi en ce moment, tu sais !

— Ne m'approchez pas, pas aujourd'hui... finit-elle par répondre sèchement.

— Mais je te rappelle que tu n'as pas ton mot à dire, ni sur le moment ni l'endroit, ma jolie. N'oublie pas ce que je sais sur toi, tu n'aurais tout de même pas envie d'aller faire un petit séjour derrière les barreaux, et d'être par la même occasion séparée de ton bien-aimé ?

— Vous êtes un vrai monstre ! Combien de temps allez-vous encore me faire chanter comme ça ?

— Le temps d'assouvir tous mes désirs te concernant, sourit Christophe, d'un air qui fit froid dans le dos à Cassandre. Et il y en a...

— Je vous ai expliqué pourquoi j'ai fait ça, je n'avais pas le choix, et ce n'était qu'un emprunt. Je comptais vous rendre la somme dès le lende...

— Ce n'est pas mon problème, coupa Christophe. Un vol est un vol ! Estime-toi heureuse que je ne t'aie pas dénoncée.

Cassandre haussa le ton.

— Mais ce que vous me faites depuis est bien pire ! Vous le paierez un jour.

— Ce sont des menaces, Cassandre ? Ça ne sert à rien de te rebeller. Plus tu es en colère, et plus je suis excité...

Il saisit cette dernière par la taille et l'entraîna derrière l'une des piles de cartons, contenant des chaussures de ski, à l'abri des regards, l'un de ses endroits de prédilection pour lui infliger toutes sortes de sévices sexuels.

Il ouvrit la braguette de son pantalon de costume et, déjà bien excité, força Cassandre à s'abaisser, l'empoignant avec force par son chignon. Il aimait diriger, dans son travail comme dans sa sexualité.

Cassandre s'affaira à tenter de le faire jouir au plus vite, de façon à abréger ce moment cauchemardesque.

— Doucement, ma chérie, on n'est pas pressés, voyons, murmura-t-il à voix basse. Allez, relève-toi un peu et ôte-moi ça, continua-t-il, en lui abaissant son bas. Donne-moi également une de tes chaussures. J'ai très envie de toi... Il la plaqua contre les volumineux cartons d'après-ski et la retourna, tout en lui déchirant ses dessous.

— Oups... rit-il.

Le violeur enfila un préservatif et la pénétra sans sommation, lui faisant horriblement mal lors des premières secondes. D'une main, il lui tira les cheveux en arrière, tout en l'embrassant dans le cou. De l'autre, il tenait fermement la chaussure droite de Cassandre, ce qui semblait décupler son excitation...

Cette dernière, en larmes, se forçait à penser à tout autre chose. Je vais être maman, Alexandre et moi serons de merveilleux parents. Ce soir, je lui apprendrai la nouvelle. Plus jamais il ne voudra que je retourne ici... Nous allons être heur...

Derrière elle, le quinquagénaire, essoufflé, poussa un long gémissement. Il venait de jouir, mettant fin à cinq minutes d'intense supplice pour Cassandre.

Cette dernière ramassa ses vêtements, prit sa chaussure des mains de son bourreau et se rhabilla en vitesse. Elle sécha ses larmes aux toilettes et vomit, avant de rejoindre le rayon course à pied – une fois de plus – brisée, diminuée, le regard dans le vide. Ce salopard le paierait un jour ou l'autre. Cassandre se l'était jurée.

5
En quête de réponses

4 novembre 2019, deux mois et neuf jours avant les faits

Alexandre était journaliste. Pas ceux qu'on aperçoit à la télévision sur les chaînes d'information en continu, micro à la main, sur les lieux d'attentats et lors des déplacements présidentiels ; ni ceux qu'on entend dans le flash info du matin à la radio en direct depuis une zone de guerre d'Afrique, du Proche ou du Moyen-Orient. Non, Alexandre était journaliste dans un quotidien régional, *Le Républicain Lorrain.*

Ce qu'il aimait par-dessus tout, c'était se retrouver, seul, face à une page vierge, et écrire. Se laisser porter par les mots, trouver la bonne tournure de phrase, dresser le portrait d'une personne, que d'aucuns auraient trouvé banal, fade, pour en faire émerger le meilleur. Ou encore, rédiger l'un de ces papiers d'ambiance sur un évènement local, sportif, festif ou culturel, qui avait séduit les habitants du coin. Sortir des scoops, couvrir les faits divers, il cédait ça à d'autres dans la mesure où il le pouvait… Mais il était tout de même fréquemment amené à traiter des papiers d'investigations qui pouvaient, parfois, se révéler sensibles.

Bien qu'il rencontrât un nombre incalculable de personnes aux profils totalement différents, dans des domaines tout aussi variés à longueur d'année et de reportages, et qu'il était ainsi sujet à une importante stimulation intellectuelle, tout le travail préalable à cette phase d'écriture ne le seyait guère. S'il avait pu l'éviter, il l'aurait volontiers fait.

Mais bon, cela faisait partie du boulot, tout comme maquetter les pages, prendre les photos, relire et corriger les textes des correspondants locaux, rédiger des articles et alertes pour le site web du journal, live-tweeter, modérer les commentaires sur la page Facebook…

Des rôles que les journalistes n'avaient pas à jouer il y a encore quelques années de cela, durant des périodes plus fastes de la presse écrite.

Ce temps était dorénavant révolu, les ventes des quotidiens régionaux connaissant une baisse constante depuis plusieurs années devant le changement des modes de consommation par le public, l'irruption du web, des réseaux sociaux et de la gratuité de l'information ; souvent de moindre qualité et de sources non vérifiées, au demeurant.

Des restrictions financières d'envergure devant être réalisées pour que les titres de presse écrite puissent continuer d'être publiés, des métiers avaient alors disparu, des rotatives supprimées au nom d'économies d'échelle.

Pour Alexandre, comme pour ses collègues, désormais appelés rédacteurs-éditeurs, les journées étaient longues, fastidieuses. Le changement avait même été brutal pour certains anciens. Et on ne comptait plus le nombre de journalistes, proches de la retraite et dépassés par cette révolution digitale, qui avaient subséquemment préféré partir avec un gros chèque sous le bras. Prendre leurs cliques et leurs claques, sans doute effrayés par ce que devenait le métier qu'ils avaient jusqu'alors connu.

Alexandre arriva à l'agence à 9 heures moins le quart en ce mardi matin. Il salua les quelques collègues déjà présents et s'installa autour de la grande table qui se dressait au milieu de l'open space.

Thermos de café et croissants y avaient été disposés par Jeff, l'assistant de rédaction, et ne demandaient qu'à trouver preneur.

Le rêve de Jeff était d'exercer le métier de reporter de guerre.

Il avait failli, mais, ayant manqué le concours d'entrée de l'école de journalisme qu'il convoitait de quelques points, était devenu assistant de rédaction. Il avait, par la suite, manqué de devenir guitariste à succès, mais les membres de son groupe s'étaient séparés immédiatement après leur première tournée en Europe de l'Est ; et les chansons qu'il avait lui-même composées étaient tombées aux oubliettes. Jeff avait failli fonder une famille avec celle qu'il aimait, mais cette dernière l'avait quitté après leur dixième année de relation, trouvant qu'il privilégiait un peu trop sa passion pour la musique et ses rêves de carrière à leur couple. Mais tout cela avait commencé bien plus tôt : étant gamin, il avait été sur le point de pratiquer le football, mais le club de sa commune avait fermé quelques semaines après son inscription, faute de joueurs suffisants. Il s'était alors rabattu sur la fanfare du village pour apprendre la percussion. Ce qu'il avait failli faire avant de finir un corps de chasse à la main, car les besoins de la fanfare étaient ainsi. Jeff n'avait pas été loin de mesurer 1m80, mais sa croissance s'était arrêtée tandis qu'il eut atteint la taille de 1m79…

Toute sa vie, Jeff avait failli.

Il n'avait jamais persévéré, ne s'était révolté de rien, s'était accommodé de tout… subissant au gré des vents et des hasards la direction que prendrait son existence.

Son lourd fardeau, il le portait, aujourd'hui, à l'approche de la quarantaine, sur ses épaules. Des regrets si intenses, si forts, que son dos ne pouvait les porter… Son esprit, les supporter.

L'échine courbée, l'âme brisée comme un éléphant après le rituel du phajaan[1] en Thaïlande, il se déplaçait tant bien que mal au milieu de la rédaction et des souvenirs de ses actes manqués. Racontant, avec passion, à qui voulait bien

---

[1] Rituel traditionnel utilisé en Asie du Sud-Est dans le but de soumettre totalement un jeune éléphant à l'homme en le torturant jusqu'à ce qu'il capitule et que son esprit soit « séparé » de son corps.

l'entendre, qu'il avait failli s'accomplir et devenir lui-même dans d'interminables logorrhées…

Ses collègues le fuyaient, l'esquivaient avec autant d'ardeur qu'ils le pouvaient. Jeff n'était d'ailleurs jamais convié aux déjeuners à midi ni aux verres après le travail.

Alexandre, qui, lui, n'avait vraiment rien contre Jeff et le trouvait plutôt attachant, observait avec dégoût toute cette mascarade. Même si, dans l'ensemble, il s'estimait chanceux d'être tombé au sein de cette rédaction, dans laquelle il avait rencontré une bonne dizaine de personnes tout à fait respectables, qu'il se plaisait à retrouver et saluer chaque matin.

Avant d'intégrer ce titre de presse et d'exercer le métier de journaliste depuis trois années, Alexandre avait, six mois durant, enchaîné les petits boulots. Déménageur, vendeur en porte à porte, manutentionnaire dans un silo agricole, dans une chambre froide, puis dans une usine de bananes… À l'époque, il aurait donné une définition bien peu élogieuse du mot « collègues » qui se serait approchée de celle-ci : « Groupe de personnes qui ne s'apprécient pas, mais se voient obligées de passer le plus clair de leur temps ensemble, à effectuer des activités sans intérêt dans le but de survivre, et s'acheter divers produits, eux également, sans grand intérêt. »

— Tiens, Alex, le canard du jour, articula Jeff en distribuant les exemplaires aux journalistes, quasiment plié en deux, et en avançant de sa démarche boiteuse.

Les vêtements amples portés par l'homme, grassouillet, ne suffisaient pas à cacher son imposante bedaine. Un brin dragueur, les femmes de l'agence évitaient sa compagnie et les remarques lourdes, sexistes et déplacées qu'elle impliquait. Elles lui adressaient un geste de la main chaque matin, refusant de lui faire la bise.

— Merci, champion, répondit Alexandre, avant de feuilleter brièvement le journal.

Il avala une bonne gorgée de café serré, qui lui nettoierait à coup sûr l'estomac, dans sa tasse favorite, floquée du symbole du Yin et du Yang. Puis grimaça.

Pas à cause du jus de chaussette, qui était tout aussi mauvais que d'habitude, mais du titre qui faisait la une du quotidien aujourd'hui.

Le meurtrier Noël Huard remis en liberté pour raisons de santé.

Le jeune journaliste ouvrit la première page pour glaner quelques informations supplémentaires sur cette affaire, dont il avait déjà eu écho par le passé. Apprendre qu'un type du genre de Huard, meurtrier d'un enfant d'à peine 9 ans dans le département des Vosges, en 2004, était relâché à la suite de la découverte d'un cancer du poumon à un stade avancé était révoltant pour Alexandre. L'homme de 62 ans, condamné à la réclusion à perpétuité, finirait donc sa vie libre, en touchant une retraite tout en accédant à des soins. Et ce, après avoir violé et décidé qu'un ingénu gamin n'aurait pas le droit de vivre, il y a quelque 20 ans de cela, dans une paisible commune de l'agglomération messine. Détruisant dans le même temps la raison de vivre de parents qui avaient perdu, ce jour-là, une part d'eux-mêmes.

Alexandre, en colère, referma vivement le journal sans même s'attarder sur le corps de l'article qui reprenait les réactions des familles et des avocats des deux parties ; puis, dans un geste d'humeur, le poussa sur le côté.

— Alors quoi, mon papier est si mauvais que ça ? demanda Olivier Corvo, qui venait d'observer, derrière les verres de ses fines lunettes colorées, la scène ainsi que la mine déconfite d'Alexandre. Petit, la figure franchouillarde, l'air sympathique, le fait-diversier de l'équipe s'assit à côté de lui. Une forte odeur, âcre, presque irritante, d'alcool l'accompagnait. Tout le monde à la rédaction savait que Corvo avait un penchant pour la bouteille, à toute heure, et en toutes circonstances.

— Pour moi, un tueur d'enfants ne mérite pas de vivre, alors d'être relâché... répondit Alexandre.

— Tout homme mérite de partir dignement, sans souffrir, tu ne crois pas ?

— Parce que tu penses que le petit Jean n'a pas souffert lorsque ce diable de Huard l'a violé puis étranglé à l'époque ?

— Loin de moi l'idée de le défendre, Alexandre... Ce que cet homme a fait est ignoble, indéfendable et impardonnable. Mais ils ne pouvaient tout de même pas le laisser agoniser dans sa cellule ? Nous vivons dans un pays civilisé, répliqua son collègue.

— Peut-être un peu trop, parfois, à mon goût...

Olivier enleva ses lunettes et se frotta les yeux avec panache, comme pour marquer une pause, s'accordant quelques instants de réflexion. Il semblait s'apprêter à entrer à bras-le-corps dans le débat lancé par son jeune collaborateur... Il n'en eut pas le temps.

— Messieurs, prêts à affronter la journée ? intervint d'un ton enthousiaste Guillaume Decourt, le rédacteur en chef, tout en lâchant trois épais dossiers sur la table. Nous allons commencer d'ici une dizaine de minutes, je vous laisse consulter l'agenda en attendant que vos collègues veuillent bien pointer le bout de leur nez.

Énergique, le quinquagénaire semblait toujours en forme et se déplaçait d'un pas rapide et assuré au sein de l'open space. Il se saisit d'un croissant et se dirigea vers son bureau pour téléphoner, comme chaque matin, à l'inspecteur de police David, l'un de ses plus vieux amis, qui lui filait des tuyaux sur les opérations en cours dans la région. Les deux hommes s'étaient rencontrés sur les bancs de l'école, et ne s'étaient depuis plus jamais lâchés...

Il adressa au passage une tape sur l'épaule du fait-diversier, qui, bien que mal dosée à cause de son habituel excès d'excitation matinale, se voulait amicale. Une façon pour lui de le féliciter pour son travail conséquent de la veille, qui l'avait obligé à rester au bureau jusqu'à 23 h 30 ; l'heure limite du bouclage de l'édition avant que le journal ne soit envoyé à l'impression.

— Tiens, Olivier, accompagne-moi un instant, je dois te faire signer un document.

La quinzaine de journalistes présents ce jour-là s'installèrent au compte-gouttes autour de la table pour le début de la conférence de rédaction. Après s'être répartis les différents sujets à l'agenda, chacun y allait de sa proposition de papiers, dossiers, interviews pour les jours à venir.

— Et au fait, l'enquête dont tu nous as causé il y a deux semaines, ça avance ? demanda Guillaume Decourt, en regardant en direction du coin de table où étaient assis Alexandre et Olivier.

Alexandre se tourna vers son collègue, attendant, comme toute l'assemblée, une réponse de sa part.

— Alexandre ? insista le rédacteur en chef.

Il s'adressait en réalité à lui, et non pas au fait-diversier. Le jeune homme réfléchit un instant…

— L'enquête ?

— Oui, Alexandre, l'enquête. Ton enquête, voyons !

De quelle enquête parlait donc Guillaume ? Il n'en avait aucun souvenir. Gêné par les regards qui se faisaient de plus en plus appuyés, Alexandre tenta néanmoins une réponse :

— Je n'en suis qu'au début. Je préfèrerais vous faire un point sur le sujet demain matin, lorsque j'aurai plus d'éléments…

— Si tu veux, mais demain dernier carat. Il est important de ne pas laisser ce dossier trop traîner. J'ai eu l'inspecteur David au téléphone il y a tout juste dix minutes, il attend toujours ton appel.

Le fait-diversier, visiblement agacé par le terme que s'entêtait à employer son rédacteur en chef malgré la réforme des corps et carrières de la Police nationale, le coupa, tout en enlevant ses lunettes. Il cligna plusieurs fois des yeux :

— On ne dit plus inspecteur, Guillaume, même plus dans les séries télévisées ou les polars… C'est lieutenant, maintenant ! Enfin, depuis un petit bout de temps même, je dirais 1995 !

— Eh bien, pour moi, le lieutenant David restera inspecteur. L'inspecteur David ! Tel que je le présente depuis de nombreuses années à mes collaborateurs… Comme je te présenterai toujours comme un journaliste, Olivier, et ne t'affublerai jamais du terme de rédacteur-éditeur ou de je ne sais quel autre nom d'oiseau ! répliqua-t-il énergiquement.

Il ne laissa pas à Olivier Corvo le temps de contre-attaquer, et s'adressa à nouveau à Alexandre.

— La piste des Albanais semble s'être concrétisée, il t'en dira plus au téléphone. Je pense que tu auras assez d'éléments pour la double page de vendredi. Tu me confirmes ce soir, après la réunion de une ?

— Très bien, on roule comme ça ! répondit Alexandre, du ton le plus assuré qu'il put prendre sur l'instant.

Mais de quels Albanais parlait donc le rédacteur en chef, et quel était le sujet de cette enquête ? Les pertes de mémoire d'Alexandre étaient fréquentes, et lui jouaient des tours.

Jusque-là, il avait toujours réussi à s'en sortir, à les masquer par d'innombrables pirouettes ; et ses collègues pensaient simplement qu'Alexandre était un peu désorganisé, un brin tête en l'air. Ce qu'il compensait avec son talent, ses qualités rédactionnelles…

Une fois, il était parti avec la voiture du journal sur une manifestation orchestrée par une association sportive à une cinquantaine de kilomètres de Troyes, à Bar-sur-Seine ; et, arrivé dans la commune en question, ne se souvenait ni de l'adresse ni du sujet du reportage. Il était revenu bredouille à la rédaction, prétextant un malaise qui l'avait empêché de couvrir l'évènement.

Alexandre en était à son troisième café depuis son arrivée à l'agence. Il tenait là son rythme normal et finit la journée comme à son habitude avec une dose de 900 mg de caféine dans le sang.

Il s'installa à son bureau : il avait trois reportages aujourd'hui – dont deux papiers étaient à écrire le jour même, pour une parution dans l'édition du lendemain. Il fallait également qu'il avance sur sa double page d'enquête, dont il ne connaissait toujours pas le sujet, qui paraîtrait vendredi.

Il chercha donc le contact de l'inspecteur David dans le petit annuaire téléphonique, l'un de ses plus fidèles alliés, dont il avait noirci les lignes d'année en année. Bien qu'il n'eût encore jamais eu affaire à ce dernier, qui traitait essentiellement avec son rédacteur en chef, c'était tout de même l'un des contacts que tout bon journaliste se devait d'avoir noté au sein de son carnet d'adresses. Il composa les dix chiffres du numéro de mobile – commençant par 07 – de l'inspecteur, réfléchissant à ce qu'il allait bien pouvoir lui dire… Après plusieurs sonneries, Alexandre était prêt à laisser un message vocal, lorsqu'une voix retentit à l'autre bout du combiné.

— Inspecteur David.

La voix de son interlocuteur était grave et imposait d'emblée un certain respect.

— Bonjour, inspecteur, je me présente, Alexandre Di Lorenzo, journaliste au *Républicain Lorrain*. Je vous téléphone à propos de l'enquête sur laquelle je travaille…

Il y eut un court instant de flottement durant lequel Alexandre croisa les doigts pour que l'inspecteur enchaîne naturellement la conversation et lui dévoile le sujet de la fameuse enquête sur laquelle il était censé travailler depuis deux semaines.

— Monsieur Di Lorenzo, j'attendais justement votre appel. Il y a du neuf de notre côté, nous sommes désormais au fait de qui est à la tête du réseau. Souhaitez-vous que l'on déjeune ensemble ce midi ? Nous pourrons ainsi prendre le temps pour en discuter…

Raté ! Alexandre ne savait toujours pas de quoi ils parlaient, et tenta d'attraper quelques indices supplémentaires au vol.

— Bien sûr, faisons cela ! Guillaume m'a dit ce matin que les Albanais étaient en cause, c'est bien ça ?

— C'est exact, nous suivons cette piste depuis plusieurs mois déjà. Un important réseau albanophone, provenant des Balkans, s'est développé via plusieurs sites internet. Il prostitue des femmes enlevées dans toute l'Europe de l'Est et souvent mineures, de Lille à Marseille. Les proxénètes louent des appartements dans les cœurs de villes qu'ils surveillent, et dans lesquelles les filles de passage pour plusieurs jours se succèdent. Mais nous entrerons tout à l'heure dans les détails. 12 h 45 à la Brasserie alsacienne ?

— Parfait, inspecteur, à tout à l'heure !

Alexandre raccrocha, soulagé de connaître enfin le sujet de l'enquête qu'il devrait boucler en à peine trois jours. Il était loin de s'imaginer les soucis que cette dernière lui apporterait.

6

À la bonne heure

Le même jour, à 12 h 33

L'inspecteur David aimait la ponctualité. La sienne, comme celle des autres. Et il pouvait se montrer de très méchante humeur lorsqu'une personne arrivait avec quelques minutes de retard lors d'un rendez-vous.

Le quart d'heure passé, il partait, sans demander son reste ; et l'excuse du retardataire avait intérêt à être vraiment à toute épreuve s'il souhaitait qu'il lui adresse à nouveau un jour la parole. Du type déclenchement prématuré d'accouchement, ou attentat sur le trajet…

L'exactitude est la politesse des rois et le devoir de tous les gens de bien.

Il se plaisait à répéter cette célèbre maxime de Louis XVIII à qui voulait bien l'entendre. Ainsi qu'aux autres. Autant dire qu'il se faisait une idée bien précise de la personne à qui il avait affaire en fonction de l'heure où cette dernière arrivait lors d'un premier entretien. C'est pourquoi il se rendait toujours sur les lieux une bonne quinzaine de minutes auparavant, aux fins d'observer. Et de prendre note.

Il avait pris l'habitude d'inscrire, dans son répertoire téléphonique, en dessous du nom et du numéro de la personne qu'il rencontrait, une indication sur son nombre de minutes d'avance ou de retard.

Si l'individu était déjà là, l'inspecteur David estimait que ce dernier savait ne pas « valoir assez », ne pas être suffisamment digne d'intérêt pour être attendu. Il lui ferait à coup sûr perdre son temps. Entre cinq et quatorze minutes d'avance au rendez-vous, et la personne était un peu trop affable au goût de l'inspecteur. Trop courtoise pour être honnête, murmurait-il de son air suspicieux en la voyant arriver. Il s'en méfiait comme de la peste et ne tardait pas à découvrir quel masque elle pouvait bien porter...

Les personnes que l'inspecteur préférait étaient celles qui arrivaient avec une à quatre minutes d'avance, ce qui démontrait une certaine confiance en elles et une maîtrise des éléments extérieurs. Celles-là, l'inspecteur les accueillait à bras ouverts, il savait qu'il pouvait compter sur elles et qu'elles lui apporteraient sûrement quelque chose.

Quant au type de loustics qui se pointaient à l'heure exacte, il s'agissait pour l'inspecteur, la plupart du temps, de véritables emmerdeurs imbus de leur personne. Autosuffisants et arrogants. Ils n'avaient de toute évidence pas une seule minute de leur temps ô combien précieux à perdre pour lui. L'inspecteur mettait un point d'honneur à écourter ses entrevues avec les sujets appartenant à cette dernière catégorie. Afin de bien leur faire comprendre que lui non plus n'avait pas de temps à gaspiller et de les faire redescendre de leur piédestal.

Voilà donc exactement trois minutes qu'il attendait, dans le restaurant de la rue Dupont des Loges, confortablement installé à l'une des tables. Sa chemise noire et sa parka grise contrastaient avec le cadre typiquement alsacien et populaire de l'adresse. Nappes et serviettes à carreaux étaient dressées sur les tables rondes. En bois, tout comme les chaises, le comptoir principal et les murs, sur lesquels étaient accrochés, en guise de décoration, moules à kouglof et plats à baeckeofe. Une agréable odeur de flammenküche et de baeckeofe, justement, émanait de la cuisine. Près de lui, un couple trinquait, un verre de Gewurztraminer vendanges tardives à la main.

À côté du bar, une immense horloge en forme de nid, d'où sortait une cigogne, indiquait l'heure. L'inspecteur David regarda sa montre. Il appela la serveuse dont le badge portait l'inscription *Cindy, stagiaire*. Elle ne devait pas avoir plus de

20 ans. Brune. Ni jolie ni laide. Elle était d'une taille et d'une stature moyenne, était vêtue des mêmes habits que la plupart des filles de son âge. Rien de particulier ne ressortait de son physique, son style vestimentaire ou son comportement, à première vue.

Elle se contentait de sourire, de façon très polie, et de multiplier les allers-retours, plats et verres à la main, au sein de la salle du restaurant. Si bien que la majorité des gens servis durant le déjeuner ne l'auraient même pas reconnue en la croisant dans la rue à peine quelques heures après leur repas.

L'inspecteur David ne faisait pas partie de cette majorité-là. Il avait l'art et la manière, pour ne pas dire le talent, de déceler les détails qui faisaient la différence. En-là résidait d'ailleurs son métier.

Il ne lui avait suffi que de quelques instants pour s'apercevoir que la jeune stagiaire était certainement assujettie par son patron qui, de son côté, ne levait pas le petit doigt pour l'aider. En sus, elle était seule à assurer le service, quand deux à trois serveurs étaient habituellement nécessaires à l'heure du déjeuner. La pression qui découlait de la réussite ou non de son stage, indispensable à la validation de son année de formation, l'empêchait de se plaindre des conditions dans lesquelles elle travaillait et de faire valoir ses droits.

La pièce qui se jouait devant les yeux de l'inspecteur, et qui aurait paru on ne peut plus normale à n'importe quel autre client, se dessinait pour lui comme entièrement bancale. Tout y clochait. Le sourire trop poli, trop forcé de Cindy, la manière mal assurée de tenir les plats qu'elle servait, les petits regards en biais en direction de son responsable pour vérifier que ce dernier n'était pas en colère.

Et surtout, l'attitude du patron, qui scrutait, derrière son comptoir, les moindres faits et gestes de la jeune femme. Exerçant une emprise certaine sur Cindy.

L'inspecteur voulait en avoir le cœur net. Il attendit le moment propice où le chef d'établissement regarda vers lui, et où il fut hors du champ de vision de la serveuse, accaparée par la commande qu'elle prenait deux tables plus loin, pour effectuer un signe de la main. La réaction du patron fut immédiate.

— Cindy ! La 23 ! vociféra-t-il, nonobstant l'activité de l'employée qui se dirigeait maintenant vers les cuisines, son carnet à la main ; tandis qu'il épluchait tranquillement un magazine derrière le bar.

La jeune stagiaire arriva quelques instants plus tard, essoufflée, devant l'inspecteur.

— Mademoiselle, je tiens à ce que vous signaliez au responsable de l'établissement que l'heure affichée par son horloge est tout à fait approximative. Elle a une minute d'avance sur l'heure atomique internationale, heure de Paris. Il est en effet 12 h 36, et non pas 12 h 35 comme indiqué par cette charmante cigogne. Je connais la légende et n'aimerais pas qu'elle soit en retard, ou trop en avance, pour livrer ses nouveau-nés.

Cindy, qui, visiblement, n'était pas au fait de cette légende, resta bouche bée. Elle jeta un regard en direction du comptoir où son patron l'observait toujours, et prit le sourire le plus faux et commercial possible. Sentant le malaise, l'inspecteur enchaîna, en lui rendant un sourire, quant à lui bien plus franc.

— Après tout, ne dit-on pas que l'exactitude est la politesse des rois et le devoir de tous les gens de bien ?

— Heu, oui, Monsieur… hésita-t-elle. Je vais en faire part à mon responsable.

— Un responsable, qui est également votre tuteur de stage, si je ne me trompe pas ?

— En effet, vous avez raison…

— Dernière chose, pouvez-vous m'indiquer son nom ?

— Lambert. Stéphane Lambert.

— Stéphane Lambert, répéta-t-il, comme pour l'ancrer définitivement dans son esprit. Merci bien, Mademoiselle.

Mal à l'aise et ne sachant que répondre de plus, Cindy se força à sourire à nouveau, avant de se diriger timidement vers son employeur pour lui transmettre le message de ce drôle d'oiseau.

— Monsieur Lambert, désolé de vous déranger, mais l'homme assis table 23 m'a demandé de vous dire que l'horloge avait une minute d'avance. Je n'ai pas tout compris à ce qu'il m'a dit, car il m'a parlé de rois et leurs devoirs, ainsi que de cigognes. Il désirait aussi connaître votre nom.

— C'est qui ce casse-pieds ?! Je m'en occupe ! Toi, va prendre la commande de la 7 et amène les entrées à la 15, elles sont prêtes et les clients s'impatientent… grommela-t-il, tout en se dirigeant d'un pas pesant vers l'inspecteur.

Son impressionnante carrure donna le sentiment à Cédric de voir débouler sur lui une espèce de grizzli, avec son aspect bourru et sa manière tout à fait pataude de se déplacer.

Il avait en outre la fâcheuse tendance de ne pas saluer les clients qui entraient dans son commerce, laissant entièrement le soin de l'hospitalité à son personnel. Et c'était indubitablement plus pour la qualité de ses mets que de son accueil que les clients défilaient en son établissement.

— Monsieur, un problème avec l'heure ? dit-il, d'un air inquisiteur.

— Oui, en effet, elle n'est pas précise, formula calmement l'inspecteur en le regardant droit dans les yeux. Je pense qu'un restaurant comme le vôtre s'attache pourtant à l'exactitude en tout point. Tant dans le temps de cuisson des aliments que dans les recettes de ses plats. Comment perpétueriez-vous, sinon, la tradition ? Et comment pourriez-vous, Monsieur Lambert, proposer des flammenküches aussi parfaites si ces dernières avaient été sorties du four trop tôt ou trop tard ?

— Écoutez, Monsieur, je ne sais pas qui vous êtes ni où vous voulez en venir. Et je me demande bien pourquoi vous avez réclamé mon nom à la petite ?!

— Inspecteur Cédric David, lieutenant de police judiciaire du Grand Est.

Il montra discrètement sa plaque, en s'assurant que personne d'autre ne la voie.

— Bien que je connaisse déjà une multitude de personnes dans le milieu de la restauration, en rapport à mon travail, j'aime bien être informé d'à qui j'ai affaire quand je me rends quelque part. Et je n'oublie jamais un nom, et encore moins un visage, sachez-le…

Celui de Stéphane Lambert avait, à cet instant, viré au pâle. Ce n'était pas le moment d'avoir des désagréments avec les flics, et un éventuel contrôle sur le dos. Surtout qu'il venait de licencier de façon abusive plusieurs de ses employés et se retrouvait actuellement en sous-effectif.

— Bien, bien, inspecteur, si cela vous importe tant, je vais, de ce pas, corriger l'erreur sur l'horloge.

— C'est très aimable à vous de prendre un peu de votre temps pour moi, sourit l'inspecteur David. Surtout que vous n'êtes, à ce que je vois, que deux en salle ce midi, poursuivit-il en insistant exagérément sur le deux. Je viens ici de façon régulière, et me demande également, si vous le permettez, où sont donc passés les habituels serveurs ? C'est une sacrée responsabilité pour une stagiaire d'assurer comme elle le fait un tel service toute seule… J'espère qu'elle aura au moins une bonne note à son stage !

— Je fais passer plusieurs entretiens d'embauche dans la semaine pour renforcer l'équipe, balbutia-t-il. Oui, elle se débrouille très bien cette petite, c'est sûr ! Je m'en allais l'aider pour la suite du service, j'en ai terminé avec toute la paperasse habituelle, vous savez ce que c'est… Bon, j'y retourne, inspecteur, on a du pain sur la planche, et c'est le cas de le dire ! osa-t-il en désignant l'une des flammes venant d'être servie.

L'inspecteur ne réagit pas à sa blague. Je reviens vers vous d'ici peu pour prendre votre commande.

—Parfait, Monsieur Lambert, parfait ! Croyez-moi, je reviendrai, promit l'inspecteur, satisfait.

De sa bouche, cela prenait plutôt des airs de menace et le tenancier comprit que l'inspecteur s'assurerait qu'il avait bien embauché plusieurs salariés et bien traité la gamine.

Alexandre entra dans le restaurant quelques minutes plus tard, à 12 h 44 précise, selon le cadran en forme de nid de cigogne, qui était désormais réglé comme une horloge suisse.

Il fut très chaleureusement accueilli par l'inspecteur David. Ce dernier ajouta la mention « Une minute d'avance » en dessous du nom et du numéro de téléphone d'Alexandre dans son répertoire. La relation des deux hommes partait du bon pied. Nul ne sachant encore qu'ils traverseraient ensemble des heures bien sombres.

7

Le secret de tes yeux

Année 1980, Reykjavik, Islande

Le toit vert de l'église libre de Reykjavik pointait vers le ciel. La bâtisse blanche tenait fièrement le centre de l'une des places principales de la capitale islandaise, surplombant l'océan Atlantique Nord qui cernait de tous côtés l'île volcanique, caractérielle, impétueuse.

Cédric et Charlène passèrent devant pour se rendre au port. Après avoir demandé à un autochtone de les prendre en photo devant l'édifice coloré, ils continuèrent leur chemin, main dans la main, emmitouflés dans plusieurs couches de vêtements pour tenter de contrer le froid glacial du pays situé quelques kilomètres seulement en dessous du cercle polaire arctique, au sud-est du Groenland. Même si les températures n'étaient pas négatives en ce mercredi du mois de novembre, le ressenti, dû aux vents venus du Nord, l'était, quant à lui. La veille, les deux amoureux étaient sortis en haute mer observer les baleines à bord d'un bateau de tourisme. Une fois leurs combinaisons enfilées et un cachet contre le mal de mer avalé, ils avaient navigué plusieurs heures en direction de la baie de Faxafloi, au large de Reykjavik.

Les yeux écarquillés, Charlène s'était émerveillée à la vision des baleines à bosse et des petits rorquals. Les cétacés, repérés par le personnel navigant grâce au souffle qu'ils éjectaient en remontant à la surface, s'étaient pavanés devant les touristes ; exposant leurs imposantes nageoires dorsales. Tandis que fulmars et guillemots, un brin railleurs, déployaient leurs élégantes ailes pour survoler la scène et se moquer, par de petits cris, de ces Hommes qui voyaient pour la première fois leurs imposants compagnons… Le retour s'était fait dans la douleur, après que la tempête s'était levée. Le bateau tanguait avec frénésie de gauche à droite, puis de droite à gauche ; et les aventuriers avaient dû se réfugier à l'intérieur, l'un d'eux manquant de passer par-dessus bord après une énième contorsion de l'embarcation. Ceux qui n'avaient pas pris de cachets anti-vomitifs le regrettaient désormais amèrement, tandis que ceux qui n'en avaient pris qu'un dégobillaient également en observant les premiers rendre leurs tripes. Charlène avait vomi au pied de Cédric, qui, au lieu de s'énerver, s'était beaucoup amusé de la situation. Ses Converses blanches, qui, il faut le dire, n'étaient pas vraiment le type de chaussures recommandées pour prendre le large, garderaient le souvenir de cette excursion durant tout le séjour. Et même après…

Soulagés de reposer le pied sur la terre ferme, ils avaient passé la soirée dans l'un des bars du centre-ville, nommé Kaffibarinn, à se réchauffer à coup de tisanes, de chocolats chauds, de baisers et autres Skyr brûlés, un dessert confectionné à base du fromage très tendre et hyper protéiné amené sur l'île par ses premiers habitants, les Vikings.

Ils longèrent le port de Reykjavik, saluèrent d'un signe de la main les pêcheurs qui se dirigeaient vers eux depuis la jetée ; chargés de multiples caisses de homards qui seraient mitonnés le jour même par les différents restaurateurs des environs, en soupe ou grillés. Cédric portait en bandoulière son sac de sport noir Nike. Ce dernier renfermait leurs maillots et deux serviettes de bain, ainsi que quelques couches supplémentaires de vêtements qu'ils enfileraient à la sortie de la source chaude.

Ils montèrent dans leur Chevrolet de location, garée en face de l'océan, et démarrèrent en direction d'un lagon secret situé dans la petite ville de Fluoir, à quelque vingt-cinq kilomètres de la commune de Geysir, connue pour ses imposants geysers. La route jusque là-bas était en soi une véritable attraction de par la beauté des paysages du Cercle d'Or qui s'offraient aux yeux du jeune diplômé de l'école de police et de sa femme. Le Secret Lagoon n'était, comme son nom pouvait le laisser présager, pas bien indiqué et plutôt difficile d'accès. Plus connue sous l'appellation de Gamla Laugin par les habitants du coin, la plus ancienne piscine naturelle du pays, nichée en pleine campagne, était un véritable havre de paix. Elle s'avérait bien moins touristique que d'autres sources chaudes géothermales des environs, à l'instar du Blue Lagoon, l'un des sites les plus connus de l'État insulaire.

Le plus difficile, lorsqu'on se trouvait au Secret Lagoon, était de se rendre des vestiaires chauffés jusqu'au bassin, en empruntant un passage extérieur d'une trentaine de mètres. Déambuler à moitié nu, vêtu d'un simple maillot de bain, n'est en effet pas chose aisée lorsque la température tutoie les valeurs négatives et que le vent inflige à votre torse, vos cuisses, votre visage, les pires sévices. Le choc fut frontal pour l'inspecteur David lorsqu'il referma d'un coup sec la porte du vestiaire des hommes. Charlène, quant à elle, n'était pas encore ressortie de celui des femmes, à quelques pas de là. Il savait sa bien-aimée frileuse et ne pouvait se résoudre à l'attendre à l'intérieur du bassin. Paniquée de ne pas le voir, et gelée, elle aurait bien été capable de faire demi-tour et de repartir en direction du véhicule de location, dont elle n'avait d'ailleurs pas les clés… Cédric se fit violence pour sa belle. Ses dents claquaient, son corps entier frissonnait. Il se frotta les mains et secoua la tête, avant de sautiller sur place. La porte du vestiaire femmes s'ouvrit délicatement. En sortit une délicieuse créature aux cheveux mi-longs et aux yeux verts. La taille fine, les cuisses fuselées, Charlène portait un maillot de bain deux pièces de couleur rose qui épousait parfaitement sa poitrine généreuse et ses fesses rebondies.

— Oh, mon Dieu, il fait moins cinquante degrés ! s'exclama la petite poupée brune au teint pâle, en proie à un véritable choc thermique.

Cédric se précipita vers elle pour l'escorter au pas de course, un bras enlaçant sa taille pour qu'elle ne glisse pas, jusqu'à la piscine. Ils descendirent hâtivement les quelques marches les séparant de l'eau. Une onde de chaleur les réchauffa bientôt, au niveau des chevilles, puis des genoux, jusqu'à atteindre le nombril, les épaules... La tête !

— Aaah, oui ! Ça fait vraiment du bien, sourit Cédric, immergé jusqu'au menton au sein du liquide bouillonnant. C'est ça le bonheur, non ?

Il ferma les yeux, savourant du mieux qu'il le put cet instant de quiétude.

La chaleur de l'eau à quarante degrés détonnait avec le décor d'une prairie gelée et des premiers flocons de neige du mois, s'invitant tout à coup dans ce tableau quasi irréel. Il faisait nuit noire, comme la plupart du temps à cette période-là de l'année en Islande.

Le soleil avait fait la grasse matinée jusqu'à 10 heures, puis, épuisé d'avoir illuminé pendant de si nombreuses minutes la kyrielle de somptueux paysages du pays, avait à nouveau sombré peu après 16 heures.

Quand Cédric rouvrit les yeux, Charlène, qui s'était approchée à quelques centimètres seulement de lui, se blottit contre son corps.

— C'est surréaliste d'être ici, on est quand même totalement dingues d'être partis, comme ça, sur un coup de tête...

— Le voyage n'en est que plus savoureux... Et puis, on avait quelque chose à fêter !

— Oui, c'est vrai. Je suis fière de toi, mon inspecteur chéri...

Elle l'embrassa langoureusement. La température du bassin était soudainement passée de quarante à cinquante degrés.

— L'Islande, c'était mon rêve. Je suis vraiment heureuse de partager ce voyage avec toi.

— Moi aussi, chaton ! Et encore, le meilleur reste à venir demain avec la visite du glacier... Le spectacle s'annonce magique.

Au fil du temps, le diminutif Cha' qu'employait Cédric pour s'adresser à sa dulcinée s'était transformé en « chaton ». Il trouvait quelque chose de félin dans ses déplacements, ses grands yeux verts, sa façon de ronronner à ses caresses...

— Qu'est-ce que j'ai hâte ! J'espère qu'on apercevra des aurores boréales une fois la nuit tombée ! Et tu sais ce qu'on raconte à leur propos ? l'interrogea-t-elle d'un air coquin. D'après une légende, les enfants conçus devant ces dernières sont promis à de grandes et merveilleuses destinées... De nombreux Japonais viennent d'ailleurs en Islande pour faire un bébé. J'ai lu un article dans l'avion à ce sujet.

— C'est une proposition ?

— On peut dire ça...

Elle lui adressa un clin d'œil complice.

— Avec des parents comme nous, l'enfant à qui tu donneras naissance sera de toute manière promis à une belle destinée, aurores boréales ou pas !

De nombreux flocons de neige tourbillonnaient tout autour de la roche volcanique la plus belle que comptait désormais l'Islande. Elle le regardait avec tendresse, admiration, bienveillance. Amour. Elle était tout ce dont il avait besoin à ce moment-là, dont il n'aurait à jamais besoin. L'un des flocons voltigea avec une lenteur sereine, se démarquant des autres, comme s'il choisissait avec précaution l'endroit où il atterrirait ; puis se posa doucereusement sur le nez de Charlène. C'était un spectacle fascinant, certainement encore plus magique que celui des aurores boréales qui venaient d'apparaître au-dessus d'eux. Le vert des yeux de Charlène s'était intensifié, le ciel aux immenses nuages verdâtres se reflétait dans l'eau bouillonnante.

Cédric, littéralement captivé, n'avait encore jamais rien vu d'aussi beau. Il pouvait lire mille et une choses dans l'iris de Charlène qui semblait dévoiler l'ensemble de ses secrets, à la fois merveilleux et terrifiants.

— Je t'aime, chaton.

Il saisit de ses deux mains son visage, baisa tendrement son nez en prenant soin de ne pas écraser le flocon qui y avait élu domicile pour figurer aux premières loges de la représentation ; avant de descendre vers ses lèvres, pour ne plus jamais les quitter. Ce moment hors du temps resterait à jamais gravé en lui comme le plus beau souvenir de sa vie.

À ce moment-là, il était à mille lieues de se douter qu'il reviendrait, bien des années plus tard, dans ce même lagon, mais sans Charlène, et pleurerait toutes les larmes de son corps en se rappelant un si doux souvenir, pour un si tragique destin…

8

Copains comme cochons

Le 4 novembre 2019, 12 h 44, deux mois et neuf jours avant les faits, au restaurant La Brasserie alsacienne

Alexandre et l'inspecteur David semblaient en tout point sur la même longueur d'onde. L'un avait profondément apprécié l'accueil chaleureux qui lui avait été réservé, l'autre la ponctualité de son interlocuteur.

Si bien que la conversation avait rapidement bifurqué, après quelques échanges concernant l'enquête sur la prostitution dans le centre-ville messin – dans laquelle Alexandre se plongerait, mais seulement plus tard – à des sujets dont deux hommes, qui se trouvent des passions communes, une pinte de bière alsacienne à la main, discutent.

Le sport, bien évidemment, et en particulier le football avec la première partie de saison désastreuse qu'avait effectuée le FC Metz, en s'inclinant, au stade Saint-Symphorien, comme à l'extérieur, lors de ses sept premières rencontres… Avant de changer d'entraîneur et de renaître de ses cendres le temps de quelques matches. Puis de replonger dans les abysses du classement de Ligue 1. Mais également le cinéma, les voyages et le whisky…

Autant de prétextes pour échanger des points de vue et des anecdotes, entre deux bouchées de schiffala, une palette de porc fumée servie avec ses spaetzle, que les deux hommes avaient commandés.

Puis vint fatalement le sujet des femmes, amené par le récit d'une soirée mouvementée dans le pub d'un bar écossais au cours de laquelle Alexandre avait pu se délecter, en charmante compagnie, d'un single malt rare, un Port Ellen 35 ans d'âge… Il se souvient encore aujourd'hui de la couleur or, aux reflets ambrés, du fascinant breuvage élevé à la force du fût, aux notes inattendues d'agrumes et de gingembre. Une bouteille à plus de 3 000 euros, gagnée lors d'un tirage au sort organisé à l'occasion des 35 ans de l'établissement. Ce soir-là, il aurait pu repartir, en plus de la surprenante Ellen, aux bras d'une délicieuse fille du nom d'Aileen. Il n'en fit rien…

— Dis-moi, Alexandre, tu es amoureux, non ?! Ça se voit comme le nez au milieu de la figure… Comment s'appelle ta bien-aimée ?

Au bout d'une petite demi-heure, ils avaient commencé à se tutoyer. C'était venu le plus naturellement du monde.

—Cela se voit tant que ça, inspecteur ? rit Alexandre, surpris par la clairvoyance de son interlocuteur.

—Appelle-moi Cédric, je t'en prie. Peu de gens connaissent mon prénom, et rares sont ceux à me le demander. La plupart des gens m'appellent Monsieur David, les jeunes recrues, lieutenant David, et les anciens, inspecteur David, car je tiens à garder une certaine distance avec eux. Mais toi, j'ai comme l'impression que je peux te faire confiance, ça ne s'explique pas. Toute ma vie, je me suis fié à mon intuition, et cela m'a plutôt bien réussi.

— Merci, Cédric, et c'est réciproque, je dois l'avouer… annonça Alexandre, visiblement très honoré du privilège auquel il avait le droit. Elle s'appelle Cassandre, et il est vrai qu'elle est tout pour moi depuis désormais deux ans.

— Je l'avais deviné, ça se sent, tu es quelqu'un de respectueux. Et, à mon avis, Cassandre peut imaginer des projets d'avenir pour vous deux sans trop se tromper…

L'inspecteur faisait une fois de plus parler son flair, dont la réputation n'était plus à faire dans le milieu judiciaire. Il avait ressenti cela aux premiers regards, et mots, échangés avec le jeune homme de 26 ans.

— Et toi, Cédric ? l'interrogea-t-il, usant avec une certaine jouissance de son récent passe-droit. J'ai remarqué ton alliance... Depuis combien d'années es-tu marié ?

À ces mots, le visage de l'inspecteur David changea d'expression. Il inclina légèrement la tête.

— Ça aurait dû faire 22 ans il y a deux mois... dévoila-t-il.

Pour ne pas laisser Alexandre mal à l'aise devant la bévue qu'il venait de commettre, il poursuivit, tout en fixant l'un des pieds de sa chaise :

— Charlène était la femme la plus merveilleuse que je puisse imaginer un jour pouvoir rencontrer, puis épouser. Nous étions fusionnels, ne nous séparions que rarement : uniquement lorsque nous nous rendions au travail. Avant de la rencontrer, je courrais les jupons, ne me fixait avec aucune de mes conquêtes. J'étais un fêtard invétéré qui rendait les femmes malheureuses. Je ne pensais qu'à m'amuser. Mais avec elle, tout a changé, elle m'a fait grandir, évoluer, me concentrer sur d'autres choses que les sorties, les filles et l'alcool. Comme sur ma carrière, par exemple. Je ne regardais même plus les autres femmes, seule Charlène occupait mon cœur, mon lit et mes pensées. J'étais un homme tout à fait comblé. Puis, un jour, elle a disparu...

L'inspecteur, les paupières humides, se tut l'espace d'un instant. Il semblait comme immergé dans ses souvenirs.

— Je suis désolé... Mais que s'est-il passé ?

— Charlène a été enlevée, puis assassinée.

— Mon Dieu...

— Son corps n'a été retrouvé que six mois après sa disparition, en Europe de l'Est. Tu sais, j'exerce un métier à risque en traquant les criminels des bandes organisées les plus dangereuses et les plus puissantes. Pourtant, je me fais le plus discret possible, mais certains réseaux, parfaitement structurés, disposent également de leurs propres cellules de renseignement. Ils étaient aussi rancardés sur moi que moi sur eux, et ont voulu me détruire en touchant à ce qui était le plus important à mes yeux…

— Le réseau dont tu parles, est-ce le même que tu essayes actuellement de démanteler ?

— Le réseau Rajkovic, en effet. Tu comprends désormais pourquoi j'y consacre journées et nuits entières en ce moment. Comme je te l'ai dit tout à l'heure, le coup de filet est imminent, de nombreuses têtes vont tomber. Je n'ai jamais lâché l'affaire, contrairement à ce qu'ils auraient voulu que je fasse. En mémoire de Charlène, pour qu'elle ne soit pas morte pour rien. Alexandre, je compte sur toi pour ne sortir ton papier sur cette enquête qu'en fin de semaine…

— Je te l'ai promis, ne t'inquiète pas.

— Fais très attention à toi lorsque tu écriras sur cette affaire, Alex. Car, comme je te l'ai dit, les gros bonnets vont tous tomber simultanément, mais je ne suis pas sûr que l'on puisse avoir d'un coup l'ensemble de leurs hommes de main… Ça va être très tendu par ici, durant quelque temps. Certains retourneront dans leur pays ou se disperseront dans les Balkans, par crainte, tandis que d'autres désireront venger leurs chefs. Ils sont très bien implantés dans l'Hexagone où ils multiplient les trafics en tous genres… dont les stupéfiants, les cercles clandestins de jeux. Et ils prennent, depuis quelques années, un malin plaisir à enlever et faire subir les pires supplices aux femmes de flics, ainsi qu'aux personnes qui s'intéressent à eux d'un peu trop près.

— Dans le but d'intimider, je suppose…

— Ce sont les pires salauds ! Ils n'ont aucune limite… Et il est vrai que plus d'un agent a fermé les yeux pour ne pas faire prendre de risques à sa famille. Parfois, je me dis que j'aurais dû faire la même chose… Je n'imagine même pas ce que Charlène a dû endurer, par ma faute.

Charlène avait, en effet, subi les pires sévices. Battue et droguée, elle était violée plusieurs fois par jour dans une chambre de 22 m², de Tirana, en Albanie, par les membres du clan Rajkovic. Ils offraient également son corps aux membres d'autres associations mafieuses, de passage dans la capitale, et en affaire avec eux, notamment dans la traite des êtres humains, la prostitution partout en Europe, le trafic d'héroïne et la culture de cannabis. Des pratiques criminelles favorisées par les conflits dans lesquels avaient baigné les Balkans dans les années 90, qui avaient alors développé l'industrie du sexe, les marchés clandestins d'armes, de cigarettes, d'essence et de drogue. Bien souvent, des États étaient de connivence avec les organisations criminelles. Ils fermaient les yeux pour consolider leur pouvoir, tout en contournant les sanctions internationales, et combler les pénuries.

De l'héroïne était injectée à forte dose à Charlène : elle avait fini par mourir égorgée par l'un de ses bourreaux, dans cette chambre miteuse de l'agglomération de près d'un million d'habitants de laquelle elle n'était pas sortie pendant plusieurs mois. Lorsque son corps avait été retrouvé par les autorités albanaises, puis identifié comme étant celui de Charlène Strasser, l'inspecteur David avait perdu une partie de lui-même. Il s'était alors juré de retrouver les responsables de cette lâche entreprise et de leur faire payer le prix du sang. Pas avec des peines de prison, non, même s'il menait en façade cette enquête avec le plus grand professionnalisme. Pour l'inspecteur, la violence appelait la violence ; et les personnes liées de près comme de loin au clan Rajkovic périraient dans d'atroces souffrances. Tout comme avait péri la femme de sa vie. Certains dans leurs cellules, par le biais d'intermédiaires qui verraient leur quotidien amélioré grâce au bras long de l'inspecteur, d'autres durant le coup de filet…

— Cédric, je suis sûr que tu feras tomber les têtes de cette mafia, et qu'ils paieront pour tout le mal qu'ils ont fait…

— L'avenir nous le dira, Alex. Mais il est vrai que tant que je respirerai, je ne cesserai de les traquer sans relâche.

Ils se quittèrent sur une franche poignée de main, tous deux convaincus que ce n'était pas la dernière fois qu'ils se verraient.

9

De merveilleuses imperfections

Mai 2017, deux ans et huit mois avant les faits

À la seconde où ses yeux s'étaient posés sur elle, son cœur s'était emballé. Il ne pouvait la fixer trop longtemps, sous peine que ce dernier tambourine à en faire exploser sa poitrine ; qu'il commence à manquer d'oxygène et que son visage devienne, tout à coup, écarlate.

Jamais il n'avait ressenti cela auparavant et, à vrai dire, il s'en serait bien passé…

Elle n'avait en effet de cesse d'occuper ses pensées, nuit comme jour, hantant ses rêves et ses silences. Lui, d'ordinaire si libre, insaisissable, se trouvait désormais esclave du moindre signe d'attention de sa part, geste, message, baiser ou rendez-vous donné. Lui, d'ordinaire si mystérieux, était devenu tellement prévisible, prisonnier de la puissance de sentiments qu'il croyait jusqu'alors réservés à d'autres.

Il aurait donné sa vie pour la faire sourire, pris celle des autres pour que jamais plus elle ne pleure.

C'était un après-midi de printemps comme les autres. Les premiers rayons de soleil de l'année illuminaient les bourgeons des champs environnants, prêts à éclore. La température était plutôt douce. Quelques bourrasques, quant à elles, fraîches, faisaient danser les branches des arbres sur lesquelles les oiseaux, revenus de leur migration, s'affairaient à se préparer un nid douillet. Cassandre, recroquevillée sur elle-même, était en pleurs. Son chien, un spitz moyen d'à peine quatre mois, s'était fait la malle au cours d'une promenade avec son père. Elle avait pourtant pris soin de lui répéter plusieurs fois de le tenir en laisse, et de ne surtout pas le lâcher... Alexandre passait là par hasard. Il partait rendre visite à l'un de ses amis d'enfance qui habitait Mars-la-Tour, un village situé dans le département voisin de Meurthe-et-Moselle. Cette fille, assise par terre, à l'orée du bois, lui disait quelque chose... Ils s'étaient sûrement déjà croisés dans un des bars ou discothèques de la grande ville la plus proche, Metz, où résidait ce dernier. Et ce, sans jamais s'adresser la parole. Il ne put s'empêcher de s'arrêter :

— Je sais que ça ne me regarde sûrement pas, mais quelque chose ne va pas ? osa-t-il demander, tout en connaissant déjà la réponse.

Elle leva ses deux grands yeux en amande dans sa direction. Ce fut un électrochoc. Son regard le foudroya littéralement sur place. Il n'avait encore jamais vu pareille beauté. Une beauté slave. Plusieurs nuances de blond se livraient bataille au sein de ses longs cheveux ; sa bouche était pulpeuse à souhait ; ses yeux, d'un bleu si profond qu'on aurait facilement pu s'y perdre en n'y prenant garde. Alexandre n'avait pris garde... Si bien qu'il ne comprit pas la réponse de Cassandre et dut lui faire répéter.

— Pardon ? dit-il en coupant son moteur, feignant d'avoir été gêné par le bruit.

— J'ai perdu mon chien, je le cherche depuis ce matin... Toujours aucune trace de lui, répéta-t-elle de sa voix enfantine, les yeux rougis par de multiples sanglots.

— Mais... Tu es seule à le chercher ?

— Oui, mes parents et une amie m'ont accompagnée tôt ce matin, mais avaient d'autres choses à faire ensuite...

— J'ai une petite heure devant moi, tu veux que je t'aide ?

Sa question était sortie de sa bouche spontanément, comme si sa langue, obéissant directement à son cœur, avait pris le pouvoir, sans consulter son cerveau. Il s'étonna lui-même d'avoir prononcé ces mots, mais n'eut guère le temps de regretter ce petit coup d'État interne en constatant qu'une lueur d'espoir était tout à coup apparue dans le regard de la jeune femme, visiblement enchantée par la proposition.

Ils avaient passé des heures dans les bois, à scruter le moindre mouvement et tendre l'oreille au moindre bruit, tout en scandant le nom du chien de Cassandre, Louna, à tue-tête. Ils n'avaient pas vraiment eu le temps de faire connaissance, échangeant tout de même une poignée de banalités sur leurs vies et élaborant quelques stratégies sur la meilleure façon de retrouver l'animal. Mais qu'importe, ce que savait déjà Alexandre sur Cassandre, ce qu'il avait instantanément ressenti lui suffisait à se forger l'intime conviction qu'elle serait un jour celle qui partagerait sa vie. S'il ne s'était en effet jamais fait une idée bien précise de la femme idéale avant cela, il l'avait désormais devant les yeux.

— Tiens, bois un peu d'eau, avait-elle susurré à Alexandre, hors d'haleine après être arrivé au sommet d'un chemin pentu.

Ils s'étaient assis, l'espace de quelques instants, au pied d'un gigantesque chêne pour reprendre leur souffle et s'hydrater. Le temps s'était arrêté autour d'eux. Aucun des deux ne parlait. Ce silence ne les gênait pas. Bien au contraire, il les apaisait. Ils se contentaient de se regarder, et de sourire… Captivés l'un par l'autre. Leurs corps, comme aimantés, se rapprochaient tout doucement. Cassandre lui prit la main. Soudain, ils entendirent un bruissement dans les fourrés derrière eux.

Elle se leva d'un bond.

— Louna ! Louna, cria-t-elle en avançant, pleine d'espoir.

Un grognement sourd fit office de réponse, faisant sursauter Cassandre. Elle comprit aussitôt que ce n'était pas son chien.

— Attends, Cassandre, n'y va pas ! Laisse-moi aller voir.

Alexandre s'arma d'un bâton qu'il ramassa près du chêne et s'avança prudemment... Une masse noire surgit du massif broussailleux tout en poussant un cri puissant. Un sanglier. Alexandre en fit tomber sa matraque de fortune. Le colosse semblait visiblement prêt à charger.

— Cassandre, retourne doucement sur tes pas, je vais te rejoindre... Surtout, pas de mouvements brusques. Il a plus peur que nous ! lança Alexandre, d'un ton qui se voulait rassurant.

— D'accord, mais fais attention à toi !

La jeune fille ne se fit pas prier, et rebroussa lentement chemin. Dans ce genre de situations, l'instinct de survie prend bien souvent le dessus, guidant quelques actions des plus égoïstes.

Elle fut néanmoins rejointe quelques instants plus tard par Alexandre, après un duel de regards qu'il n'était pas sûr d'avoir remporté...

— Mais que s'est-il passé ? Tu as des traces de sang sur le bras, tu t'es fait mal ? s'inquiéta Cassandre.

— Ce n'est rien, dit-il en constatant le liquide rougeâtre sur son membre supérieur.

Avant d'ajouter, de façon tout à fait honnête :

— Je crois que la bête qui nous a attaqués était blessée. C'est d'ailleurs sûrement pour cela qu'elle s'est montrée aussi agressive...

Devant la mine défaite de cette dernière, et la scène qui venait de se jouer à leur insu, ils eurent tous deux une crise de fou rire.

Ils avaient fait tout leur possible pour retrouver son chiot, en vain... Alexandre en avait même oublié son ami d'enfance, qui l'avait attendu tout l'après-midi et harcelé d'appels, ne se doutant aucunement de la rencontre qu'il venait de faire.

Une fois le soleil couché, ils avaient regagné sa voiture et il l'avait déposée chez elle, à quelques centaines de mètres de là, dans son petit village d'environ 300 âmes. Elle était inconsolable. Tandis que son eyeliner dégoulinait sur ses pommettes hautes et rebondies, elle le regardait avec gratitude, reconnaissante pour le temps qu'il lui avait consacré.

Qu'est-ce qu'elle était belle, même triste. Il aurait voulu la prendre dans ses bras, s'imprégner de son odeur, autoriser ses lèvres à partir à la rencontre des siennes. Il ne fit rien de tout cela.

— Alexandre, merci pour ce que tu as fait, s'exprima-t-elle, en le fixant de ses indomptables yeux bleus.

Il avait déjà contemplé un bleu d'une intensité comparable, mais à quelques milliers de kilomètres de là, lors d'un voyage dans les îles thaïlandaises. En Asie du Sud-Est, à Koh Phi Phi, seul, devant la mer d'Andaman, il s'était senti infiniment petit. Minuscule. *La nature est un véritable don du Ciel*, se souvenait-il alors d'avoir pensé. Il retrouvait aujourd'hui, dans les yeux de Cassandre, cette même sensation d'immensité. Il réajusta son rétroviseur intérieur pour se donner un peu de contenance ; et ne pas se noyer dans les tumultueuses vagues de cet océan dans lequel il aurait pu, des jours et des jours, naviguer.

— C'est normal, je suis vraiment désolé qu'on ne l'ait pas retrouvé... J'aurais aimé t'être plus utile.

— On aurait très bien pu tomber dessus, on n'a juste pas eu de chance. Dieu seul sait où est Louna à cette heure-ci...

Une larme se forma au coin de l'œil gauche de Cassandre et coula, lentement, jusqu'à son menton. Alexandre sortit un mouchoir de sa poche et l'essuya délicatement, tout en essayant de la rassurer du mieux qu'il le put.

— Ne désespère pas, je suis sûr qu'elle est au chaud, chez une personne qui l'a recueillie pour la nuit !

Au fond de lui, il n'en était pas si convaincu, conscient des multiples risques auxquels avait été confronté l'animal depuis sa fuite. La jeune chienne aurait très bien pu être écrasée, ou prise pour cible par un chasseur des environs, la confondant avec un renard, ou du gibier, pensa-t-il. Il imagina, l'espace d'un instant, le chien de Cassandre, gisant au sol, la gueule ouverte, son pelage beige couvert de sang.

— Merci, j'espère que tu as raison… J'ai tout de suite su que tu étais quelqu'un de bien, le jour où tu m'as abordée devant le bar. Je me fie énormément au regard. Il ne trompe pas. Dans le tien, il y a quelque chose de bon ; mais aussi une pointe de mystère que je n'arrive pas encore à bien saisir.

Alexandre hocha la tête, comme pour revenir à lui. Ils s'étaient donc déjà parlé auparavant… Il ne s'en souvenait pas. Cassandre lui disait quelque chose, et il était certain de l'avoir déjà vue, à Metz, mais ne se souvenait pas d'une quelconque conversation. Je devais être, comme souvent le week-end, dans un état d'ébriété avancé, pensa-t-il. Quelle est donc le bar dont elle me parle ?

Elle continua.

— Ce soir-là, j'ai dû partir précipitamment, mon amie ne se sentait pas très bien… Elle venait de croiser son ex-petit copain et faisait une sorte de choc post-traumatique, rit-elle. Elle a même vomi en arrivant dans ma voiture. J'espère que tu n'as pas cru que je cherchais à t'éviter ou à abréger notre conversation.

— Non, non, ne t'inquiète pas, je ne me suis pas vexé du tout ! répondit-il très honnêtement.

En effet, comment aurait-il pu être vexé d'une scène dont il n'avait aucun souvenir ?

— Tant mieux alors, j'ai eu peur que tu m'aies prise pour l'une de ces filles arrogantes et odieuses qui se sentent supérieures. Celles-là, je ne les supporte vraiment pas.

— J'ai bien vu que tu n'étais pas comme ça, Cassandre.

Alexandre aurait voulu lui dire, à cet instant, qu'il avait immédiatement compris qui elle était, qu'elle n'avait pas à se justifier, et qu'il l'aimait déjà. Sans même connaître en détail ce qu'était sa vie.

Cassandre lui sourit. Ses dents, parfaitement alignées étaient d'une blancheur intense. C'est le genre de dents qu'on ne voit habituellement que dans les campagnes publicitaires pour dentifrice, pensa-t-il.

— Tu veux venir prendre un verre chez moi ? demanda-t-elle. Il y a mes parents, mais ils seraient, j'en suis sûre, ravis de faire ta connaissance.

Alexandre resta bouche bée devant l'invitation de la jeune fille.

Tout d'un coup, son téléphone s'anima avec violence. Il vibra dans tous les sens durant une bonne vingtaine de secondes. Alexandre découvrit – en retard – tous les messages laissés par son acolyte, sans doute jusqu'alors trahi par le manque de réseau dans les environs.

— Jonathan ! s'écria-t-il. Je l'ai totalement oublié. C'est gentil et ça aurait été avec plaisir, mais mon ami doit s'inquiéter. Je pense qu'il va me tuer ! Il fait toujours des drames pour tout. Pourtant, je n'ai que plusieurs bonnes heures de retard… s'amusa-t-il. Je crois bien qu'il vient de saturer ma messagerie. Mais on se voit très rapidement ! ajouta-t-il, dans un sursaut de confiance en lui.

Ils ne s'étaient revus que neuf mois plus tard, au cours de l'hiver 2018. Six longs et douloureux mois pour Alexandre. Il n'y a en effet pire torture en ce monde que de voir son cœur battre pour une personne lorsque ce n'est pas réciproque… Si Alexandre n'avait cessé de penser à Cassandre depuis ce jour, et regretté de ne pas l'avoir embrassée, cette dernière s'était quant à elle éprise d'un autre garçon. Et ce, quelques jours à peine après leur rencontre. Un jeune homme du village voisin, du nom de Kévin Dumont, une connaissance de son frère, qu'elle avait rencontré lors d'une soirée entre amis.

Lui ne ressentait visiblement pas la même chose pour elle, simple proie supplémentaire sur son tableau de chasse. Si Alexandre n'avait pas su saisir sa chance au bon moment, un autre s'en était chargé.

D'habitude plutôt audacieux et à l'aise avec la gent féminine, il ne savait vraiment pas comment s'y prendre avec elle. Surtout depuis que le cœur de la belle n'était plus à prendre... Il était comme bloqué, perdant tous ses moyens, se retournant le cerveau sur la tournure de phrases, la ponctuation, le smiley du moindre SMS ou message envoyé sur les réseaux sociaux. Tout cela, en vain...

Entre-temps, Cassandre avait retrouvé son chien. Une famille, qui était tombée par hasard sur l'animal, affamé et blessé, dans les environs de Gravelotte au cours d'une promenade en lisière de bois, l'avait recueilli deux jours après qu'il s'était enfui. Le spitz fugueur, écorché au niveau du dos, s'était visiblement pris dans des barbelés en traversant un champ. L'avis de disparition qu'avait posé Cassandre sur la page Facebook Pet Alert 57 avait été partagé plus de 7 000 fois par les membres du réseau jusqu'à frapper à la bonne porte... La famille avait alors contacté Cassandre pour lui annoncer la bonne nouvelle. C'était inespéré et elle avait été, à ce moment précis, la fille la plus heureuse au monde.

En pause avec son Kévin Dumont parti pour quelques mois en Australie dans le cadre d'un Working Holiday Visa, elle avait alors accepté de revoir Alexandre ; après une énième proposition de ce dernier. Ils s'étaient retrouvés au Kinepolis, le cinéma de Saint-Julien-lès-Metz, un vendredi soir. Le jeune homme avait laissé à Cassandre le soin de choisir le film. Et même s'il avait pu, ce soir-là, regarder le pire navet de l'année – pourvu qu'il soit en sa compagnie – Alexandre avait été agréablement surpris par l'option prise par la belle : *Gone Girl*, un thriller comme il les aimait. Un film racontant l'histoire d'une femme, qui, pour se venger de son mari qui la trompe, disparaît tout en mettant en scène son propre meurtre...

Durant la projection, Alexandre jeta, de temps à autre, de petits regards furtifs en direction de Cassandre ; qui semblait, pour sa part, totalement happée par le film.

C'est peut-être trop tordu, trop pervers pour un esprit pur comme le sien, songea-t-il en l'observant frémir lors d'une scène de violence.

Il aurait voulu la prendre dans ses bras, lui tenir la main ou poser la sienne sur sa cuisse. Mais il n'osa franchir le pas et casser la distance qui les séparait. C'est Cassandre qui le fit, sans même y réfléchir, une heure après le début de la séance... Fatiguée par son travail et la réorganisation interne qui s'y opérait depuis l'arrivée d'un nouveau responsable, la jeune femme posa candidement sa tête sur l'épaule d'Alexandre.

Une sensation de fièvre envahit alors le corps de ce dernier. Tout en lui, qui avait pourtant déjà connu la chaleur de nuits passionnées avec plusieurs femmes auparavant, bouillonnait. Il n'avait jamais rien éprouvé de la sorte, l'ensemble des cellules de son corps semblaient en ébullition, comme si elles venaient d'être subitement électrisées. Son cœur battait la chamade. Il essaya de se rendre le plus confortable possible pour sa douce et ne bougea plus d'un cil durant le restant du film. Elle s'endormit paisiblement. Il n'osa la réveiller, même une fois la séance terminée et la salle totalement vide.

Il aurait pu rester des heures ainsi, s'il n'avait pas été sommé par les agents d'entretien, qui effectuaient leur tournée, de quitter les lieux.

— Cassandre, le film est fini... lui glissa-t-il, à voix basse, tout en recoiffant l'une de ses mèches de cheveux derrière son oreille.

Elle ouvrit les yeux, déboussolée.

— Je... je crois que je n'ai pas vu la fin, je me suis endormie.

— Tu as même sombré à la moitié du film !

— Oh non, j'aurais vraiment aimé le voir... Je suis dégoûtée, réagit-elle, déçue de n'avoir pas plus lutté contre le sommeil. Tu sais, en ce moment, je suis épuisée ; l'arrivée de mon nouveau responsable n'est pas de tout repos.

— Nous retournerons le voir, si vraiment ça te tient à cœur. Ou mieux, je t'offrirai le DVD lorsqu'il sortira ! plaisanta-t-il.

Cassandre sourit devant la gentillesse du jeune homme à son égard. Ils sortirent enfin de la salle et se dirigèrent vers le parking. Alexandre la raccompagna jusqu'à sa voiture, une Ford Fiesta qui n'était visiblement pas de première main, au vu des multiples bosses qu'elle présentait sur le flanc droit.

— Que s'est-il passé ? demanda Alexandre

— Oh, ça, ce n'est rien... Juste une barrière qui m'a foncé dessus !

Ils rirent tous les deux.

— J'ai été vraiment ravie de passer la soirée avec toi. Je ne suis pas au mieux en ce moment, et ça me permet de penser à autre chose...

— C'est réciproque, Cassandre. Et depuis le temps que l'on doit se revoir, ça fait vraiment plaisir.

— Je sais que j'ai décliné et reporté plusieurs de tes invitations, mais c'était assez compliqué de mon côté, niveau cœur, ces derniers temps.

— Je comprends, ne t'en fais pas. Si je t'en voulais, je ne serais pas ici ce soir.

Pour la deuxième fois, Cassandre le fixa de ses deux grands yeux bleus. Le temps semblait s'être figé autour d'eux. Une légère brise souffla et fit tournoyer les cheveux de Cassandre sur son visage.

Alexandre, qui n'avait jamais rien vu de plus beau, était, une fois de plus, à la croisée des chemins. Il redoutait par-dessus tout ce genre de moments, de petites décisions qui peuvent avoir un impact considérable sur le restant d'une vie, forger une destinée. Mais il avait assez regretté, des mois durant, de ne pas avoir embrassé Cassandre lorsqu'il en avait eu l'occasion ; et avait rejoué la scène maintes et maintes fois. Il prit donc son courage à deux mains et approcha doucement son visage vers elle. Après avoir marqué un temps d'arrêt et plongé, l'espace de quelques secondes, dans les yeux de Cassandre, il laissa enfin ses lèvres partir à la rencontre des siennes.

Ce fut une véritable explosion d'arômes, de saveurs. Il leur trouva un délicieux goût sucré. D'abricot. Ou peut-être de pêche... Il n'en était pas totalement sûr, et se délecta, plusieurs fois, du fruit, exquis, qui lui avait été jusque-là défendu...

— Tu sais, j'aurais aimé que tu m'embrasses comme ça lors de notre première rencontre ! Pourquoi n'as-tu pas osé ?

— Je ne voulais pas profiter de ta détresse, tu étais si triste et on se connaissait à peine... Je n'étais pas sûr que tu en aies envie, répondit-il. Et puis, je te rappelle qu'on a failli se faire empaler par un sanglier, sourit-il, enlaçant cette dernière de plus belle.

À ces mots, Cassandre rit et se souvint de l'effrayante scène.

— C'est vrai, et tu n'as pas hésité à me protéger. C'était d'ailleurs complètement insensé de ta part de rester planté là, devant l'animal, pendant que je me mettais à l'abri. Mais, par je ne sais quel miracle, ça a fonctionné...

— Oh, il a sûrement dû voir dans mon regard que j'étais prêt à me sacrifier, ou à me battre...

Cassandre et Alexandre se revirent plusieurs fois par semaine. Peu à peu, elle était tombée sous son charme, jusqu'à voir naître l'ébauche de ce qu'elle pensait être des premiers sentiments. La pointe de maladresse dont il faisait preuve à son égard la faisait rire, et elle y trouvait même quelque chose de touchant.

Et son ex-petit ami ne lui donnait, quant à lui, aucune nouvelle. Il préférait fanfaronner, sur les réseaux sociaux, en publiant des photos de soirées arrosées en charmante compagnie... Ce qui faisait, à vrai dire, de moins en moins de mal à Cassandre, qui commençait à l'oublier. Au bout de quelques rendez-vous avec Alexandre, elle avait décidé de mettre un terme définitif à sa relation précédente, coupant totalement les ponts avec Kévin, ce coureur de jupons narcissique et trop peu attentionné.

Le printemps suivant leur rencontre, et alors qu'ils se voyaient déjà depuis plusieurs mois, ils s'étaient baladés, en compagnie de Louna, devenue depuis totalement obéissante, à l'endroit même où ils avaient cherché la chienne fugueuse l'année passée. Cassandre, qui sortait d'une garden-party organisée par l'un des clubs de tennis locaux, où elle avait fait office d'hôtesse, était en robe blanche et talons aiguilles. Son physique aidant, la belle demoiselle multipliait les prestations de ce type à côté de son job de vendeuse, avec un objectif bien précis en ligne de mire... Cassandre en était persuadée, elle ne ferait pas cela toute sa vie. Et, une fois suffisamment d'argent économisé, elle poursuivrait les études dont elle rêvait...

— Tu ne colles pas du tout avec le décor, se moqua Alexandre.

— Pourquoi, on ne peut pas aimer la nature et les promenades en forêt, tout en se mettant sur son trente-et-un ? répliqua Cassandre avec humour, manquant de trébucher. J'ai peut-être eu un coup de cœur pour le porcin de la dernière fois et me suis mis en bombe au cas où on serait amenés à le recroiser ?

— Ne parle pas de malheur, s'il te plaît ! rit Alexandre.

Repassant devant l'impressionnant chêne où ils avaient fait une halte des mois auparavant, ils s'étaient embrassés avec passion.

Louna, quant à elle, n'était pas très loin. La chienne semblait avoir appris de ses erreurs et on pouvait désormais tout à fait la promener sans la tenir en laisse, sans qu'elle tente de se faire la belle.

Cassandre avait ôté sa robe blanche, et ils avaient fait l'amour pour la toute première fois ; atteignant l'orgasme en même temps… Un moment magique pour tous les deux, l'endroit ayant ajouté une note d'irréalité.

— Alexandre, je t'aime… lui avait-elle alors dit.

— Je t'ai aimé dès que je t'ai vue, Cassandre… J'ai tout de suite compris que je ferais un jour ma vie avec toi.

— Alors, promets-moi que jamais tu ne m'abandonneras.

— Je te le promets, nous serons à jamais réunis. Je crois que si tu mourais demain, je ferais de même…

Il sortit de sa poche son couteau suisse pour sceller définitivement leur amour sur le tronc du majestueux chêne, d'un cœur entourant les initiales C & A de leurs prénoms.

— Voilà, cet arbre, qui sera encore là dans plusieurs centaines d'années, est le témoin de la promesse que je viens de te faire.

Un témoin muet et majestueux.

— Heureusement qu'il n'est pas doté de la parole… après la scène à laquelle il vient d'assister !

— Et heureusement que Louna a trouvé de quoi s'occuper un petit moment en déterrant l'os de je ne sais quel animal à quelques mètres de là ! ajouta Alexandre en voyant la chienne arriver en remuant la queue et la gueule encombrée d'un morceau de carcasse pleine de terre.

Un jour peut-être, ils retourneraient à cet endroit, et se souviendraient alors certainement de leurs premiers émois.

10

Nous serons enfin réunis

28 décembre 2019, deux semaines avant les faits

Christophe sortit du tiroir inférieur de son bureau le double des clés des casiers du personnel. Il était le seul à en connaître l'existence et gardait ce secret très précieusement. Nul n'était autorisé à pénétrer dans la pièce quand il n'était pas là. Elle contenait les écrans de contrôle des caméras de vidéosurveillance de l'ensemble des rayons du magasin, ainsi que de l'atelier.

Le bureau était soigneusement cadenassé en son absence. Si ses employés découvraient un jour que des doubles des vestiaires existaient, Christophe aurait eu bien des ennuis et une explication devant la justice se serait très certainement imposée. Ce jour-là, alors que l'affluence battait son plein en magasin, Christophe décida d'effectuer son petit contrôle rituel des effets personnels de ses employés. En quelques minutes seulement, poches de vestes et de pantalons, sacs de sport et sacs à main étaient régulièrement passés au peigne fin. Il aimait par-dessus tout posséder un coup d'avance sur son personnel, une façon pour lui de garder le contrôle et d'assurer sa domination.

Christophe ouvrit le casier de Cassandre. C'était le moment qu'il préférait lors de cette mini chasse au trésor. Un jour, il était tombé sur un sachet contenant des sous-vêtements que venait d'acheter la jolie blonde. Une nuisette transparente et plusieurs strings. Ça l'avait énormément excité, et il n'avait pu s'empêcher d'en subtiliser un.

Mais ce qui lui faisait perdre totalement la tête, c'étaient les chaussures. Et particulièrement les talons aiguilles.

Il ne ressentait pareille jouissance qu'en présence de son fétiche. Selon Freud, il s'agissait là d'une probable métaphore, d'une restitution imaginaire du manque d'un phallus chez la femme. En effet, la sexualité atypique de Christophe, comme celle de bien d'autres fétichistes, remontait à la petite enfance, lors de la phase génitale de développement psychique.

Alors en bas âge, il avait découvert la différence sexuelle avec sa mère lors des bains qu'elle lui faisait prendre avec elle : se sentant menacé dans son intégrité physique, il avait alors développé une peur fantasmée de la castration.

Au final, pouvait-on réellement blâmer cet enfant qui n'avait jamais connu de père, et qui ne côtoyait pas d'homme au quotidien ?

Sa mère, déçue par le sexe fort après qu'elle eut été larguée une fois mise en cloque, vivait désormais comme une vieille fille. Aigrie, blessée par ce qui lui avait été fait, son cœur était devenu aussi sec que sa poitrine, que les Rocheuses du Grand Canyon.

L'objet fétiche, en l'occurrence le talon chez Christophe, lui permettait, depuis, de substituer ce manque, de le combler tant bien que mal.

Plus les talons étaient hauts, plus cela faisait d'effet à Christophe. Le fétichiste disposait d'ailleurs d'une impressionnante collection dans son bureau…

Il fouilla dans le sac à main marron de Cassandre, dont il commençait à connaître les moindres recoins par cœur : chargeur de smartphone, barres de céréales *Special K*, rouge à lèvres, paquet de chewing-gums, tampons, eyeliner, pièces de monnaie, lingettes démaquillantes, portefeuille, bonbons, petit miroir… Jusque-là, rien d'inhabituel dans le bric-à-brac de la jeune femme.

Un petit objet blanc et rectangulaire attira soudainement son attention tout au fond du sac. Il s'agissait d'un test de grossesse. Christophe le sortit et l'examina avec précaution. Il lut la petite inscription située en plein milieu de l'objet en plastique, +, et se référa à la légende.
Enceinte.
Il n'en croyait pas ses yeux. La femme qu'il aimait était enceinte. D'un autre, selon toute vraisemblance. Il s'était en effet toujours protégé lors de ses rapports avec Cassandre, de peur que cette dernière n'ait des preuves contre lui concernant ses viols.

Il ne pouvait se résoudre à l'idée que Cassandre soit enceinte, lui qui pensait que les derniers mois – au cours desquels il avait multiplié les rapports intimes la journée et mails de débriefing le soir – les avaient grandement rapprochés. Il resta immobile quelques instants, décontenancé par la nouvelle qu'il venait d'apprendre. Puis revint à ses esprits et reposa minutieusement le test à l'endroit où il l'avait trouvé.

Après avoir refermé le casier de Cassandre, il monta à l'étage et s'isola dans son bureau pour réfléchir. Ses collègues ne le revirent que le soir, lors de la fermeture. Il leur adressa un bref « bonsoir », sans même les regarder.

— Ah oui, au fait, je ne serai pas là demain, lâcha-t-il au passage, n'apportant pas plus d'explications.

Ces derniers haussèrent les épaules, trop habitués aux sautes d'humeur et bizarreries de leur boss.

Christophe monta dans sa Porsche Cayenne, démarra pied au plancher et monta dans les tours sur l'autoroute en direction de Nancy, pour se rendre à Bar-sur-Aube.

Il avait élaboré un plan. Durant tout l'après-midi, le responsable avait réfléchi à la meilleure solution pour son avenir avec Cassandre, tout en l'observant travailler au sein du rayon athlétisme depuis l'écran de surveillance. Il en était arrivé à la conclusion qu'il fallait qu'ils vivent ensemble, à la campagne, tous les deux. Loin du futur père de l'enfant, de ce magasin et de toute cette agitation citadine, qui empêchaient Cassandre d'ouvrir les yeux. C'était primordial. Elle se rendrait alors compte de son amour pour lui. Elle commencerait très certainement par refuser son offre, prétextant qu'elle était enceinte, qu'il n'était qu'un monstre exerçant les pires sévices sexuels sur elle, et qu'elle était folle amoureuse d'Alexandre... Mais Christophe n'était pas dupe, elle serait beaucoup plus heureuse avec lui qu'avec ce gamin journaleux. Et, de toute évidence, l'air de la campagne lui ferait le plus grand bien.

Il avait hérité, de son oncle paternel, d'une grande maison de campagne à Bar-sur-Aube, à quelque 250 kilomètres de là. Située à proximité de vignes, elle disposait de plusieurs chambres à coucher, deux salles de bains, un immense salon avec cheminée, et un jardin de plusieurs hectares, soigneusement entretenu par l'homme à tout faire qu'employait la famille depuis des lustres. La cave pourrait très bien être aménagée en un appartement de près de 90 m². L'endroit idéal pour élever un enfant, pensait Christophe.

Les premières années seraient peut-être difficiles, mais elle finirait, plus tard, par se résoudre à l'idée d'un futur avec Christophe. Elle le remercierait alors pour tout ce qu'il avait fait. Elle n'aurait plus à travailler ni à se soucier de rien. Et pourrait se livrer, à son gré, à divers loisirs durant la journée et préparer comme il se doit l'arrivée de leur enfant. Le soir, ils se retrouveraient tous les deux et partageraient de merveilleux moments. Dans quelques mois, ils seraient parents.

Encore fallait-il que Christophe amène Cassandre jusque là-bas... Il avait d'abord songé à prétexter un salon professionnel en Champagne-Ardenne. Mais cela n'aurait, de toute évidence, jamais fonctionné, car Cassandre aurait trouvé cela étrange d'être la seule à y être conviée. Et on aurait facilement pu remonter jusqu'à lui en recherchant la jeune femme. Il n'avait d'autre choix que de l'enlever. Dans deux semaines, une fois les travaux du sous-sol terminés et la maison prête pour son arrivée, il la suivrait, l'endormirait et la ligoterait dans le coffre de sa voiture. Elle se réveillerait alors dans son nouveau cocon, flambant neuf, refait selon ses goûts et les projets qu'elle avait dessinés pour le logement qu'elle partageait avec Alexandre. Des plans de travaux d'aménagement qu'elle avait laissés dans son casier, au travail, avant d'essuyer un refus catégorique de son petit ami ; et que Christophe avait eu tout le loisir d'étudier méthodiquement.

Oui, c'est sûr, ses appartements lui plairaient. Ils choisiraient, ensemble, le lit et la décoration de la chambre d'enfant. Avoir une famille, Christophe en avait, après tout, toujours rêvé.

Je mérite, moi aussi, d'avoir une femme, des enfants, que je retrouve chaque soir à la maison après une longue et fastidieuse journée de travail, songeait-il.

Aujourd'hui, il touchait son rêve du doigt...

DEUXIÈME PARTIE

Et quand sera fatigué, enlèvera un pied.
Puis va rétrécir, pour s'endormir
Dans ton cœur,
Toute la vie.

11

Mon père, ce héros

Fin de l'hiver 1999

De puissants avant-bras. Des mains de géant, qui auraient aisément pu broyer le cou à n'importe quel adulte doté d'un gabarit moyen. Une mâchoire si carrée qu'elle paraissait contenir bien plus que huit incisives, quatre canines, huit prémolaires et douze molaires.

L'enfant n'aurait d'ailleurs pas été étonné d'apprendre que son père en possédait une bonne dizaine de plus. Il l'imaginait parfois manger de la chair crue, à la façon d'un carnassier, et se méfiait lorsqu'il s'approchait un peu trop de son lapin, Igor. Lorsqu'il lui parlait, il arrivait à l'enfant d'avoir du mal à le comprendre tant ses paroles ressemblaient à des grognements.

Et quand il haussait le ton, le jeune garçon se réfugiait immédiatement en dessous de son lit, seul moyen qu'il eut trouvé pour fuir ces furieux hurlements et se sentir en sécurité... Sa mère, Noémie, la créature la plus douce au monde, venait alors le réconforter et le prenait dans ses bras.

Son père avait toujours agi comme un chef de meute. Tout d'abord dans l'équipe de rugby du lycée où il sévissait avec férocité sur ses adversaires ; puis à la faculté de sport lorsqu'il avait intégré l'équipe d'haltérophilie du campus à la demande de plusieurs de ses professeurs, impressionnés par la force que ses muscles saillants pouvaient développer. C'était un mâle alpha, de ceux que l'on respecte et que l'on écoute. De ceux que l'on n'ose contredire. Peu étaient ceux qui avaient tenté de s'y frotter... Et ceux qui s'y étaient tout de même aventurés avaient alors subi un lourd tribut, regrettant âprement leur audace.

Lorsqu'il avait rencontré sa future femme, alors caissière dans le supermarché du quartier, Anthony avait lâché ses études pour travailler à la chaîne, au sein d'une usine automobile de la région. À l'effet de gagner sa vie et de fonder une famille avec cette dernière. Mais les choses ne s'étaient pas passées comme il l'espérait…

Sa femme, une fois enceinte, avait perdu son travail. Avec son salaire précaire et après la naissance de leur deuxième mouflet, Sophie, l'homme avait du mal à assurer les besoins de sa progéniture. Et s'ennuyait à la maison, en compagnie de sa petite famille, trop bruyante, trop contraignante, trop dépendante, qu'il avait du mal à supporter. Sa femme, qui s'était métamorphosée après deux grossesses, ne lui plaisait plus. Ne l'attirait plus.

Ce n'était pas la vie qu'il s'était imaginée.

Alors, il s'était mis à boire puis à jouer dans un tripot du coin pour fuir la réalité. Quand il perdait, il rentrait chez lui fou de rage et levait la main sur sa femme et son aîné.

Les coups pleuvaient de plus en plus fréquemment, pour des raisons si futiles qu'elles en étaient ridicules. Les coups assénés par Anthony pouvaient être si violents que le gamin passait des semaines entières à la maison.

Noémie pansait tant bien que mal ses plaies et celles de son fils, pour ne pas éveiller les soupçons à l'école… Faisant tout pour que le corps enseignant ne remarque pas les multiples contusions qu'il portait.

Elle ne supportait plus ce quotidien et souhaitait voir grandir ses deux amours en sécurité, le plus loin possible de cet être violent. Alors, elle avait tenté de les emmener pour recommencer une vie à trois. Leur donner une chance de grandir comme les autres enfants de leur âge, autrement que dans la douleur et la haine.

Après avoir échoué dans ses deux tentatives de fuite, Noémie avait fini par se suicider.

Elle avait décidé de partir dans son bain, après avoir ingurgité une forte dose de benzodiazépine associée à une demi-bouteille de Caol Ila 18 ans d'âge, un whisky écossais tourbé aux notes marines, de l'île d'Islay en Écosse, que gardait précieusement dans sa collection depuis plusieurs années son mari. Un whisky à la finale longue, suave et chaleureuse ; comme celle de Noémie. Une finale tout en douceur, sans souffrance, qui tranchait radicalement avec la vie de violence qu'elle avait subie au quotidien.

Anthony ne l'avait pas annoncé à ses deux enfants, mais leur avait simplement dit qu'elle était partie. Sans plus d'explications.

Il s'était mis à boire et frapper son fils aîné de plus belle, s'était fait licencier de son travail après une bagarre avec l'un de ses supérieurs. En plus de sa famille, il nourrissait depuis la mort de sa femme une forte agressivité contre la société en général. Si bien que chacun de ses contacts avec le monde extérieur tournait désormais au drame.

Inaffectivité, amoralité, impulsivité définissaient à merveille les traits de sa nouvelle identité.

Véritable épave dépendante, son esprit avait définitivement échoué, pris dans un raz-de-marée d'alcool en tous genres. Lorsqu'il était proche de la déconnexion, c'est-à-dire presque tous les soirs, il avait du mal à discerner la réalité, à admettre le suicide de sa femme, et exerçait désormais ses pulsions sexuelles sur celui qui lui faisait le plus penser à Noémie : son fils... Reportant son manque psychoaffectif et sexuel sur lui. S'il avait débuté par des caresses et baisers érotiques, les abus sexuels du père sur son fils avaient très vite pris d'autres proportions. Les demandes de masturbation et de fellation étaient désormais fréquentes, les pénétrations anales quasi hebdomadaires.

L'alcool à forte dose avait joué son rôle de désinhibiteur de pulsions chez lui et détruit le peu de liens paternels qu'il conservait jusqu'alors pour son fils, qu'il considérait comme coupable du suicide de sa femme…

Dans sa logique bien à lui, si le gosse n'avait pas autant gémi et mieux encaissé les coups qu'il lui portait, sa mère aurait mieux supporté le quotidien. Si son garçon de sept ans avait agi en homme, jamais elle n'aurait alors tenté de s'enfuir ni de mettre fin à ses jours.

Le père de famille ne se fixait plus aucune limite. La mort de Noémie était en train de créer un véritable monstre…

12

Un long silence de fiançailles

Mai 2018, un an et huit mois avant les faits

— Je vais te l'enlever, mais garde les yeux fermés, Cassandre, tu m'as promis…

— Oui, mais dépêche-toi, chéri, je veux savoir ! Ça fait au moins dix minutes ! assura-t-elle, en prenant son air boudeur.

Alexandre ne pouvait y résister. Du moins, pas très longtemps. Elle le savait d'ailleurs pertinemment et en jouait au moindre caprice.

— Ça ne fait pas plus de trois minutes… On dirait qu'être plongée dans le noir te fait également perdre la notion du temps.

Alexandre rit de sa propre remarque, tout en dénouant le foulard marron qu'il avait placé sur les yeux de sa petite amie devant la porte d'entrée blanche de la maison familiale.

Il habitait au deuxième étage, sous les combles, dans un espace de près de 70 m², entièrement rénové par son père.

Ses parents adoptifs, Yvon et Christine, étaient au courant du plan que préparait leur fils depuis plusieurs jours. Ils avaient joué le jeu et étaient restés totalement silencieux en observant le curieux manège qui se tramait dans le couloir du premier étage lorsque les deux tourtereaux étaient montés. Recevant les parents de Christine à dîner le soir même, ils étaient de toute manière occupés à dresser la table et préparer le repas.

Alexandre avait eu de la chance de tomber sur eux.

Christine était une amie d'enfance de sa mère et avait mis tout son corps et toute son énergie pour qu'il ne soit – à l'époque – pas placé en foyer après son suicide, puis celui de son père, à peine quelques mois plus tard. Confidente de Noémie, elle était au courant d'une partie des sévices subis par Alexandre. Elle regrettait amèrement de ne pas avoir agi à temps pour sauver son amie, et s'était fait la promesse d'offrir à cet enfant une seconde chance. Une nouvelle vie, faite d'amour, de partage, d'attentions…

Yvon et Christine avaient les moyens.

Lui était à la tête de plusieurs entreprises de BTP dans le secteur. Elle avait consacré sa vie à tenter d'avoir un enfant. Quand ils avaient recueilli Alexandre, elle s'en était occupée comme de son propre fils. L'avait aimé comme si elle l'avait porté durant neuf mois, puis mis au monde. Lui avait donné la meilleure éducation que l'on puisse donner à un enfant portant sur lui le poids d'un tel passé. L'avait aidé à se reconstruire, à apprendre autre chose que les coups, les drames, les suicides.

Et, à en croire la vie que menait aujourd'hui son fils, cela avait plutôt bien fonctionné.

Il s'épanouissait dans sa vie amoureuse, professionnelle et sociale, était curieux de tout, passionné dans ce qu'il faisait. Alexandre aimait voyager, faire la fête, écrire, rêver, courir, plaire, rire, flâner, découvrir, s'émerveiller, avoir le souffle coupé. Il aimait l'art sous toutes ses formes, qu'il s'agisse de cinéma, théâtre, littérature, sculpture, danse, musique, peinture, et cuisine… Car oui, pour Alexandre, la cuisine s'apparentait à un art à part entière, tout comme la confection du breuvage qui accompagnait son plat…

C'était un bon vivant.

Alexandre aida Cassandre à monter les deux dernières marches la menant à son véritable petit studio disposant d'une chambre, d'une salle de bains, et même d'un coin cuisine, et se dirigea nerveusement vers le réfrigérateur. Il en sortit une bouteille de champagne, un rosé des Riceys qu'il avait acheté lors de la précédente édition de la route du

Champagne : un rendez-vous incontournable de la Côte des Bar qui avait pris une ampleur internationale depuis quelque temps. Amateurs de bulles venus du monde entier s'y retrouvaient tous les ans pour déguster les petites merveilles mises en bouteilles par les producteurs locaux.

Alexandre fit sauter le bouchon qui éclata dans un bruit sourd contre le plafond. Cassandre sursauta. Elle défit le nœud du bandeau qu'elle portait et ouvrit les yeux. La chambre entière était remplie de pétales de roses. Ces dernières formaient un cœur, puis des flèches, à même le sol, indiquant une mystérieuse direction à la belle.

— Tu peux me dire ce que l'on fête, Alex ? s'étonna Cassandre, en suivant la direction des pétales, intriguée.

— Qu'est-ce qui te dit qu'on fête quelque chose ? Je me suis peut-être tout simplement découvert une passion pour les fleurs.

— Tu détestes ça, d'habitude... ce qui m'inquiète d'ailleurs d'autant plus ! J'ai comme l'impression que je dois m'attendre au pire, plaisanta la jeune femme, tout en continuant d'avancer vers la salle de bains.

Elle portait un jeans taille basse et un chemisier blanc qui épousaient parfaitement ses courbes élancées. Son visage était radieux, comme à son habitude. Elle dégageait une aura particulière, différente, singulière, qui rendait jalouses les autres filles et faisait perdre totalement la tête aux garçons.

— On peut dire ça comme ça ! Tu chauffes, encore un petit effort...

Un tas de pétales de roses, blanches cette fois-ci, était disposé dans la cabine de douche. La vitre transparente laissait deviner qu'il recouvrait une mystérieuse petite boîte. Cassandre entra dans la douche, s'en saisit, puis l'ouvrit délicatement. Elle contenait un petit mot qu'elle déchiffra pendant quelques secondes, avant de fondre en larmes.

Cassandre, voilà déjà un an que nous nous sommes rencontrés. Si tu l'acceptes, lorsque ce temps sera à nouveau deux fois écoulé, nous irons nous marier... y était-il inscrit.

Le texte entourait un petit objet brillant, emballé dans de la soie. Cassandre faillit s'évanouir en l'apercevant... Il s'agissait d'une bague de fiançailles argentée sur laquelle deux étoiles en or portant les initiales de leurs prénoms étaient gravées. Cassandre mit la bague à son doigt et fit un mouvement circulaire avec sa main, comme pour bien imprégner le fait que c'était bel et bien réel.

— Oui, oui, oui ! Je te dis oui ! cria-t-elle, avant de sauter au cou d'Alexandre et de l'embrasser ardemment.

Elle ne réalisait pas.

Depuis qu'elle s'était mise avec lui, tout était allé très vite. Leur première fois, leur premier voyage en amoureux, leur premier repas avec les parents d'Alexandre, leur projet d'aménagement – quelques mois plus tard... Très vite, leur amour était devenu fusionnel. Bien au-delà de ses espérances. Elle savait que son fiancé avait eu un véritable coup de foudre pour elle il y a un an. Et si cela n'avait pas été immédiatement réciproque, elle était par la suite rapidement tombée éperdument amoureuse. À ne plus pouvoir imaginer sa vie sans lui. À vouloir fonder une famille avec. À tout partager, y compris la fin de leur prénom...

— Mais pourquoi seulement dans deux ans ? Je signe tout de suite, moi, s'il le faut !

— Je préfère qu'on soit patients... Je veux pouvoir t'offrir le plus beau des mariages, celui dont tu rêves. Dans deux ans, nous serons bien installés dans la vie : mon salaire aura augmenté grâce à l'évolution dont on m'a parlé au boulot et je pourrai t'offrir une lune de miel mémorable. Tu seras alors en école de kiné et nous pourrons profiter de l'été pour nous marier, puis partir au moins un mois !

Alexandre avait déjà réfléchi à tout. Mais n'avait jamais encore évoqué l'envie de fonder une famille devant Cassandre...

Peut-être se disait-il qu'il serait un mauvais père, tout comme l'avait été le sien ? médita Cassandre.

— Alex, tu ne m'as jamais encore répondu à ce sujet... Je sais que c'est peut-être délicat pour toi, vu ton passé, donc je ne t'agace pas trop avec ça, mais... Tu aimerais avoir un enfant plus tard avec moi ? demanda-t-elle maladroitement.

Il la tenait toujours dans ses bras. Des bras musclés dans lesquels elle se sentait rassurée. Rien ne pouvait l'atteindre. Bien qu'assez grande, il la dominait de plus d'une tête du haut de son mètre quatre-vingt-dix. Il avait toujours été très sportif, et naturellement doué dans toutes les disciplines auxquelles il s'essayait. Il tenait ça de son père. Football, tennis, boxe, course à pied, natation... Un athlète complet qui entretenait depuis des années ses capacités physiques à raison de plusieurs fois par semaine. Et ce, malgré le travail harassant et le nombre d'heures qu'il effectuait.

Alexandre approcha son visage jusqu'au creux de son oreille et lui chuchota :

— Avec toi, oui, ma chérie. Je nous vois dans quelques années avec une légion de bouts de chou courant autour de Louna... rit-il.

Avant de recoiffer la mèche blonde de Cassandre derrière son oreille, tout comme il l'avait fait lors de leur premier baiser, et de l'embrasser tendrement sur le coin de la lèvre.

Il leur servit deux coupes du champagne rosé bien frais.

Le couple trinqua à son avenir, en se regardant droit dans les yeux. Ils se comprenaient parfaitement et n'avaient, à certains moments, pas besoin de mots pour exprimer leurs sentiments mutuels.

Un simple regard, un simple geste pouvait suffire.

Cassandre déboutonna la chemise d'Alexandre, lui caressa le torse, tout en l'embrassant. Après l'avoir déshabillée toute la soirée du regard, ce dernier aida sa promise à ôter ses vêtements et les jeta au sol. Puis ils firent l'amour avec passion, au milieu des pétales de roses. Alexandre, qui connaissait par cœur sa partenaire, mit sa main sur sa bouche au moment où elle allait jouir...

En bas, ses parents étaient en plein dîner avec leurs invités. Il tenait à ce qu'ils n'entendent pas de bruits indiscrets entre deux bouchées de blanquette de veau... Afin d'éviter de passer un quart d'heure gênant au moment où ils les rejoindraient.

Ils descendirent quelques heures plus tard, pour saluer les grands-parents d'Alexandre et annoncer, à tous, l'heureuse nouvelle.

Georges et Marcelle étaient aux anges. Georges les félicita au moins une dizaine de fois, profitant de l'occasion pour se servir plusieurs coupes de champagne. Marcelle, quant à elle, ne disait rien. Elle se contentait de leur sourire affectueusement. En effet, durant toute sa vie, Georges avait demandé à Marcelle de se taire. « Chut » par-ci, « on n'entend que toi » par-là... Alors, elle avait commencé à parler un peu moins, à hésiter à intervenir en public, craignant à chaque fois un énième reproche de la part de Georges. Elle était follement amoureuse et souhaitait lui plaire, le satisfaire. Véritable concierge à 20 ans, lorsqu'ils s'étaient rencontrés, le débit de parole de Marcelle s'était progressivement amenuisé devant les constantes réprimandes de son mari... Jusqu'à devenir très faible, puis totalement disparaître. Si bien qu'à 74 ans, cette dernière ne disait plus le moindre mot. Muet, l'ancien moulin à paroles restait assis, prostré, sur le fauteuil de cuir beige et fatigué du salon, à fixer d'un air doux Alexandre et Cassandre, les yeux grands écarquillés, sa coupe de champagne à la main. Des années de mariage malheureux l'avaient littéralement métamorphosée. L'avaient plongée dans un profond mutisme, une sorte de léthargie. Elle faisait beaucoup de peine à Cassandre et la faisait réfléchir sur le mariage, alors qu'elle venait à peine de se fiancer.

Si c'est pour finir comme cela, est-ce vraiment une bonne chose de s'unir ? ne put s'empêcher de se questionner Cassandre en rendant un grand sourire – empli de pitié – à Marcelle.

Ce soir-là, Cassandre ne crut pas si bien penser…

13

Comme un lapin

14 janvier 2020, le lendemain des faits

Il était sans nouvelles d'elle depuis près de 24 heures. La veille, Cassandre n'était pas venue au pied du chêne, là où elle lui avait donné rendez-vous quelques heures auparavant. Son téléphone était éteint, et elle ne s'était pas rendue à son travail ce matin. Alexandre y était passé en début d'après-midi, et apparemment, personne n'aurait été prévenu de son absence, ce qui posait d'ailleurs d'importants problèmes d'effectifs.

Son patron, Christophe, était quant à lui en congé. Des congés planifiés il y a deux semaines de cela, selon les différents employés questionnés par Alexandre. Ni les chefs de rayons ni les vendeurs présents n'avaient été en mesure de lui indiquer où il était parti.

Peut-être dans sa maison de campagne, à Bar-sur-Aube ? avait fini par lâcher la caissière, plus pour se débarrasser du jeune homme que par intime conviction.

Où avait bien pu se rendre Cassandre ? Pourquoi ne donnait-elle plus signe de vie ? Quelle nouvelle s'apprêtait-elle à lui annoncer hier soir ? Et par quelle coïncidence Christophe était-il en congé le jour même où elle disparaissait ? Autant de questions en suspens qui torturaient l'esprit d'Alexandre depuis près d'une journée.

Il était bien décidé à remuer ciel et terre pour retrouver sa fiancée et ne laisserait passer aucune piste. Ce n'était pas le genre de Cassandre de disparaître ainsi… Si bien qu'il en était très vite arrivé à deux hypothèses attenantes à cette étrange disparition : soit Cassandre était en danger, et avait été enlevée par l'un des membres du clan Rajkovic en guise de représailles quant à son enquête ; soit elle l'avait quitté pour son amant, Christophe.

Et à vrai dire, il penchait plutôt pour cette seconde alternative. Car oui, il y a quelques jours de cela, Alexandre avait intercepté un message pour le moins suspect du patron à son employée. Il en était désormais pratiquement certain, Cassandre le trompait. Elle avait d'ailleurs à coup sûr prévu de lui annoncer leur rupture, hier soir, au pied du chêne.

Là où tout avait commencé, et où tout devait finir…

Cassandre aimait par-dessus tout ce genre de gestes symboliques. Les deux lettres encerclées par un cœur et gravées sur l'arbre de la famille des Fagaceae par Alexandre l'avaient, à l'époque, totalement confortée dans l'idée qu'elle choisissait le bon. Une annonce au pied du chêne était donc tout à fait le genre de fin théâtrale qu'elle aurait pu imaginer mettre en scène pour leur couple. Sinon, pourquoi se donner la peine de se rendre jusque là-bas, à plusieurs kilomètres, en pleine forêt, et ne pas lui annoncer directement à l'appartement ce qu'elle avait à dire ?

Alexandre avait rallié le point de rendez-vous la queue entre les jambes, angoissé à l'idée de ce qu'il allait y apprendre. Mais vérité devait être faite, ils ne pouvaient plus continuer ainsi. Il ne méritait pas ça, pas lui, à la fierté démesurée, qui avait toujours été hanté par l'idée même de porter des cornes…

Depuis le SMS de Cassandre, il avait pensé à la scène dont il serait, à son insu, l'un des acteurs. L'avait joué puis rejoué à l'infini toute la journée de la veille, imaginant mille façons qu'elle aurait de lui annoncer sa tromperie, et autant de réactions de sa part.

Tout comme il tournait et retournait chaque phrase, chaque mot, chaque lettre du message de Christophe depuis plusieurs jours.

Un mail intercepté plus par suspicion que par simple hasard, alors que Cassandre était, comme à son habitude, à la douche depuis une bonne vingtaine de minutes.

De : christophe-s@gigasport.fr.
À : cassandre-l@gigasport.fr
Objet : Une entrevue productive
Aujourd'hui, 20 h 34.

« *Notre tête-à-tête de ce matin était un réel plaisir. Force est de constater que les liens avec toi, comme avec les autres employés, se resserrent ces derniers temps. De bon augure pour la suite. Surtout avant le grand bouleversement qui fera bientôt de nous une vraie famille. Dors bien ma jolie, à demain pour une nouvelle entrevue…* »

« Ma jolie » ! Ces deux mots avaient immédiatement interpellé Alexandre. On n'appelle pas son employée « ma jolie », avait-il pensé en lisant ce mail. Et que signifiaient ces entrevues en tête-à-tête si fréquentes ? Cassandre n'était qu'une simple vendeuse, pas une directrice des ventes ni même une responsable de rayon. Christophe était-il si pointilleux et investi dans son travail qu'il organisait des entrevues quotidiennes avec chacun de ses employés, de la caissière au responsable adjoint ? Alexandre en doutait sérieusement… Quelque chose d'ambigu se cachait derrière ce mail, et il finirait bien par découvrir ce que c'était, puisque Cassandre n'avait pas osé lui annoncer de vive voix hier.

Il fulminait, sa tête était sur le point d'imploser…

Il aurait voulu pouvoir mettre le temps sur pause l'espace d'un instant. Aussi simplement qu'il le faisait à l'aide de sa télécommande lors d'un film. Le mettre sur pause quelques heures, ou quelques années, pour pouvoir réfléchir. Il était comme bloqué, prisonnier du temps qui défilait à une vitesse folle sans qu'il soit capable de prendre la moindre décision. Se laissant porter par le cours des évènements. Ne sachant que faire. De peur de prendre la mauvaise. Devait-il rester avec cette fille qui le faisait tant souffrir, mais qu'il aimait par-dessus tout ? Fallait-il qu'il consacre toute son énergie à la retrouver, elle qui le fuyait ? Était-ce le bon chemin à suivre ? Et dans cinq, dix, vingt, cinquante ans, s'il était toujours en vie, regretterait-il le choix qu'il avait alors fait ? Tout cela était trop dur à assumer pour lui. Trop compliqué. Il aurait préféré se replonger dans l'un de ses films, ou l'un de ses textes, s'anesthésiant l'esprit pour ne penser à plus rien d'autre. Mais il était trop amoureux pour cela, trop dépendant de cette fille aux cheveux blonds et au sourire d'ange. Il fallait qu'il ait une explication avec elle.

Il allait suivre la seule et unique piste qu'il détenait pour retrouver Cassandre : la maison de campagne de Christophe.

Avant de partir, Alexandre prit soin de se munir du revolver qui avait appartenu il fut un temps à son père, et le déposa dans la boîte à gants de sa voiture. Il n'hésiterait pas à s'en servir en cas de danger, comme il l'avait déjà fait il y a quelque vingt printemps en arrière. Saisi durant deux ans par la justice, il avait ensuite été vendu aux enchères publiques sur décision du préfet. Alexandre, qui y tenait beaucoup, en avait été informé et s'était arrangé pour que le père de l'un de ses amis, collectionneur, l'achète pour lui, alors mineur. Il le lui avait restitué une fois l'âge légal atteint, plusieurs années de tir sportif dans les jambes et un permis de détention d'arme en poche.

Après deux heures de route au volant de sa 206 blanche, à une allure pour le moins excessive, Alexandre arriva à Bar-sur-Aube.

La nuit, laissant le jour reprendre son souffle, avait pris la relève.

Les nombreux petits commerçants de la rue Nationale avaient déjà tous fermé boutique. La température extérieure avoisinait les cinq degrés et la séduisante commune auboise semblait tout à fait déserte, les Baralbins s'étant réfugiés chez eux pour se réchauffer à l'aide de thés, chocolats et autres boissons chaudes. Alexandre n'avait pas trouvé l'adresse de Christophe Schneider dans les pages blanches. Il s'arrêta donc devant le premier être humain qu'il croisa et ouvrit la vitre, côté passager.

— Bonsoir, Monsieur, je cherche l'adresse de la famille Schneider. Ils possèdent apparemment une grande maison de campagne dans la commun…

— Schneider… J'en ai connu un autrefois, un chic type. Oui, vraiment chic. Vous êtes policier ou quelque chose de ce genre ? hoqueta le vieil homme à la veste rapiécée et aux cheveux gras, visiblement éméché.

Apparemment, Alexandre le surprenait en train de fouiller dans des poubelles.

— Oui, quelque chose de ce genre… Vous souvenez-vous où habitait votre chic type ?

— Attendez un instant, Monsieur l'agent, que je me re-mémore.

Il mit ses deux mains devant ses yeux, comme si seule l'obscurité la plus totale lui permettrait de se rappeler l'adresse du Schneider, probablement le père ou l'oncle de Christophe, qu'il avait fut un temps connu. Un temps où l'ancien SDF, alors commerçant et conseiller municipal, était encore respecté par ses concitoyens, aimé par les siens, admiré par ses enfants pour sa réussite. Puis tout était parti en vrille pour lui, à cause d'une petite voix…

Cette petite voix qui l'accompagnait en permanence au fond de sa tête ne disait pas tout haut ce qu'il pensait tout bas, ni d'ailleurs tout bas ce qu'il n'osait dire tout haut ; non, cette petite voix, vile, cruelle, exécrable, devenue un fidèle compagnon de route, disait en permanence tout bas ce qui ne lui aurait jamais traversé l'esprit.

Et c'était plutôt déroutant, voire dérangeant : qu'est-ce qu'on peut vous souhaiter pour la nouvelle année ? lui avait-on un jour demandé.

Lui avait pensé immédiatement à garder la santé, gagner beaucoup d'argent, être heureux et épanoui. La petite voix à l'intérieur de son crâne avait alors répondu, pleine de provocation : *mourir*.

Il ne la contrôlait pas, ne la supportait pas, mais ne pouvait s'en défaire. Pire, à chaque fois qu'il pensait enfin s'en être débarrassé, elle réapparaissait plus virulente que jamais. Le laissant las, impuissant, désemparé. Elle le harcelait au quotidien, lui torturait l'esprit, le bouffait à petit feu, lui faisant vivre un véritable calvaire... Jusqu'à ce qu'il finisse par céder et dire tout haut ce que la petite voix lui infligeait tout bas... Il avait alors perdu la plupart de ses clients qu'il accueillait par un curieux *Allez vous faire foutre !*, avait été écarté du conseil municipal après avoir insulté gratuitement plus de la moitié de ses homologues, avait divorcé de sa femme après lui avoir faussement annoncé qu'il ne l'aimait pas et qu'il l'avait trompée, s'était brouillé avec ses enfants, le facteur, le voisin du dessus et même le livreur de pizza – lui adressant plusieurs *Vafanculo* après que ce dernier lui avait souhaité un bon appétit.

Honteux, ruiné, n'osant plus se montrer en plein jour, effrayé par ce qu'il pourrait dire, il errait la nuit dans les rues de la commune avec l'alcool pour seul compagnon ; et survivait comme il le pouvait, en fouillant les poubelles et demandant l'aumône à quelques vieillards un brin sourds, qui s'étaient pris d'affection pour lui, n'entendant que la moitié des vacheries qu'il leur lançait...

— Je ne me souviens plus du tout du nom ! finit-il par lâcher. Je sais juste que c'est la dernière maison de la colline Sainte-Germaine. Une maison grise, aux volets marron, vous verrez... Mais dites, vous n'allez tout de même pas aller lui chercher des noises, à... *cette véritable pourriture*, lui intima sa petite voix.

Il marmonna dans sa barbe. Puis se reprit et s'exprima plus distinctement.

— Vous n'allez pas lui chercher des noises à ce chic type ?

La perpétuelle lutte interne à laquelle était confronté le SDF avait repris de plus belle.

— J'espère qu'il n'a pas d'enquiquinements… *Ce gros fils de pute !* réprima-t-il.

— Ne vous inquiétez surtout pas, qui irait donc chercher des noises à un type aussi chic que lui ? Certainement pas un agent de police dans mon genre… Je vous remercie pour votre coopération, Monsieur, bonne soirée à vous !

Comme toujours, la petite voix de ce dernier finit par prendre le dessus :

— *Une bonne soirée ? C'est une bonne soirée pour mourir, oui ! Vous allez mourir, et il n'y aura personne à votre enterrement, soyez-en certain, Monsieur l'agent Trou-du-cul. Allez bien vous faire foutre !*

Alexandre fut abasourdi par la réponse du SDF. Ne sachant que répondre, il démarra sans répliquer, jetant un regard noir vers cet étrange phénomène.

Mais il est complètement fou, celui-là, pensa-t-il en l'observant dans son rétroviseur tout en s'éloignant.

La petite voix du clochard était pourtant loin d'avoir tort, quelqu'un allait mourir non loin d'ici dans les heures à venir. La soirée s'y prêtait en effet à merveille…

14

Un vieux réflexe

Août 2018, un an et cinq mois avant les faits

Un groupe d'enfants tapait dans le ballon sur le trottoir de la rue de la Marne, au Ban-Saint-Martin, sous la chaleur étouffante du mois d'août. Le cuir roula jusqu'à la Seat Ibiza stationnée depuis une dizaine de minutes en bas de l'immeuble Les Poissons. Cassandre en sortit, affolée.

— Vite, vite, démarre avant que quelqu'un ne te voie ! balança-t-elle.

Il l'observa brièvement, avant de démarrer.

— Tu pourrais au moins me dire bonjour…

— Oui, oui, bonjour !

— Avant, tu m'embrassais lorsque tu montais dans ma voiture.

— Comme tu le dis, c'était avant. De l'eau a coulé sous les ponts depuis…

— C'est vrai, et c'est d'ailleurs bien dommage. Si tu savais à quel point je regrette cette époque, Cassandre.

Le jeune homme la fixa un long moment. Ce dernier portait un sweat à capuche gris sous une veste en jeans. Il était toujours flanqué d'une capuche ou d'une casquette pour tenter de cacher au mieux son oreille droite, dont il lui manquait un morceau après une altercation à la sortie d'une boîte de nuit lorsqu'il était adolescent. Trois types d'une dizaine d'années – et d'une vingtaine de kilos – de plus lui étaient alors tombés dessus après qu'il avait embrassé la petite amie de l'un d'entre eux.

Les traits fins, une barbe de trois jours, un visage au teint cuivré pour un corps fin et tracé ; Kévin était conscient de l'effet d'attraction qu'il exerçait sur le sexe opposé. Il en avait d'ailleurs bien profité lors son année de Working Holiday Visa en Australie, ne pouvant plus compter le nombre de femmes ayant partagé son lit.

Mais le jeune apollon voyait bien que Cassandre ne lui portait plus le même intérêt qu'auparavant… Et savait, au fond de lui, qu'il n'aurait pas une seconde chance avec une fille comme elle.

Et dire qu'elle était folle de moi, pensa-t-il en hochant la tête.

— Tu es bien le seul à regretter cette période… renchérit la jeune femme. Pour moi, cette époque n'est que synonyme de souffrance.

— Tu exagères un peu, là, non ? On a quand même eu nos bons moments.

— Crois-moi, je n'exagère pas du tout. J'ai eu du mal à me relever et à tourner la page quand tu es parti. Des bons moments ? Peut-être, oui, mais ils se comptent sur les doigts de la main…

— Je ne suis parti que temporairement. Tu aurais dû m'attendre…

— Je n'ai fait que ça, les premiers temps. Sans nouvelles, si ce n'est les photos que je voyais sur les réseaux sociaux grâce aux comptes de certaines de mes connaissances. Apparemment, tu m'as vite remplacée à l'autre bout du monde.

— Tout comme toi, ici… Avec ton Alphonse, Alfred…

— Alexandre !

— Oui, si tu veux, Alexandre…

Kévin grimaça, tout en mettant deux de ses doigts dans la bouche, mimant de se faire vomir

— Il n'est pas fait pour toi, dans tous les cas.

— Arrête un peu, le pria-t-elle. Tu ne le connais pas le moins du monde et tu ne lui arrives pas à la cheville ; dans de nombreux domaines, crois-moi...

Kévin eut un petit rictus jaune en imaginant les deux amants complices au lit comme en dehors. Ce qui lui rappela les mémorables parties de jambes en l'air auxquelles il s'adonnait avec Cassandre par le passé. Elle était toujours aussi désirable. Peut-être encore désormais davantage, car inaccessible. Kévin convoitait en effet souvent ce qui lui échappait ; et se lassait de ce qu'il avait en sa possession. C'était un chasseur, un coureur de jupons, un « scoreur », un homme à femmes. Infidèle, baratineur, menteur, enjôleur, dragueur, solitaire, beau parleur, polygame, misogyne dans son attitude, amoureux des femmes dans son discours.

— C'est une personne formidable, qui m'a permis de tourner la page. Je n'aurais pu espérer mieux que lui. Il me fait sourire, et non pleurer, comme tu le faisais... formula-t-elle, désirant le piquer au vif. Ça n'eut pas l'effet escompté.

— Cassandre, je vois bien dans tes yeux que tu n'as pas encore tourné la page ; ça ne prend pas avec moi. Je te connais trop pour ça, répliqua-t-il, en posant sa voix.

Il enleva sa capuche, laissant apparaître son oreille mutilée. Cassandre, qui avait perdu l'habitude, ne put réprimer l'envie de la considérer.

— Tu ne me connais plus du tout. Nous sommes devenus deux étrangers qui ont simplement un passé douloureux en commun. J'aime de tout mon cœur Alexandre. Je suis très bien avec lui, et il me le rend parfaitement.

— Si tu le dis, répondit-il, tout en augmentant le volume de son poste radio. Il roulait à vive allure, multipliant les infractions au Code de la route, en direction d'Ars-sur-Moselle, la commune où il résidait depuis son retour en Europe. Il y survivait grâce aux aides sociales, dans un minuscule studio qu'une de ses connaissances lui louait à un prix dérisoire.

Cassandre tenait près du corps son sac à main, qui semblait bien plus rempli qu'à l'accoutumée. Elle était totalement paniquée.

—Ralentis, lança-t-elle. Il ne faut pas qu'on se fasse remarquer. Imagine que les poulets nous contrôlent, avec ce que j'ai sur moi... C'est la prison assurée.

—Je gère, pas de stress, crâna le jeune homme, totalement inconscient du danger dans lequel il les mettait tous les deux.

—Tu sais, c'est la dernière fois que je prends un tel risque pour toi... Il est grand temps que tu aies un peu de plomb dans la tête.

—Ça recommence... On dirait ma mère qui parle. *Tu aurais dû poursuivre tes études au lieu d'aller enchaîner les jobs précaires et claquer tes salaires dans les pubs d'Australie. Et la jolie Cassandre, c'était une fille très bien, pourquoi avoir tout gâché ? ... Et ci, et ça...* déblatéra-t-il en imitant une voix féminine.

—Elle n'a pas tort ! Du moins, sur la partie travail... se reprit-elle alors.

—Je ne regrette pas un seul instant ce que j'ai vécu là-bas. À vrai dire, mon unique regret, c'est toi !

—Ne te fais aucune illusion, Kévin. Si je t'aide aujourd'hui, ce n'est pas par amitié ou par amour... mais par pitié. Je n'abandonne jamais quelqu'un dans la détresse. Surtout une personne avec qui j'ai été proche dans le passé. Tu t'es mis dans de sales draps, comme à ton habitude, et je vais t'aider à t'en sortir. Après ça, je veux que tu disparaisses de ma vie, que tu arrêtes les appels en inconnu en plein milieu de la nuit, les faux comptes sur les réseaux sociaux pour m'épier. Je ne veux plus de contact avec toi, je souhaite que mon couple fonctionne.

—Si c'est vraiment ce que tu veux...

Kévin accéléra de plus belle. Avant de piler d'un coup sec devant l'immeuble dans lequel il résidait.

— Allez, viens, on monte et on dépose tout à l'appart, lança-t-il à Cassandre qui descendit de la voiture en silence.

C'était un fouillis sans nom dans toute la pièce. Chaussettes sales et tasses de café à moitié vides côtoyaient canettes de bière et vieux caleçon, qui s'entremêlaient à même le sol. Vaisselle et détritus en tous genres s'amassaient dans l'évier tandis que l'ensemble de la garde-robe du jeune homme était savamment réparti sur le lit, les chaises et le canapé. Kévin débarrassa la table d'un revers de la main. Plusieurs verres se brisèrent au sol.

— À ce que je vois, tu n'as vraiment pas changé ! sursauta Cassandre.

— Épargne-moi tes sermons. Allez, vide-moi ça sur la table, lui intima-t-il en désignant son sac à main.

Cassandre, dans un mauvais réflexe – pris des années plus tôt – lui obéit dans la seconde. Elle s'exécuta. Des billets de 20 et 50 euros par dizaines tombèrent de son sac. Près de 3 000 euros au total.

— C'est Noël avant l'heure ! Merci, ma Cassandre !

Il ne put s'empêcher de la prendre dans ses bras. Elle se défit aussitôt de son étreinte et recula d'un pas.

— Ce n'est pas un cadeau, Kévin, mais un prêt ! Tu sais bien que ce n'est pas mon argent et que tu vas devoir me le rendre dans trois jours, avant que mon patron ne vérifie le contenu de la caisse mensuelle. Une chance qu'il soit en congés en ce moment.

— Je le sais bien, Cassandre. Tu me retires une belle épine du pied, car ces types-là ne plaisantent vraiment pas… Ils m'auraient tué pour cette somme.

— J'espère que ça te servira de leçon et que tu ne te mettras plus dans ce genre de situations. Et arrête les jeux d'argent ! Tu n'auras pas toujours quelqu'un pour te prêter 3 000 euros du jour au lendemain… Je joue mon travail sur ce coup-là ! Et tu sais que j'en ai besoin pour payer mes études de…

— Kiné, je sais, depuis le temps que tu m'en parles… coupa-t-il, visiblement exaspéré d'entendre cette même rengaine.

C'était le rêve de Cassandre.

Elle savait qu'elle en avait les capacités et projetait de s'inscrire dans l'une des sept hautes écoles de kinésithérapie de Belgique. Elle avait déjà tenté sa chance une fois, mais n'avait pas été tirée au sort parmi les nombreux étudiants étrangers désirant suivre le même cursus. Mais elle croyait en sa bonne étoile.

La prochaine fois sera la bonne, se répétait-elle comme pour s'en convaincre.

Si les études étaient moins onéreuses qu'en France, elle économisait depuis plus d'un an pour assurer les frais de logement, de nourriture, de déplacement, inhérents aux quatre années qu'elle s'apprêtait à effectuer. Et ainsi pouvoir, une fois sur place, se consacrer pleinement à ses cours, l'esprit tranquille. Et devenir la meilleure dans son domaine.

Quand Alexandre, qui avait un peu d'argent de côté, lui proposait de l'aider à financer une partie de ses études, de commencer immédiatement et de quitter le monde de la vente dans la grande distribution qui n'était vraiment pas fait pour elle, Cassandre refusait catégoriquement. Elle ne souhaitait dépendre de personne, désirait s'assumer toute seule.

Alexandre, garde cet argent, si nous avons un enfant durant mes études, il faudra très certainement payer une nounou, lui répondait-elle.

Dans un peu plus de six mois, elle aurait économisé suffisamment d'argent pour enfin vivre son rêve et devenir la femme qu'elle aspirait d'être…

— Surtout, ne sois pas en retard samedi matin… C'est moi qui ouvre le magasin et qui suis à la caisse toute la matinée. Il faut que tout soit remis à sa place dès ce week-end. Lundi, Christophe sera de retour, et la première chose qu'il fera, après peut-être l'une de ses remarques lourdingues et sexistes à mon égard, sera de vérifier les comptes. Je risque gros s'il s'aperçoit qu'il manque plusieurs milliers d'euros, Kévin. Je compte sur toi !

— Ne t'en fais pas, ma petite grenouille, je serai même sur le parking avant toi. Juré, craché !

Kévin, pour sceller définitivement sa parole, expulsa un peu de salive dans son évier, en direction de la pile de vaisselle sale qui s'amoncelait autour d'un vieux reste de pâtes bolognaises en décomposition.

— Charmant ! lui fit remarquer Cassandre, d'un air dégoûté.

En voyant cela, elle se dit qu'elle avait définitivement fait le bon choix. Elle aurait, durant toute sa vie, si elle était restée avec lui, servi de bonne à Kévin – qui vivait encore comme un adolescent attardé. Alexandre, bien qu'un brin machiste sur certains points, était tout de même enclin à partager les tâches ménagères, à cuisiner de temps à autre de bons petits plats pour faire plaisir à Cassandre.

— Oh ! ça va, je ne vais pas faire de manières avec toi, quand même...

Une photo, imprimée en version polaroïd et posée dans un petit cadre près de la PlayStation 4 de Kévin, attira l'attention de Cassandre. Une photo venue tout droit d'une autre époque où les deux ex s'enlaçaient devant la tour Eiffel.

— L'une des rares sorties que nous avons faites ensemble... murmura Cassandre, qui s'approcha du cadre et le prit en main.

Malgré tout le mal que Kévin lui avait fait, la pitié qu'il lui inspirait désormais, son amour pour Alexandre, et le bonheur qu'elle partageait avec lui, ce cliché l'attendrit.

Elle resta debout, à le fixer durant une dizaine de secondes, son inconscient la contraignant à se remémorer à quel point elle était alors amoureuse de cet homme, devenu aujourd'hui un étranger. La voyant vaciller, tel un carnassier qui – après avoir tourné des heures autour de sa proie sans le moindre succès – profitait là de son unique moment de faiblesse, faux pas, Kévin vint à la rencontre de l'unique femme qu'il eût un jour aimée. Il enlaça ses bras autour de la taille de cette dernière, qui lui tournait le dos. Surprise, Cassandre tourna la tête en sa direction. Il lui vola un baiser sur le coin de la lèvre. Bizarrement, la gazelle égarée, attendrie, se laissa faire. Elle ne dit rien, et ne put se l'expliquer. Il l'embrassa alors de plus belle, avant que cette dernière ne se reprenne et retrouve enfin ses esprits. Elle se défit de son étreinte, gênée.

— Je… je dois y aller, Kévin. Raccompagne-moi, maintenant, lui intima-t-elle, tout en récupérant son sac à main, bien allégé.

Ce dernier sourit de cette petite victoire.

— OK, ma belle !

L'espace d'un instant, ils avaient à nouveau été totalement connectés. Un jour, il en était désormais certain, les deux anciens amants seraient à nouveau réunis. À la vie comme à la mort.

15

Tombe la neige

24 janvier 2020, 9 heures du matin, onze jours après les faits

Un appel téléphonique extirpa Alexandre de son lourd sommeil. Il émergea péniblement, incapable de se rappeler le mauvais rêve qui l'avait fait si mal dormir. Un cauchemar qu'il avait l'impression de rejouer en boucle, toutes les nuits. Depuis la disparition de sa fiancée il y a un peu plus de dix jours, il n'avait plus le goût à rien. Il avait plaqué son métier de journaliste, coupé tout contact avec ses amis, ne donnait aucune nouvelle à personne. Il n'était plus que l'ombre de lui-même, un véritable fantôme.

Son téléphone vibra. Il palpa le côté droit de son lit – côté sur lequel Cassandre avait l'habitude de s'étendre de tout son long pour dormir en empiétant d'une jambe, d'un bras ou d'un pied sur son territoire – pour mettre la main dessus. Voilà des jours qu'il ne prenait même plus la peine de répondre aux différents appels qu'il recevait.

Inspecteur Cédric David, afficha l'écran de son smartphone. C'était peut-être la seule personne capable de réellement comprendre ce qu'il pouvait ressentir dans cette épreuve, qu'il avait lui-même traversée. De se mettre à sa place… Et donc de l'aider.

Mais Alexandre voulait-il réellement qu'on lui tende la main ? Après un court instant d'hésitation, il se décida tout de même à décrocher. Plus par respect pour l'homme que par désir de sortir de sa torpeur…

— Alex ? Je suis rentré de l'étranger dans la nuit. Je viens d'apprendre la nouvelle… Je suis vraiment désolé.

— ...

Alexandre ne sut quoi répondre. Mais les mots de l'inspecteur le touchèrent.

— Il faut que nous nous voyions pour en parler. Rendez-vous à La Brasserie alsacienne, à 12 h 45 ?

— OK, à tout à l'heure Cédric...

Deux mois s'étaient écoulés depuis la rencontre entre les deux hommes. Le coup de filet de l'inspecteur David s'était transformé, pour le clan Rajkovic, en véritable hécatombe. Soixante hommes, à travers tout le pays, avaient été mis sous les verrous, tandis que sept avaient été tués lors de l'opération. Du côté des policiers, seuls trois blessés légers étaient à déplorer.

L'inspecteur David était parti se ressourcer et se mettre à l'abri, du côté de Reykjavik, en Islande, au lendemain de cette opération coup de poing. Devenu la cible numéro un de la plus virulente mafia d'Europe de l'Est, il se devait en effet de faire profil bas pendant quelque temps, et avait loué un petit appartement près du port... Et ce, sous une fausse identité, celle de Ragnar Sigùursson.

Là-bas, reclus entre le Groenland et la Norvège, à quelques latitudes sous le cercle polaire, il avait enfin pu se retrouver en paix avec lui-même, satisfait de la vengeance qu'il avait menée à l'encontre des bourreaux de Charlène. La pleurer, de toutes les larmes de son corps. Et ainsi, faire son deuil.

Alexandre avait quant à lui tenu parole, en ne publiant l'enquête, avec l'accord de son rédacteur en chef, qu'en fin de semaine, une fois les têtes du réseau albanais mises hors d'état de nuire. Son papier d'investigation avait fait grand bruit dans toute la France, et même par-delà les frontières, grâce aux informations détaillées délivrées par la police. Des informations qui révélaient les routes de transit de ce trafic d'êtres humains et de drogues des Balkans vers l'Europe occidentale. Et les représailles ne s'étaient pas fait attendre pour le jeune journaliste.

Ce dernier avait en effet tout d'abord reçu l'étrange mot d'un corbeau, rédigé avec des lettres découpées dans son article ; le tout, délivré dans la boîte aux lettres du journal au sein d'une enveloppe anonyme.

Mirupafshimsëshpejti (à bientôt) y était-il écrit en Albanais. Le message était clair, Alexandre était devenu, tout comme les policiers liés à l'opération, l'une des cibles du clan Rajkovic. À la suite de la conversation qu'il avait eue avec Cédric, Alexandre n'avait pas pris ce message à la rigolade, faisant preuve de la plus grande prudence. Mais cela n'avait visiblement pas suffi, puisque Cassandre avait disparu…

Pour les autorités, il ne faisait nul doute qu'il s'agissait là de la signature du clan Rajkovic. Mais pour Alexandre, la disparition simultanée de Christophe, le patron de Cassandre, avec qui elle entretenait à coup sûr une liaison, n'était pas une coïncidence. Ils avaient dû fuir pour se construire une vie, quelque part, à deux. C'était du moins ce qu'il espérait, car même si cela l'avait rendu immensément malheureux, il aurait alors su Cassandre hors de danger. En vie…

L'inspecteur David était déjà installé depuis une bonne quinzaine de minutes à la table du restaurant traditionnel alsacien de la rue Dupont des Loges. Il fut accueilli par le grand sourire, sincère cette fois-ci, de Cindy, qui finissait son stage quelques jours plus tard. Elle était resplendissante et assurait le service aux côtés de deux employées et du gérant. Ce dernier lui adressa un signe de la main depuis l'autre bout de la salle lorsqu'il s'aperçut de sa présence.

L'inspecteur sirotait un verre d'alcool de mirabelle, que le restaurant achetait auprès d'un petit producteur local originaire de Corny, tout en attendant Alexandre. Pour se réchauffer, la température extérieure avoisinant le zéro degré ; mais également pour se donner le courage d'affronter la situation, et l'homme qui allait se présenter devant lui. Qui le renverrait, assurément, à sa propre histoire.

Dehors, la ville, qui s'était parée de sa plus belle robe blanche, prenait les airs d'une mariée s'avançant paisiblement en direction de l'autel tout en prenant soin de lever subtilement sa traîne. Les flocons de neige projetés depuis le ciel tournoyaient, dansaient, se frôlaient, s'évitaient, se croisaient, puis s'entrechoquaient. Certains se fracassaient au sol, sur les toits, les pare-brise des véhicules stationnés en cœur de ville et les bonnets des badauds. D'autres s'y posaient délicatement. L'inspecteur David, qui contemplait ce surprenant manège, se prit à songer qu'il n'était finalement – tout comme Alexandre et les autres – qu'un insignifiant flocon de neige supplémentaire ; au destin construit au hasard des caprices du vent, des toits, des pare-brise et des bonnets des passants. Tous deux avaient été projetés dans ce monde sans n'avoir rien demandé. Ils avaient par la suite un temps tournoyé, croisant, évitant et s'entrechoquant avec d'autres flocons, avant de se fracasser au sol avec violence. Observant alors, d'un œil envieux, ceux qui avaient pu s'y poser délicatement. Une fois au sol, ils avaient fini par fondre pour se retrouver aujourd'hui plus bas que terre.

Alexandre arriva dans le restaurant avec vingt-deux minutes de retard. Mais c'était à prévoir et l'inspecteur David ne lui en voulut pas le moins du monde. Quelque chose de plus fort, de plus profond que le respect qu'ils avaient immédiatement exprimé l'un pour l'autre les liait désormais.

Il accueillit Alexandre le plus chaleureusement possible, attristé par l'aspect totalement négligé du jeune homme qu'il retrouvait.

En l'espace de deux mois, il s'était en effet littéralement métamorphosé. Ses joues étaient creusées, des cernes encerclaient ses yeux. Son regard, d'ordinaire si pétillant, était devenu totalement morne. Il avait perdu entre trois et cinq kilos et nageait quelque peu dans ses habits pas repassés ni lavés depuis une dizaine de jours. Tout comme sa barbe, qui n'avait, en outre, pas été coupée depuis la disparition de Cassandre. Il s'était totalement laissé aller, comme si son esprit, fracturé en même temps que son cœur, avait décidé de laisser son corps à l'abandon…

— Alex, je n'ai pas les mots, et je ne suis pas très doué pour tout ça…

— Alors, ne dis rien ! Il n'y a pas besoin de faire de grands discours, Cédric. Surtout pas toi. Je pense que tu n'as pas voulu de la pitié des gens quand cela t'est arrivé. Tu ne souhaitais qu'une seule chose : te venger.

— C'est vrai, j'ai fui comme la peste toutes les personnes qui voulaient m'aider, ou me remonter le moral. Ils ne pouvaient comprendre ce dont j'avais besoin pour enfin faire mon deuil… Mais moi, je peux t'écouter, te comprendre, et peut-être même t'aider.

— M'aider à quoi ? Oublier Cassandre ? Me venger en traquant dans les Balkans les personnes qui sont peut-être à l'origine de sa disparition ?

— T'aider à obtenir les réponses que tu cherches !

— Je pensais que tu avais raccroché, après le coup de filet albanais ?

— C'est vrai, j'ai raccroché. Mais j'ai encore de nombreux contacts, et du temps libre, désormais. Rien ne m'empêche de bosser sur cette affaire de mon côté.

— Donc, tu es rentré de ta planque, je ne sais où à l'étranger, pour élucider la disparition de Cassandre ?

— Reykjavik.

— Quoi ?

— Ma cachette était à Reykjavik, en Islande. De toute manière, je commençais à trouver le temps long, là-bas. Ce n'est pas pareil, seul, murmura-t-il dans sa barbe, avant de se reprendre. Et le temps était abominable pour moi, un enfant du Sud. Sans parler de mon nom d'emprunt ! Sigùursson, je ne m'en remets toujours pas… Comment ont-ils pu me choisir un nom pareil ? Alors que je ne parle pas un foutu mot d'islandais.

— Je te rappelle que tu es actuellement l'homme le plus recherché par les mafias de l'Est. Ta tête est mise à prix, c'est une folie d'être rentré de Rekavik.

— Reykjavik !

— Oui, peu importe. C'est une folie d'être rentré d'Islande.

— « Il faut toujours bien faire ce qu'on fait, même une folie. »

— Honoré de Balzac...

— Très juste. Crois-moi, Alex, je vais mener cette affaire du mieux que je peux et tu auras tes réponses !

Les deux hommes commandèrent, tout comme la fois dernière, une schiffala pour plat principal. C'était le vrai premier repas d'Alexandre depuis onze jours. Le plat d'épaule de porc qui fumait dans son assiette et la détermination exprimée par Cédric pour faire la lumière sur la volatilisation de Cassandre lui mirent un peu de baume au cœur. Ce qui fit renaître, au plus profond de son inconscient, un infime espoir. À la fin du repas, l'inspecteur David décela même dans le regard d'Alexandre, pourtant totalement éteint quelques heures auparavant, un soupçon de « pétillance ».

Alors qu'il se dirigeait vers sa voiture pour rentrer chez lui et qu'il fermait sa parka pour se protéger du froid qui se faisait de plus en plus pesant, un flocon de neige se posa délicatement sur le bout de son nez. L'inspecteur leva la tête vers le ciel et sourit. C'était un signe.

Charlène !

Il en était sûr... Depuis là-haut, elle lui donnait la force nécessaire à cette nouvelle bataille.

16

Où suis-je ?

Des voix résonnent dans le couloir. Je ne sais pas où je me trouve. Je ne comprends pas leur langage ni ce qu'il m'arrive. Dans mon dernier souvenir, je me rendais à l'épicerie du quartier pour acheter de quoi préparer un tiramisu à mon chéri. Il adore ça, le tiramisu.
Je sortais de la voiture... et puis, plus rien.
Le trou noir.
Je me suis réveillée ici, au beau milieu de nulle part. Mon chéri doit s'inquiéter. Le connaissant, il remue sûrement ciel et terre pour me retrouver. L'endroit est glauque. Je ne peux pas bouger, mes poignets sont enchaînés aux barreaux en ferraille du lit sur lequel je suis immobilisée. Il fait très chaud dans la pièce, qui n'a pas été aérée depuis fort longtemps. Le chauffage est à bloc. Ma vision est brouillée, j'ai des traces de piqûres au niveau des avant-bras. Il y a du sang sur le lit. Mais qu'est-ce qu'ils m'ont fait, putain ?! Qui sont-ils ? Et que me veulent-ils ?
Je n'ai pas le temps de m'épancher sur toutes ces questions que la porte s'ouvre en grinçant. Je discerne un homme qui s'avance au ralenti. Il est vieux. Gros. Laid. Sent mauvais. Voilà qu'il se déshabille. Entièrement. Et s'approche... Quelle horreur ! Je vois son sexe. Il s'adresse à moi :
— Mirëdita, unëquhem Selim...
Mais qu'est-ce qu'il raconte ? Le vieillard s'allonge à côté de moi et pose ses sales pattes sur mon corps. Mes cuisses, mes hanches, mes seins. Il les embrasse, les pelote, les lèche. Je hurle !
— Non, ne me touche pas !
L'homme me gifle violemment.
— Mshele ! Pi ma can !
Il insiste.

— *Pi ma can*, articule-t-il, avec détermination, tout en en approchant son entrejambe de moi.

Je crois que j'ai saisi ce qu'il veut... Je lui réponds, avant de lui cracher au visage :

— Gros porc, tu peux toujours courir !

Ce n'est, cette fois-ci, pas une gifle qu'il m'inflige, mais une véritable beigne. Je suis sonnée. Il frotte son sexe autour de ma bouche. Je n'ai pas d'autres choix que de...

— *Kurvaaaaaaa !!!!* hurle-t-il à la mort.

Du sang jaillit partout sur le lit. J'en ai plein la bouche. L'homme, les yeux révulsés, s'évanouit. Deux autres, beaucoup plus jeunes, imposants, énervés, entrent en trombe. Ils me tombent sévèrement dessus, je ressens une douleur abominable au niveau du crâne. Un voile noir enveloppe soudainement la pièce.

17

Une surprenante découverte

14 janvier 2020, vingt-quatre heures après les faits

Alexandre se gara à quelque cinquante mètres de la colossale maison grise, aux volets violets, du patron de Cassandre ; située en plein milieu du dernier virage de la montée, pour le moins abrupte, où le Tour de France était passé l'année précédente. La colline Sainte-Germaine comptant pour le classement du meilleur grimpeur avait alors été classée catégorie 4. La foule s'était amassée, le long de la route, et ce malgré la lourdeur harassante du mois de juillet. Attendant avec impatience le passage de la caravane publicitaire, puis, dans une moindre mesure, celui des coureurs cyclistes, qui avait été beaucoup plus bref. Quelques vestiges du passage de l'étape Vezoul-Troyes étaient encore visibles dans le champ environnant, où les blancs-becs des écoles barralbines et des villages voisins avaient construit, des mois durant, un vélo de quinze mètres sur quinze, en matériaux de récupération.

Les inscriptions à la craie, sur la route, à l'attention des coureurs, avaient quant à elles disparu, emportées par le temps qui passe. Le vent, la pluie, la grêle, la neige, le soleil avaient fait leur œuvre, se succédant au gré de leurs envies.

Alexandre s'avança discrètement en direction de l'édifice. Il lui trouvait, à ce moment-là, un côté terrifiant. Non pas par son aspect, puisque le bâtiment était bien entretenu et plutôt agréable à contempler, mais par le secret qu'il renfermait fatalement. Et qui, il en était convaincu, balayerait impitoyablement la vie qu'il menait autrefois, comme le temps et ses éléments avaient effacé la craie sur la route de la colline.

Il n'y avait pas de nom sur la boîte aux lettres de la bâtisse, qui devait faire, approximativement, dans les 300 m². Ni de numéro sur sa façade. Pas plus que sur l'endroit qui avait, par le passé, logé une sonnette. La personne qui vivait ici ne souhaitait visiblement pas être dérangée et restait discrète. Prudente.

Les volets étaient tous clos, et aucune lumière ne filtrait depuis l'extérieur. La maison semblait être totalement endormie. Alexandre scruta les environs, s'assurant que personne, à travers les ténèbres, ne l'observait. Ni une ni deux, il enjamba la barrière d'entrée qui menait sur un petit chemin de gravillons.

Des pas y avaient été récemment effectués, en direction du porche d'entrée, si l'on en croyait les traces de boue, encore fraîches de la veille, qui avaient marqué de leurs empreintes les petits cailloux.

Alexandre fit le tour de la maison, par le jardin. Un parc de plusieurs hectares, qui semblait demeurer hors du temps, se dressait devant lui. Un effet renforcé par l'éclairage de quelques lanternes, postées à des points stratégiques de la première partie du terrain, minutieusement organisée, un jardin à la française. Une avenue de hêtres précédait une allée de bouleaux qui menait à un monumental chêne mégalithique de plus de mille ans.

Ce dernier se distinguait des formes et des contours irréguliers d'un jardin à l'anglaise dont une certaine poésie s'exaltait certainement à d'autres périodes de l'année.

Roses et clématites devaient s'y conjuguer à merveille, du printemps à l'automne, et l'on devinait que les différentes plantes herbacées, mortifiées par le froid de l'hiver, verraient renaître au printemps leurs majestueuses floraisons.

Une spacieuse baie vitrée ouvrait sur la cuisine de la maison des Schneider, dont l'intérieur était occulté par des volets roulants électriques fabriqués sur mesure. Il fallait qu'Alexandre trouve un moyen de s'introduire dans l'édifice. Il remarqua que le volet d'une des fenêtres du premier étage était mal fermé.

Une fois, il s'était retrouvé enfermé devant chez lui, en pleine nuit, après avoir oublié ses clés sur les lieux d'un reportage à plusieurs heures de route. Cassandre, elle, passait le week-end avec des amies à Paris. Il avait alors fait appel à son ami Tony, qui travaillait dans une société spécialisée dans la pose de fenêtres et portails. Ce dernier lui avait un jour avancé être capable de forcer à peu près n'importe quelle fenêtre actuellement vendue sur le marché.

— Les gâches coulissantes, montées sur environ 80 % des fenêtres et portes de terrasse, garantissent l'étanchéité et l'isolation thermique, mais n'offrent presque aucune protection face aux cambrioleurs, lui avait-il révélé, après avoir bu quelques verres de Russe blanc, un cocktail à base de liqueur de café, de vodka et de crème que Tony appréciait avec beaucoup de glace. Tu sais, il n'y a vraiment que dans les films et les romans policiers qu'on brise les vitres !

— Et tu n'aurais pas pu m'en parler avant de poser l'ensemble des fenêtres de mon appartement il y a six mois ? avait alors rétorqué Alexandre, plus amusé que fâché contre son ami.

Tony s'était pointé, à deux heures du matin, muni d'un simple tournevis. Il ne lui avait fallu que quelques instants pour que la fenêtre de la cuisine d'Alexandre cède, après qu'il avait repoussé sur le côté, d'un coup sec, la gâche coulissante. La fenêtre avait alors sauté hors du guide et s'était, comme par magie, ouverte.

Rassurant... se souvint alors d'avoir pensé Alexandre, souvent absent de son domicile. Quelques jours plus tard, Tony était venu lui installer, gratuitement, des gâches en acier trempé anti-effraction sur la totalité de ses ouvertures.

Lui qui d'ordinaire aurait été plutôt réticent à la moindre entorse à la loi cherchait désormais un objet pouvant fournir un effet de levier comparable. Il n'avait pas le choix, son instinct le guidait à l'intérieur de la maison de Christophe. Il remarqua un abri de jardin à quelques dizaines de mètres de là, en direction du chêne. La personne qui s'occupait au quotidien d'un parc si bien entretenu devait nécessairement disposer d'outils à la hauteur de la tâche. Il s'y dirigea d'un pas décidé.

La porte du cabanon était béante. Tondeuse à gazon, pelles, pioches, râteaux, brouettes, échelles ainsi que plusieurs caisses à outils emplissaient cette véritable caverne d'Ali Baba. Il ne faisait nul doute que des travaux intérieurs avaient été menés récemment au sein de la propriété, puisque de nombreux pinceaux et pots de peinture, rouleaux de tapisserie, planches de parquet et plaques de plâtre y étaient également disposés.

Alexandre se saisit du tournevis le plus solide qu'il trouva et d'une échelle, qu'il disposa contre la façade du bâtiment.

Habituellement en proie au vertige, il ne se posa aucune question au moment de grimper à hauteur du volet mal fermé. Il l'écarta de la main droite et, d'un geste vif et assuré, donna un coup de tournevis au même endroit que Tony par le passé. La fenêtre céda, en silence.

Il se glissa dans l'ouverture et pénétra à l'intérieur de la salle de bains de Christophe. Tout y était en ordre. Un peu trop même, au goût d'Alexandre. Une dizaine de brosses à dents, de couleur verte, étaient minutieusement réparties sur l'évier. Elles semblaient toutes neuves et l'espacement, entre chacune d'elles, était exactement le même. Cette intrigante symétrie se retrouvait sur l'ensemble des éléments principaux de la pièce dans laquelle rien ne semblait avoir été laissé au hasard. Tapis et serviettes de bain, également de couleur verte, y étaient alignés en plusieurs exemplaires. Carrelage au sol, murs, éviers, toilettes, baignoire et plafonds étaient quant à eux d'un blanc immaculé. Alexandre sortit de cette salle de bains qui lui donnait le tournis.

Il alluma la lampe torche de son smartphone tout en s'enfonçant au sein du long corridor. Un silence de mort régnait. Il ouvrit les différentes pièces une par une. Buanderie, bureau, chambre principale et chambre d'ami, toutes étaient dans les mêmes tons verts et blancs, et parfaitement rangées. Ce qui commençait à donner la nausée à Alexandre. En outre, aucune trace de vie récente n'y était détectable, les lits étaient parfaitement faits et aucun objet n'y traînait. Dans le dressing de la chambre principale, Alexandre n'avait trouvé que des affaires d'homme. De mauvais goût, certes, mais d'homme tout de même.

Il descendit par l'escalier en colimaçon qui menait au rez-de-chaussée, le plus discrètement possible, espérant, enfin, tomber sur Cassandre ou trouver un indice qui lui permettrait de la retrouver. Le hall d'entrée de la maison était immense et donnait, à droite, sur un chaleureux salon et, à gauche, sur une cuisine américaine. Vides, comme le reste de la maison.

Une étrange porte cadenassée, qui menait au sous-sol, attira l'attention d'Alexandre. Qu'y avait-il donc de si précieux, ou de compromettant, à l'intérieur de cette cave, qui justifiait qu'elle soit barrée de la sorte ? Alexandre retourna à l'extérieur, en sortant, cette fois-ci, par l'une des fenêtres du rez-de-chaussée. Il se rendit dans le cabanon pour se munir d'une pince coupante, et une fois revenu devant la porte donnant sur le sous-sol, en fit sauter le verrou. Il descendit, partagé entre anxiété et excitation, les treize marches conduisant à la partie souterraine de la maison.

Ce qu'il vit le laissa sans voix.

Il n'en croyait pas ses yeux.

Partout, dans le salon ultramoderne qui se dressait devant lui – et qui lui disait étrangement quelque chose – étaient encadrées des photos de Cassandre. Au travail, en voyage, au parc d'attractions, et même au restaurant, lors de son propre anniversaire. Cette dernière photographie, de Cassandre et lui, avait été prise par l'un de ses amis dans un restaurant strasbourgeois. Il y avait visiblement été coupé.

Au milieu de tout ça, deux portraits de Christophe, assurément pris par un photographe professionnel, trônaient.

Qu'est-ce que cela pouvait donc bien signifier ?

Je le savais, ils ont aménagé ensemble ! À cette heure-ci, ils sont sûrement partis en vacances, à l'autre bout du monde. Pendant que moi, je me fais un véritable sang d'encre... N'a-t-elle donc pas de cœur ? Comment a-t-elle pu m'oublier, et passer à autre chose, aussi facilement ? Ce salon, c'est celui qu'elle avait imaginé, qu'elle m'avait demandé de lui acheter... Nous devions nous marier d'ici quelques temps, j'ai tout prévu pour lui préparer une véritable cérémonie de princesse, celle dont elle rêvait... Et j'étais en train de planifier notre lune de miel pendant qu'elle s'envoyait en l'air avec son boss, se dit Alexandre, qui devint fou de rage et se mit à tout saccager dans l'appartement.

Il renversa la table basse du salon, planta violemment le cuir du canapé design à l'aide du tournevis qu'il avait gardé dans sa poche. Avant de donner de grands coups de pied dans l'écran plat nouvelle génération sur lequel les deux tourtereaux devaient, à coup sûr, regarder des films d'horreur tout en se faisant d'immondes baisers. Sans que Christophe, lui, revienne en arrière pour visionner à nouveau les scènes importantes...

Puis il cassa l'ensemble des cadres à l'effigie de Cassandre et de Christophe qui le narguaient depuis de longues secondes.

Une fois à bout de souffle, il se dirigea vers la chambre à coucher. Il remarqua immédiatement, à côté du lit principal, et de la fresque murale représentant les deux amoureux, un lit de bébé. Son visage se décomposa...

Tout devint flou autour de lui, comme si la pièce s'était tout à coup recouverte d'un épais voile blanc. Pris d'un fulgurant malaise, il tomba à la renverse.

Cassandre était enceinte.

De son amant.

Tout était désormais plus clair dans l'esprit d'Alexandre. C'était sans doute pour cela qu'elle l'avait quitté. Elle allait fonder une famille avec un autre.

Peut-être même allaient-ils se marier ?

Car oui, Cassandre, très croyante, lui avait toujours dit que le jour où ils auraient un enfant, ils devraient se marier. Ils étaient sûrement d'ailleurs à l'heure actuelle en lune de miel. Peut-être même en Nouvelle-Calédonie, là où Alexandre voulait emmener Cassandre…

C'en était trop pour le jeune homme, totalement abattu, le cœur brisé, qui décida de quitter cette maudite maison. De regagner sa voiture. Et de rentrer chez lui, pour ne plus jamais en sortir, noyé par l'indescriptible peine qu'il ressentait. Une peine dont il aurait bien du mal à se relever.

18
Témoin malgré lui

Début du printemps 1999

Il fait sombre dans la pièce, mais j'aperçois tout de même une partie du salon à travers l'entrebâillement de la porte. Je suis déjà au lit, j'ai comme l'impression de flotter dedans. Papa m'a ordonné d'aller me coucher il y a bien une heure. Sophie, ma sœur cadette, a le droit de veiller plus tard que moi. Et ça fait plusieurs semaines que c'est comme ça ! Je ne comprends pas, c'est totalement injuste. Elle est devant la télévision, sur le canapé, étalée de tout son long sur papa. Il la caresse. À mon avis, il la préfère à moi. Si ce n'est pour m'injurier ou me donner des gifles, quand ce n'est pas des coups de ceinture, il ne me prête aucune espèce d'attention. Ça fait des mois que j'attends qu'il se rende à l'un de mes matches de football. Le père de Mathieu y va, lui. C'est d'ailleurs lui qui m'y emmène également. Depuis le départ de maman, il passe ses journées et ses soirées à boire de la bière. Et du whisky en grosse quantité. Je me demande depuis combien de temps je ne l'ai pas vu sobre. Peut-être huit mois… Oui, voilà, huit mois. La date à laquelle est partie maman. Enfin, c'est ce qu'il dit. Jamais elle ne nous aurait abandonnés. Je n'y crois pas une seule seconde. Elle nous aimait trop, Sophie et moi, pour ça. Papa ne veut plus qu'on parle de cette histoire. Et ne veut plus nous entendre poser des questions par rapport à maman.

Moi, je pense qu'elle est morte.

On en discute avec Sophie lorsque nous sommes seuls. Enfin, on en parlait. Depuis plus d'un mois, Sophie a beaucoup changé. Elle, d'ordinaire si joyeuse et extravertie, s'est totalement renfermée sur elle-même. Elle ne parle presque plus. Et passe des heures enfermée dans la salle de bains. C'est peut-être normal pour une fille de son âge, je n'en sais rien. Ce qui m'inquiète un peu, c'est que je l'entends parfois pousser de petits sanglots. Elle ne veut pas me dire pourquoi elle pleure. Ce doit être parce que maman lui manque. Après tout, moi aussi, j'ai parfois les larmes aux yeux. Mais je me dis qu'elle reviendra me chercher. Nous chercher, Sophie et moi. Un jour, depuis le ciel. C'était totalement différent avec elle. La maison n'a plus aucune âme depuis qu'elle n'est plus là. Avant, les sourires et éclats de rire faisaient partie de notre quotidien, enfin, quand papa n'était pas là... Je me demande depuis combien de temps je n'ai pas souri. Je n'y arrive plus. Le soir, après m'avoir roué de coups, papa m'ordonne d'aller au lit. Parfois sans manger. Et il s'installe dans le salon avec Sophie. Heureusement que la poignée de la porte est cassée et qu'elle ne se ferme pas bien, comme ça, je peux écouter le film du soir. Et en voir un bout grâce aux quelques centimètres carrés du poste de télévision que j'aperçois depuis mon lit. J'observe également les ombres de Sophie et de papa, qui ne cessent de danser. Ça m'occupe. De toute manière, je n'arrive pas à dormir. Eux non plus, apparemment. Ils gesticulent sans cesse. Ils doivent être vraiment captivés par le film qu'ils regardent et font sans doute des mouvements sans s'en rendre compte. Je me demande si le programme est adapté à une fillette de seulement cinq ans. C'est peut-être trop violent. Elle pousse souvent de petits hurlements et gémit durant tout le visionnage. Si c'était mon enfant, je ne lui laisserais pas regarder ce genre de programmes. Mais bon, il doit certainement mieux savoir comment nous élever que moi. Je n'ai que sept ans, après tout. Aujourd'hui, ils visionnent sûrement un film d'horreur ou de guerre, car Sophie crie plus que d'habitude. Papa lui chuchote de se taire et de continuer. Je ne comprends pas trop... Elle doit se taire ou continuer à crier ? Il doit probablement être à nouveau saoul. Et ne plus trop savoir ce qu'il dit. Il y a été fort toute la journée niveau bouteille. Comme tous les mardis. C'était un mardi que maman a disparu. Je m'en souviens comme si c'était hier. On rentrait de l'école avec Sophie et on s'apprêtait à partir à nos entraînements de foot et de danse respectifs. C'est maman qui nous y amenait toujours. J'ai tout de suite compris que quelque chose d'inhabituel était arrivé en entrant dans la maison. Papa était assis sur le canapé, les yeux rouges, le visage bouffi, une bouteille de whisky à la main. Il semblait très en colère. Il est fréquemment en colère, mais là, il l'était encore plus que d'habitude. Plusieurs cadres photo de nos précédentes vacances d'été et des bibelots confectionnés par Sophie et moi pour la fête des Mères jonchaient le sol. La lampe du salon était cassée en deux, la télévision fissurée. Le sol était trempé, de l'eau sortait de la salle de bains. Papa nous a demandé de rester dans nos chambres, de jouer une heure, puis de nous coucher, sans dîner ni même nous brosser les dents. On a entendu de nombreuses personnes aller et venir dans la maison toute la soirée. Je n'ai pas reconnu leurs voix.

J'ai juste compris que quelque chose de grave était arrivé.

19

L'ultimatum

13 octobre 2019, au King's Head, trois mois avant les faits

Martial avait posé sa Guinness sur le bar, un fait plutôt rare pour ce fêtard invétéré lorsqu'il se trouvait dans un établissement nocturne. Il était désormais pendu aux lèvres de son ami Christophe qui se grattait la tête de plus belle, semblant chercher par où commencer.

— Ce n'est pas si simple... débuta-t-il, visiblement embarrassé par ce qu'il avait à lui annoncer. Voilà, j'entretiens des rapports quelque peu singuliers avec mon employée, Cassandre. Disons que nous avons trouvé une sorte d'arrangement.

— Quel genre d'arrangement, Christophe ? sonda Martial, qui craignait le pire.

— En gros, je ferme les yeux sur ses récents agissements et lui évite de gros ennuis avec la justice ainsi qu'une perte d'emploi...

— Qu'a-t-elle fait ?

— Je l'ai surprise en train de voler dans la caisse du magasin la somme de 2 900 euros ! Tout est sur les enregistrements des caméras de surveillance...

— 2 900 euros ?! Pourquoi ne l'as-tu pas dénoncée, et que te donne-t-elle en échange de ta clémence ?

— Comme je te l'ai dit, cette fille me plaît énormément. Et elle m'a supplié de ne pas alerter les autorités... Elle projette d'intégrer, dans quelque temps, une école de kiné en Belgique, et une quelconque condamnation lui en fermerait définitivement les portes. Elle économise depuis plusieurs années pour pouvoir étudier dans les meilleures conditions, sans devoir se farcir des petits jobs le soir. Elle est à deux doigts d'atteindre la somme qu'elle s'est fixée pour objectif. Autant dire que si elle perdait son travail maintenant, tous ses projets professionnels partiraient en fumée…

— Que te donne-t-elle en échange, Christophe ? insista Martial, désormais prêt à entendre le pire.

Il resserra l'étreinte qu'il exerçait sur l'anse de la pinte de bière irlandaise.

— Un peu d'affection, une certaine proximité… osa-t-il, se frottant désormais avec frénésie.

— Tu n'es tout de même pas en train de me dire que tu as des relations intimes avec ta salariée en échange de ton silence ?

— Écoute, ça peut paraître un peu étrange dit comme ça, c'est sûr, mais je peux t'assurer que chacun y trouve son compte…

— Mais tu es fou à lier ! On ne fait pas ce genre de choses, Christophe ! Tu n'as donc retenu aucune leçon du passé ?! Qu'est-ce que tu as dans la tête ? s'emporta Martial, en se levant d'un bond de son tabouret de bar.

Il était assez impressionnant lorsqu'il s'énervait.

— Je savais que tu allais réagir de la sorte, on ne peut vraiment rien te dire…

— Tu es stupide ou tu le fais exprès, Christophe ?! Ce que tu lui fais, c'est du chantage, à caractère sexuel, qui plus est ! C'est du viol ! C'est grave, très grave… poursuivit-il, en le pointant du doigt.

Malgré la musique, les regards se tournèrent bientôt vers les deux amis : plusieurs piliers de bar – levant le coude sans relâche depuis une heure ou deux – crurent à un début de bagarre. Ils en réclamaient plus.

— Tu es le seul au courant de cette histoire, Martial. Personne n'en saura jamais rien…

— Ah, parce que tu crois que je vais te laisser continuer à abuser de cette pauvre jeune femme sans broncher ?

Il exprima une brève grimace, tout en s'approchant de façon menaçante de Christophe, qui recula jusqu'à coller son dos contre le bar.

— Et que vas-tu faire ? Me dénoncer, moi, ton ami d'enfance ?

— S'il le faut, oui, je le ferai ! Je t'avais prévenu la dernière fois, je ne laisserai plus jamais passer une chose pareille ! Tu ne peux pas exercer plus longtemps une telle emprise sur ton employée, c'est totalement malsain. N'as-tu donc aucune valeur ?

— Tu sais, ça n'a jamais été facile pour moi dans la vie. Surtout avec les femmes...

— Oh ! Je t'en prie, arrête ! rétorqua-t-il, le regard courroucé, excédé par le discours entendu à maintes reprises. Tu ne vas pas une fois de plus me rejouer le couplet du vilain petit canard ! Tu t'en es trop servi... Je pensais que tu avais dépassé ce stade, surtout depuis la promotion que tu as eue. Responsable de magasin, on peut dire que tu as réussi ta carrière professionnelle, et que tu réussis ta vie mieux que beaucoup d'autres.

— Et ma vie amoureuse, je l'ai réussie ? Je n'ai jamais noué la moindre relation avec une femme, du moins, sans user de chantage ou d'argent... Tu trouves ça normal, à mon âge ?

— Non, ce n'est pas normal. Mais ce que tu fais avec cette Cassandre l'est encore moins !

— Et que dois-je faire, désormais ? La virer ? La dénoncer ?

— Ni l'un ni l'autre, Christophe... D'autant qu'elle pourrait témoigner contre toi pour le chantage sexuel que tu exerces. Tu vas simplement lui demander de démissionner, en lui disant que tu ne la dénonceras pas si elle accepte... Et lui verser l'argent qui lui manque pour pouvoir se payer ses études.

— C'est que je commence à m'attacher à elle... Je crois que je suis amoureux, c'est un bonheur de la voir arriver chaque matin ! Un léger sourire se forma sur son visage.

— Mais tu vois bien que ce n'est pas réciproque, Christophe ! Et d'ailleurs, où en est-elle dans sa vie sentimentale ? Est-ce qu'elle a un petit ami ?

— Oui, elle a quelqu'un dans sa vie. Mais il ne lui arrive pas à la cheville, elle serait bien mieux avec moi.

— Ça, ce n'est pas à toi d'en juger, mais à elle ! Imagine-toi un peu dans quel merdier tu t'es glissé... Et s'il venait à l'apprendre, comment crois-tu qu'il réagirait ?

— Jamais elle ne lui dira, elle a bien trop honte de ce qu'elle a fait. Et il la quitterait certainement s'il apprenait qu'elle a eu des relations sexuelles avec quelqu'un d'autre...

— Peu importe, Christophe. Tu vas faire ce que je te dis, dès demain ! Ça ne peut pas continuer plus longtemps.

— Mais je...

— Il n'y a pas de « mais » qui tienne ! Je te préviens, je n'hésiterai pas une seule seconde à te balancer aux forces de l'ordre si tu continues ainsi...

— Tu n'as donc aucune amitié pour moi ?!

Martial avança encore et saisit cette fois-ci Christophe, qui ne pouvait reculer davantage, par le collet. Il le fixa dans les yeux et formula, tout en s'efforçant de rester calme :

— Si, j'en ai, justement, c'est bien pour ça que je te demande d'arrêter et que je ne te mets pas mon poing dans la figure, là, tout de suite, devant tout le monde !

Et, s'apercevant qu'il était au centre de l'attention, poursuivit, à l'attention des nombreux clients, bien échaudés, qui attendaient qu'une baston éclate enfin dans l'établissement :

— Quoi, qu'est-ce qu'il y a ? C'est du spectacle que vous voulez ? Eh bien, en voilà !

Hors de lui, il s'empara de son verre et le jeta violemment contre la cible électronique de fléchettes située à quelques mètres à sa droite. Il éclata en mille morceaux.

— Je te laisse vingt-quatre heures, après quoi, tu auras affaire à moi ! adressa-t-il à Christophe, sans même le regarder, tout en quittant l'établissement, sous les huées des clients et les insultes du barman exigeant un dédommagement pour la casse.

— Je peux te l'assurer, petite enflure, tu ne mettras plus jamais les pieds ici ! siffla ce dernier derrière le zinc.

Il vit juste, ce soir-là. Martial n'y retournerait jamais plus…

20

Amis pour le meilleur et pour le pire

Le même soir, une heure plus tard…

Christophe, bien qu'il eût toujours affiché une immense affection pour Martial, ne pouvait se résoudre à l'écouter, et mettre un terme à sa relation, aussi malsaine soit-elle, avec Cassandre.

Vingt-quatre heures, lui avait-il laissé…

C'était bien trop peu de temps à partager avec l'élue de son cœur. Il fallait qu'il trouve une autre solution. Et il n'en voyait qu'une seule : faire taire Martial. À tout jamais, s'il le fallait… Il lui en avait malheureusement trop dit, et pensait qu'il eut été bien plus compréhensif à son égard. À choisir entre ne plus jamais le revoir et ne plus jamais revoir Cassandre, le choix était promptement fait dans l'esprit de Christophe.

S'il n'avait jamais encore fait de mal à une mouche, il se savait capable d'aller très loin par amour. Jusqu'à tuer. Tuer son ami. Celui qui l'avait toujours soutenu, défendu face aux railleries et agressions physiques des autres garçons de son âge. Celui qui l'avait toujours écouté, lui avait donné tant de précieux conseils et permis d'évoluer, d'avancer dans la vie. Mais il n'avait pas le choix, il fallait aujourd'hui qu'il s'en débarrasse. Et ce, rapidement. Martial devenait trop intrusif, trop encombrant. Et tout à fait capable de mettre ses menaces à exécution. Et même s'il avait encore un infime espoir qu'il revienne sur sa décision et se taise, Christophe ne pouvait prendre le risque de tout perdre. Ni son travail ni son amour. Il avait depuis plusieurs mois trouvé un certain équilibre entre vie professionnelle et sentimentale.

Pour une fois dans son existence, il se sentait même heureux et épanoui. Christophe avait bon espoir que Cassandre finisse par tomber amoureuse de lui, avec le temps... Qu'elle se rende compte qu'il n'était pas le monstre qu'elle s'imaginait, et qu'il ferait tout pour elle.

Christophe devait agir vite. Prendre Martial par surprise. Dès ce soir. L'assassinat aurait lieu dans un endroit dont Christophe connaîtrait les moindres recoins. Un endroit isolé, qui lui laisserait tout le loisir de dissimuler les traces de l'homicide et de cacher le corps de la victime. Bar-sur-Aube. Christophe y disposait d'armes de catégorie D, des katanas réalisés sur mesure par un maître japonais du nom d'Hilomi Yoshi Okazaki. Ce dernier les avait confectionnés pour lui lors de l'un de ses derniers voyages dans la ville d'Osaka, sur l'île de Honshu. Les deux hommes avaient fait connaissance lors d'une soirée bien arrosée, à coup de saké et de highball – un cocktail confectionné à base de whisky nippon coupé à l'eau pétillante – dans un karaoké local du quartier de Shinjuku, à Tokyo. Au cours de cette soirée, ils s'étaient immédiatement liés d'amitié.

Il était très rare pour Hilomi Yoshi Okazaki d'accepter de forger pour un étranger, un « gaijin », comme les surnommaient là-bas les Japonais. Christophe le savait et s'en était trouvé très honoré. Il s'était alors pris de passion pour l'art du maniement du sabre, ou *iaïdo*. Tous les ans, il effectuait les stages qu'organisait l'un des amis du maître Okazaki dans la ville de Kyoto, à quatre cent cinquante kilomètres à l'ouest de Tokyo.

Ces shinsakuto, ou sabres nouvellement faits en japonais, possédaient des lames de soixante centimètres, tout à fait capables de trancher net les membres, le cou d'un ennemi – ou de son meilleur ami – lors d'une frappe rapide.

Christophe avait, de plus, appris lors de ses entraînements d'iaïdo, à utiliser parfaitement le mouvement de torsion de ses mains pour donner force et stabilité suffisante à la lame en vue d'une coupe efficace.

Après des centaines d'heures d'exercice de kata, il avait pu s'essayer au tameshigiri, la coupe d'une cible. Les tests de coupe avaient été réalisés par Christophe sur des bottes de paille de riz, renforcées par des tiges de bambou en leur milieu pour imiter le cou humain ou l'os, sous l'œil attentif et inflexible de maître Okazaki.

Ce dernier lui avait livré de précieux conseils et appris à se servir de toute l'inertie dont son corps pouvait faire preuve en s'appuyant sur la rotation de ses hanches. Il avait été surpris de la force qu'il pouvait développer malgré son gabarit rondelet.

Conscient de ne pas faire le poids dans un combat à mains nues, il surprendrait Martial en l'attaquant au sabre. En une ou deux frappes tout au plus, ce dernier mourrait alors. Sans souffrir. Il ne méritait nullement de souffrir.

Christophe prit quelques minutes de réflexion pour rédiger un message qui donnerait envie à Martial de l'accompagner à Bar-sur-Aube.

« Je pense depuis tout à l'heure à ce que tu m'as dit et je dois avouer que tu as entièrement raison, la situation est malsaine... Je tiens tout d'abord à m'excuser et espère que je ne t'ai pas trop déçu. Et que tu me pardonneras ! J'ai donné rendez-vous à Cassandre, demain matin, dans ma maison de campagne de Bar-sur-Aube, pour lui annoncer la nouvelle. Ce serait bien que tu sois également présent, pour jouer le rôle de conciliateur. Je suis prêt à lui verser une belle indemnité, si elle part de son plein gré, afin de lui laisser le temps de se retourner. Mais nous en parlerons tout à l'heure, si tu acceptes de m'accompagner... Je pars pour Bar-sur-Aube dès ce soir. S'il te plaît, ne parle à personne de ce rendez-vous un peu particulier... Je passe te prendre d'ici 20 minutes ? »

La réponse de Martial ne se fit pas attendre. Quelques dizaines de secondes plus tard, le téléphone de Christophe vibra.

« C'est d'accord. Je suis très remonté contre toi, mais j'accepte, pour la petite… Ça la rassurera sûrement d'être en présence d'une tierce personne. Je t'attends, à tout de suite. »

Un petit quart d'heure plus tard, Christophe arriva en bas de chez Martial. Ce dernier, la mine grave, l'attendait déjà, accoudé contre la barrière du parking de l'immeuble, en tirant nerveusement sur une cigarette au menthol. La nuit était quiète, et aucun de ses voisins n'entra ou ne sortit de l'immeuble de standing dans lequel il résidait, le temps qu'il écrase sa cigarette à ses pieds et monte, sans prononcer un mot, dans la Porsche Cayenne.

Le trajet jusqu'à Bar-sur-Aube se fit dans le plus grand des silences. Martial, loin de se douter du sort que lui réservait son ami de toujours, se demandait s'il arriverait un jour à lui pardonner le comportement qu'il avait adopté face à la jeune femme.

Comment a-t-il pu profiter de la détresse de son employée, et se livrer à de tels actes ? Il n'y a pas à dire, c'est une véritable ordure… ruminait-il.

Christophe, quant à lui, se remémorait les nombreux bons moments passés en compagnie de Martial depuis l'enfance.

Et toutes ces premières fois en sa compagnie et celle de Vincent. Premières boums, premiers baisers, premières cuites, premières vacances à l'étranger – entre potes sur l'île de Majorque dans les Baléares, une fois majeurs – premières fiestas, premiers jobs, premières pendaisons de crémaillère, une fois entrés dans la vie active… Christophe avait ensuite perdu l'amitié de Vincent à la suite de ses agissements avec Éléonore. Martial, son plus fidèle ami, l'avait alors soutenu, et semblait aujourd'hui prêt à l'absoudre d'un énième faux pas.

Je ne mérite pas son amitié, je ne suis qu'un monstre, un lâche. Il aurait mieux fait de me dénoncer à la police et de ne plus m'adresser la parole. Je suis obligé de prendre sa vie, si je veux que la mienne soit agréable. Il me manquera, c'est certain… Mais je peux tout à fait me résoudre à l'idée de vivre sans lui. Pas sans Cassandre. Je le ferai vivre à travers mes souvenirs, je ne l'oublierai pas. Comme je n'oublierai jamais ce qu'il a fait pour moi, jusqu'au bout… Si un jour Cassandre me donne un fils, je le baptiserai Martial, en son honneur.

Si Christophe avait les larmes aux yeux en réalisant qu'il partageait là ses derniers moments en compagnie de Martial, il savait néanmoins que le crime qu'il s'apprêtait à commettre était nécessaire.

Les deux hommes arrivèrent enfin en haut de la colline Sainte-Germaine et entrèrent dans la maison de campagne de Christophe.

Dans le hall d'entrée, une impressionnante vitrine mettait en valeur les nombreux objets ramenés par Christophe au cours de ses divers voyages. Sa vie de célibataire lui avait en effet permis de parcourir le monde. De partir, dès qu'il le désirait, sans rendre de comptes à quiconque… Les trois katanas forgés par maître Okazaki trônaient bien en évidence au milieu de matriochkas en provenance de Russie, d'un papyrus ancien acheté sur un marché d'Égypte, de roches volcaniques d'Islande ou encore de statuettes Dogons du Mali.

— Je suis un peu fatigué par le trajet, et par les émotions de la journée… Je ne vais pas faire long feu, ce soir, prévint Martial, qui repensait à quelques beuveries d'anthologie à cet endroit, mais qui n'avait pas du tout la tête à ça ce soir.

— C'est compréhensible, je ne suis pas non plus dans la meilleure des formes. Je vais te laisser la chambre principale pour cette nuit. Je viens de changer le lit, il est confortable au possible. Tu ne voudras plus jamais te lever, crois-moi. Mais laisse-moi tout d'abord t'offrir un dernier verre, pour ce que tu fais pour moi…

— Un seul verre, on est bien d'accord ?

— Promis ! J'ai notamment un Zacapa Solera 23 ans d'âge qu'on m'a offert lors de l'un de mes derniers voyages au

Guatemala ! Tu m'en diras des nouvelles... Attends-moi au salon, ajouta-t-il, tout en se dirigeant vers la cuisine.

Christophe ajouta dans le verre de son invité une solution buvable de clonazépam, un médicament aux propriétés sédatives notamment utilisé dans le traitement de l'épilepsie – qui contenait depuis quelques années un colorant bleu pour limiter son utilisation criminelle... Il ne souhaitait pas que son ami se réveille en plein milieu de la nuit et l'aperçoive en train de s'approcher de lui en tenant un sabre. Il était bien trop lâche pour affronter son regard, ou une éventuelle riposte...

Il revint quelques minutes plus tard avec deux verres opaques à la main.

— Ben alors, tu n'as plus les verres à rhum que je t'avais offerts ? s'étonna Martial, confortablement installé sur le canapé principal devant la cheminée qu'il venait d'allumer, comme s'il se trouvait chez lui.

Il faut dire qu'il avait passé dans cette maison un nombre incalculable de soirées, de week-ends, parfois même de semaines entières. Et avait, à ce titre, le sentiment d'être à la maison. Il avait d'ailleurs le double des clés et Christophe l'autorisait à y amener ses conquêtes depuis de nombreuses années. Anniversaires et fêtes de fin d'année y avaient en outre souvent été organisés, la superficie du bâtiment permettant aux nombreux convives de dormir sur place et ainsi ne pas prendre la route après deux, trois ou dix verres consommés durant la soirée.

— Si, si, mais ils sont dans mon appartement de Metz. Tu me connais, j'aime boire un verre le soir, ça m'aide à faire de beaux rêves rapidement, inventa-t-il.

Les deux amis trinquèrent, une dernière fois...

— À l'amitié éternelle et au pardon ! lâcha Christophe, en regardant Martial droit dans les yeux.

Après tout, leur amitié dépasserait très certainement la mort, et ils se retrouveraient peut-être dans un endroit lointain un jour. Martial, comme à son habitude, lui pardonnerait son geste… imaginait Christophe.

Son ami ne répondit pas et savoura le breuvage pendant plusieurs minutes tout en contemplant les flammes danser dans la cheminée. Le bois crépitait au contact de ces dernières, qui narguaient les deux hommes dans une chorégraphie improvisée, rythmée et suave. Comme prises de manie dansante, ces dernières s'agitaient, frétillaient, sautillaient, valsaient, tombaient, se relevaient et continuaient de plus belle… Elles semblaient en transe, incapables de stopper cette sorte d'hystérie collective ; comme n'avaient pu le faire des centaines de Strasbourgeois lors de l'étrange phénomène d'épidémie de danse de Saint-Guy qui avait sévi en 1518. Jusqu'à en mourir d'épuisement…

— À quelle heure arrive Cassandre demain matin ? finit-il par demander, tout en bâillant.

— Dix heures, tu as donc tout le temps de te reposer…

— Parfait, j'en ai bien besoin.

Il posa son verre, à moitié entamé, sur la table basse et tourna les talons à son ami d'enfance.

— Je crois bien que je n'aime plus le rhum. À demain, Christophe…

— Martial… Attends. Merci encore pour ce que tu fais. Et pour tout ce que tu as toujours fait pour moi. Je ne te mérite vraiment pas dans ma vie…

Malgré la pénombre, Martial cru déceler une larme se former au coin de l'œil de Christophe. Le regard de ce dernier, éclairé par ces flammes en proie à une folie passagère, avait quelque chose de diabolique, de terrifiant. Jamais il n'avait vu d'expression semblable sur le visage de celui qu'il avait toujours considéré comme un petit garçon fragile, un Vilain petit canard qu'il fallait protéger. Il ne savait pas qu'à ce moment précis, il voyait pourtant son vrai visage. Celui d'un démon, d'un vicieux, d'un toxique, d'un pleutre, d'un manipulateur, ne pensant qu'à assouvir ses pulsions, plus perverses les unes que les autres, à servir son intérêt personnel en dépit des autres. Jouant sur sa faiblesse pour que ses proches s'apitoient sur son sort, le prennent en pitié…

Martial était tombé dans le piège, tout comme Vincent, il y a des années de cela. Mais, à la différence de ce dernier, il n'avait jamais réussi à s'en défaire. Quand son cœur élisait une personne, c'était à vie.

En amour, comme en amitié.

Si bien qu'en acceptant de l'accompagner jusqu'ici, il lui avait déjà pardonné, sans même le savoir. Tout comme il avait pardonné – par le passé – à son ex de l'avoir trompé, ou encore à son père d'avoir quitté sa vie, sans nouvelles, pendant près d'une décennie.

Ne tenant plus debout, Martial monta à l'étage pour aller se coucher.

Rapidement, il tomba dans les bras de Morphée, sans s'imaginer un seul instant que plus jamais il ne se réveillerait.

Dans la nuit, Christophe, qui était resté au salon en compagnie de sa bouteille de Zacapa Solera pour se donner du courage dans ce qu'il s'apprêtait à faire, ouvrit la vitrine du hall d'entrée. Il se munit de son meilleur sabre et monta discrètement à l'étage. Sa respiration était lente, son pas léger. L'homme était concentré, bien décidé à conclure son affaire le plus proprement et le plus rapidement possible. Son ami le méritait. En gravissant une à une les marches menant au premier étage, Christophe ne se posait plus la moindre question. Il avançait avec une détermination sans faille, et une idée fixe en tête, celle d'en finir…

Christophe ouvrit doucement la porte de la chambre à coucher et s'avança en direction de Martial, paisiblement endormi sur le dos.

Ce dernier dormait d'un sommeil lourd, bien aidé par le cocktail détonant à base de rhum et de médicament que lui avait préparé son ami…

D'un geste assuré, il sortit le sabre de son fourreau et prit le temps d'ajuster la position de ses pieds, mains et épaules. Martial bougea soudainement tout en émettant un ronflement sonore.

Christophe sursauta.

Toujours endormi, l'homme torse nu venait de changer de position, dormant désormais sur son côté gauche.

Je suis désolé, mais je n'ai pas d'autre choix...

Comme le lui avait appris son maître, Christophe leva son katana à quarante-cinq degrés au-dessus de son ami, le regard droit devant lui et... l'abattit d'un coup sec.

La tête de Martial, tranchée nette, roula jusqu'en dessous du lit.

Christophe, lui, n'avait pas ressenti plus d'émotion que lorsqu'il s'était exercé à frapper sur les bottes de paille de riz, dans l'arrière-boutique d'Hilomi Yoshi Okazaki.

Ce devait être fait.

Martial avait eu une belle mort, dans son sommeil, tué par une personne de confiance. Du moins, une personne en qui il avait confiance, même s'il n'aurait pas dû... Il pouvait s'estimer chanceux. Il n'avait rien senti. Un luxe, comparé à toutes ces personnes qui périssaient chaque minute, chaque seconde, dans d'atroces souffrances, aux quatre points cardinaux de la planète : étranglés, noyés, brûlés vifs, enterrés vivants, écrasés, tombés, torturés, malades à en crever...

Mourir dans son sommeil était finalement une véritable aubaine, une sorte de bénédiction des dieux. C'était comme gagner au loto. Peu de personnes avaient cette chance.

Martial appartenait désormais au passé.

Christophe devait tout nettoyer et ne laisser aucune trace s'il voulait que son avenir ne se résume pas à une vie derrière les barreaux. Après avoir démembré le corps de Martial, il l'enterrerait dès le lendemain dans la région. Suffisamment loin tout de même pour ne pas être inquiété s'il devenait un jour l'un des suspects de sa disparition.

Christophe avait un lieu en tête, un coin à champignons reculé dans la forêt de Sedan, que son oncle avait secrètement gardé pour lui durant près de cinquante ans. Hormis quelques sangliers et marcassins, il n'y avait que très peu – voire pas du tout – de passage... Et qui irait s'amuser à creuser dans les environs ? Après tout, il n'y avait ni or ni pétrole dans le coin. Seulement des champignons, beaucoup de champignons.

Personne ne viendra jamais lancer des recherches dans cet endroit paumé et méconnu de tous... se dit-il. J'y enterrerai le corps de Martial qui emportera à jamais le secret de sa mort avec lui.

TROISIÈME PARTIE

L'enfer, c'est moi...

21

Un film en famille

Début du printemps 1999

Il fait sombre dans la pièce, mais j'aperçois tout de même Sophie qui nous observe par l'entrebâillement de la porte. Elle est déjà au lit. Papa lui a ordonné d'aller se coucher il y a bien une heure. Ma sœur cadette n'a pas le droit de veiller aussi tard que moi. Et ça fait plusieurs semaines que c'est comme ça ! Je comprends, elle est plus jeune d'une année. Je suis devant la télévision, sur le canapé, étalé de tout mon long sur papa.

Il me caresse.

Je pense qu'il me préfère à elle. Bien qu'il passe son temps à m'injurier et me donner des gifles, quand ce n'est pas des coups de ceinture. La journée, il ne me prête aucune espèce d'attention. Ça fait des mois que j'attends qu'il se rende à l'un de mes matches de football. Le père de Mathieu y va, lui. C'est d'ailleurs lui qui m'y emmène également.

Depuis la disparition de maman, il passe ses journées et ses soirées à boire de la bière. Et du whisky, en grande quantité. Je me demande depuis combien de temps je ne l'ai pas vu sobre. Peut-être huit mois… Oui, voilà, huit mois. La date à laquelle est partie maman. Enfin, c'est ce qu'il dit. Jamais elle ne nous aurait abandonnés. Je n'y crois pas une seule seconde. Elle nous aimait trop, Sophie et moi, pour ça. Papa ne veut plus qu'on parle de cette histoire. Et ne veut plus nous entendre poser des questions par rapport à maman.

Moi, je pense qu'elle est morte.

On en discute avec Sophie lorsque nous sommes seuls. Enfin, on en parlait. Depuis plus d'un mois, Sophie a beaucoup changé. Elle, d'ordinaire si joyeuse et extravertie, s'est totalement renfermée sur elle-même. Elle ne parle presque plus. Et passe des heures, enfermée, dans la salle de bains. C'est peut-être normal pour une fille de son âge, je n'en sais rien. Ce qui m'inquiète un peu, c'est que je l'entends parfois pousser de petits sanglots ; et me dit qu'elle a vu ce que papa m'a forcé à lui faire. Avant, les sourires et éclats de rire faisaient partie de notre quotidien. Je me demande depuis combien de temps je n'ai pas souri. Je n'y arrive plus. Le soir, après m'avoir roué de coups, papa dit à Sophie d'aller au lit. Parfois sans manger. Et il s'installe dans le salon avec moi. Heureusement que la porte est cassée et ne se ferme pas bien, comme ça, Sophie aussi peut écouter le film du soir. Et en voir un bout grâce aux quelques centimètres carrés du poste de télévision qu'elle aperçoit depuis son lit. De toute manière, elle n'arrive pas à dormir. Selon elle, nous faisons du bruit et gesticulons sans cesse. Moi, je suis vraiment captivé par le film et ne me rends pas bien compte des caresses et autres gestes que j'effectue. Le film est très violent. Peut-être trop pour un garçon de mon âge. Je pousse souvent de petits hurlements, et gémis durant tout le visionnage... Mais pas à cause des images que j'aperçois. Quand j'aurai un enfant, je ne lui laisserai pas regarder ce genre de programmes. Mais bon, papa doit certainement mieux savoir que moi ce qui est bon ou pas. Je n'ai que 7 ans, après tout. Et j'ai intérêt à lui obéir. Sinon, il me roue de coups de plus belle. J'entends Sophie, dans la chambre d'à côté, qui s'inquiète, car je crie plus que d'habitude. Papa lui tonne de se taire et me dit de « continuer ». J'ai intérêt à m'exécuter, il est à nouveau saoul. Et très violent. Il y a été fort toute la journée, niveau bouteille. Comme tous les mardis. C'était un mardi que maman a disparu.

3 avril 1999, 19 heures

Je crois que j'ai fait une bêtise, mais je ne peux pas dire laquelle. Papa semble, ce soir, encore plus énervé qu'à l'accoutumée. Il vient de vider une bouteille de Jack Daniel's en un temps record. Je sais que je vais encore passer un mauvais quart d'heure... Il balance tous les objets qu'il trouve sur son passage par terre et vocifère, les yeux injectés de sang, à mon encontre :

— Tu vas être placé en foyer, et ce sera bien mérité ! Tu te rends compte de ce que tu as fait, sale petit enfoiré ? Tu aurais pu le tuer, je vais encore avoir des emmerdes par ta faute... Je te préviens, si je vois le père de Louis débarquer ici, il n'aura pas la même chance que son fils ! Je l'étrangle sur-le-champ ! Et je t'étrangle par la même occasion !

Je ne comprends pas ce que mon père veut dire. Pourquoi le père de Louis viendrait-il à la maison ? Il vient d'enlever sa ceinture. Le voilà qui s'approche de moi. Les muscles bandés dans son marcel duquel jaillissent de nombreux poils, drus, hérissés. Il la lève vers moi et m'assène plusieurs coups secs. Je ne ressens rien, mon corps subit, mais mon esprit est ailleurs. J'assiste à la scène de ce frêle petit garçon, recroquevillé sur lui-même, qui prend une bonne raclée. La raclée du siècle. Les coups pleuvent de plus en plus fort, la cadence est de plus en plus soutenue. Du sang éclabousse maintenant le visage de mon père. Sophie pleure dans la chambre d'à côté. Elle est, comme bien souvent, témoin de la scène. Aux premières loges. Impuissante. Terrifiée. Choquée. Comme figée. Ne pouvant ni avancer ni reculer. Simplement crier. Supplier.

— Papa, nooooon ! Arrête, par pitié, laisse-le !

— Ferme-la toi, là-bas ! Retourne te coucher si tu ne veux pas que je m'occupe également de ton cas !

L'homme, ivre, cruel, redouble d'efforts dans sa mise à mort. Les coups de ceinture, jusqu'alors ciblés, atteignent désormais dos, visage, nuque, bras, jambes de l'enfant au corps tuméfié.

— Stop ! Tu vas le tuer...

Dans une sorte d'instinct de protection, Sophie se rue sur papa, qui la repousse, comme on écraserait un insecte, vers moi. Elle tombe à terre, la tête la première. Son arcade est en sang. C'est désormais elle qui reçoit les coups balancés par le furieux. C'est totalement injuste. Qu'il me frappe ne me dérange pas, j'y suis habitué... Mais qu'il s'en prenne à Sophie me révolte totalement. Si j'avais la force nécessaire, je la défendrais. Filerais à mon père la plus sévère des corrections.

— Ah ? Tu en veux aussi ! Très bien, il suffisait de me le dire, ma princesse, aboie-t-il, en cognant de plus belle.

Ma princesse, c'est comme cela qu'il nommait autrefois maman, lorsqu'elle tentait de s'interposer entre lui et moi. Ça n'augurait jamais rien de bon...

C'est la première fois que je vois papa frapper Sophie. Ça y est, il a franchi la barrière, le point de non-retour. Jusquelà, c'est la seule chose qu'il ne s'était encore jamais permise. Va-t-il s'arrêter de frapper ? Ou se laisser entraîner jusqu'au bout par sa rage, sa hargne, sa folie... Sophie n'a pas la même résistance que moi. Elle ne tiendra pas longtemps comme cela. Elle pleure toutes les larmes de son corps. Hurle de douleur. Avant de tout d'un coup se taire. Je lui demande alors, tout en observant la terrible scène :

— Sophie, tu m'entends ? Tu peux bouger ?

Pas de réponse. Ça y est, elle vient de s'évanouir devant la puissance des chocs et la vue de tout ce liquide qui s'échappe de son corps. C'est une véritable rossée. Une tannée. Trempe, correction, rincée, rouste, bastonnade, bourrade, peignée. Elle n'a plus aucune chance d'en réchapper. Papa ne se contrôle plus. Il va la tuer. Il me tuera ensuite. Il faut que j'intervienne. Je suis toujours recroquevillé sur moi-même, dans une position quasi génitale. Je vais mourir comme je suis venu au monde. À moins que... Je sais où papa planque son 357 Magnum, je l'ai épié plusieurs fois. J'ai vu comment il le chargeait, l'armait, y plaçait le silencieux. Remarquez, pas besoin de mettre le silencieux, puisque nous n'avons pas de voisins à proximité. Personne n'entendrait le moindre coup de feu. Comme personne n'a jamais entendu nos cris, nos plaintes, nos sanglots. J'observe toujours la scène depuis le fond de la pièce ; m'aperçois en train de ramper vers la commode où est rangée l'arme. Il faut que je fasse vite, Sophie n'en a plus pour longtemps. Elle capte toute l'attention de papa. Il fait sombre dans la pièce, c'est ma chance. Dans un état d'ébriété avancé, il ne semble pas avoir remarqué que je me dirige tout droit vers le meuble interdit. Je n'ai jamais eu le droit d'y toucher. Mais l'ai toujours fait en cachette, lorsqu'il était de sortie.

Une fois, maman m'a dit que si un jour ma sœur ou moi étions en danger de mort, après qu'un inconnu, cambrioleur, violeur, tueur, se soit introduit dans la propriété, je ne devais pas hésiter à m'en servir. Ça s'appelle de la légitime défense, m'avait-elle alors expliqué.

Je crois que, dans le fond, elle ne pensait pas à un éventuel inconnu, cambrioleur, violeur ou tueur, mais à papa.

Maman, c'est le moment d'user de cette légitime défense dont tu m'avais parlé. Et de faire preuve du courage que tu avais lorsque tu me défendais. Que tu prenais des coups et encore des coups à ma place.

J'arrive péniblement à me redresser. Je crois que j'ai plusieurs côtes cassées, ou fracturées. Pour dire la vérité, je n'en sais rien, j'ai simplement très mal. J'atteins les clés de la commode, scotchées en dessous du tiroir. Je tremble en tentant de l'ouvrir, mais y parviens finalement. Je me saisis alors de l'arme. Je ne me souvenais plus qu'elle était aussi lourde. J'espère pouvoir réussir à appuyer sur la détente. Il me faudra sûrement les deux mains. Je ne suis pas aussi fort que papa. Loin de là. Les munitions... Elles sont dans le tiroir d'à côté. Il n'est pas fermé à clé. Vite, Sophie gît au sol, il y a du sang partout. Papa est inarrêtable. Combien de balles seront nécessaires pour en venir à bout ? Une, deux, trois ? J'espère que ça suffira à l'abattre. Je les charge dans le barillet du revolver.

— Sale petit enfoiré ! Je vais te tuer !

Trop tard... Papa a entendu le bruit.

Sophie, elle, est inerte.

La bête fond sur moi.

22

Incontrôlable

3 avril 1999, 10 heures

La sonnerie annonçant le début de la récréation retentit comme tous les jours à 10 heures en cette pluvieuse matinée d'avril. C'était un vendredi. Les écoliers des deux classes de CE2, équipés de leurs tenues de sport, sortirent les premiers du bâtiment pour s'abriter sous l'imposant préau fait d'ardoise. Le ciel lorrain, plongé sous une morose grisaille, tranchait avec le sourire des enfants, irradiant la cour d'une intense lueur. Ces derniers étaient sans doute excités par la promesse d'un week-end, dont ils n'étaient plus séparés que par un cours de sport, qui serait fait de grasses matinées et de jeux à n'en plus finir.

Très vite, des groupes se formèrent parmi les écoliers.

Tandis qu'une partie des filles s'amusait à la marelle et qu'un couple d'amoureux vivait là son premier bisou sur la commissure des lèvres, deux équipes de foot se mesuraient sur un terrain de fortune.

Un terrain délimité par quatre cartables faisant office de buts. Pas de maillots, pas de dossards, et pas d'arbitres, qu'importe… Ici, on faisait uniquement la passe aux camarades, les deux classes s'affrontant dans un énième *Classico* cette semaine.

Virgule, petit-pont, talonnade, aile de pigeon, frappe enroulée, chacun y allait de son action, de son geste technique et de son commentaire en faisant référence à son joueur favori. Nous étions seulement quelques mois après le Mondial 1998 et des Ronaldo, Vieri et Zidane en puissance faisaient face aux Batistuta, Suker et Raùl du coin ; tandis que des Barthez, Peruzzi et Schmeichel en herbe tentaient de garder les cages face à ces attaquants redoutables.

Des éclats de rire, amplifiés par l'écho du préau, retentissaient à chaque tir tenté, à chaque arrêt du gardien.

Louis, vraiment imposant pour son âge, jouait comme bien souvent le rôle de portier. Son visage joufflu semblait plus rond que le ballon lui-même. Dominant de deux têtes et de vingt bons kilos les autres gamins, il prenait de la place dans le but, ce qui rendait très difficile la tâche des attaquants adverses.

Louis était l'un des meilleurs copains de l'enfant. Avec Charles, Sébastien, Samy et Jordan, ils formaient une belle petite bande d'inséparables qui aimaient se retrouver pour traîner après les cours. Charles et Samy évoluaient d'ailleurs également au sein du même club de football que le gamin.

Louis capta avec facilité la frappe de mouche d'un des meilleurs buteurs – qui ressemblait plus à un élève de CP que de CE2 – de l'équipe rivale. Et, voyant son copain démarqué de l'autre côté du terrain, tenta de lui passer le ballon. Mais, ne contrôlant pas sa force, son dégagement atterrit directement sur le crâne d'une petite fille qui attendait sagement son tour à la marelle. Cette dernière, totalement déséquilibrée, percuta alors le sol avec violence. Tête la première. Sonnée, elle resta un moment à terre, se plaignant par des gémissements aigus, l'arcade saignant ardemment… avant de tomber dans les pommes en apercevant le liquide rougeâtre.

Les rires s'étaient tus.

Bientôt, tous les écoliers s'approchèrent d'elles, ne sachant vraiment que faire. Certains d'ailleurs bien plus par curiosité, pour ne pas dire voyeurisme, que pour réellement lui venir en aide. Tous se retrouvèrent mal à l'aise à la vue du sang, qui les coupa totalement de leurs moyens.

C'était le cas de Louis, à l'origine de la chute de la petite fille, devenu rouge écarlate devant les yeux inquisiteurs de certains de ses coéquipiers et adversaires. L'enfant, lui, gardait son sang-froid. Il s'avança sans trembler jusqu'à la blessée et lui chuchota sereinement ces quelques mots :

— Tu m'entends ? Tu peux te relever ? dit-il tout en essayant de la soulever.

Devant l'absence de réponse de la jeune fille et la vision de son si beau minois ensanglanté, un sentiment qu'il n'avait encore jamais ressenti émergea à l'intérieur de lui. Une colère noire, viscérale, quasi bestiale l'envahit soudainement. Venue du plus profond de son esprit.

Son envie de violence envers celui qui avait causé l'accident était si prononcée qu'il ne tarda pas à ne plus pouvoir se contrôler.

Tout en poussant un grognement étrangement rauque pour un enfant de son âge, il se rua sur le gigantesque Louis, lui sautant littéralement au visage pour le rouer de coups. Il ne réfléchit plus. Son instinct animal semblait avoir pris le dessus. Pieds, doigts, mains, griffes, dents, genoux, tibias, tête… Toutes les parties de son corps lui servaient désormais d'armes pour atteindre son but : détruire. Faire mal. Venger. Casser. Briser. Faire regretter son geste, aussi innocent fût-il, au pauvre gamin d'ordinaire son ami. Ce dernier, craint de par son physique par les autres écoliers, était totalement dépassé et terrorisé par la spirale de violence dans laquelle il était pris. Il tomba à son tour au sol, en pleurs et en sang.

Tel un prédateur venant de capturer sa proie, l'enfant ne lâcha pas son étreinte. Pire, il redoublait désormais d'efforts dans sa tentative d'exécution, portant l'estocade, repoussant les limites de la cruauté, s'acharnant sans répit, donnant là une véritable leçon de barbarie à l'ensemble de ses camarades.

Alertés par les cris et pleurs de Louis et, dorénavant, de plusieurs autres enfants, surveillants et instituteurs, jusqu'alors bien trop occupés à se raconter leurs projets du week-end, sortirent à leur tour du bâtiment.

Il leur fallut quelques secondes pour croire à la scène à laquelle ils étaient en train d'assister. Louis ne bougeait plus, l'enfant était à califourchon sur lui et semblait lui enfoncer les doigts dans les yeux, tout en lui mordant la lèvre inférieure avec une force inouïe.

Il y avait du sang partout.

Kamel, le surveillant en chef, courut le plus vite qu'il put vers le préau pour séparer les deux garçons avant qu'il ne soit trop tard. Il tenta de dégager Louis, défiguré, des griffes de l'enragé qu'il saisit par le cou. Il se fit aussitôt mordre l'avant-bras au sang. La bête, les crocs plantés dans la chair du pion, se débattait comme un beau diable, assénant toujours des soufflets à l'enfant au sol. Kamel, qui avait pourtant pratiqué les sports de combat durant plusieurs années, n'avait jamais encore vu quelqu'un se battre avec une telle férocité. La force du garçon semblait décuplée. Sa détermination, à toute épreuve. Sa cruauté, sans limites.

Il fallut à Kamel l'aide d'un collègue, qui se prit tout d'abord un monumental coup de tête en plein nez, ainsi que du directeur de l'école, pour en venir à bout.

Louis, le visage en lambeaux, gisait au sol, inerte.

Il était tombé dans les pommes devant la douleur infligée par son bourreau. Tandis que les trois hommes maîtrisaient, du mieux qu'ils le pouvaient, la créature.

La petite fille s'était quant à elle relevée et remise de sa chute. Son arcade saignait toujours autant, mais elle semblait désormais plus choquée par la scène à laquelle elle venait d'assister que par sa propre blessure.

Deux véhicules de sapeurs-pompiers arrivèrent sur les lieux une dizaine de minutes plus tard pour prendre en charge Louis, les deux surveillants et la gamine. Ils emmenèrent la victime, grièvement blessée, en direction de l'hôpital le plus proche après avoir mené, au préalable, quelques soins sur place. Des policiers s'occupèrent quant à eux de l'enragé, qui quitta la cour de récréation sous les yeux écarquillés de l'ensemble de ses camarades.

Ils n'avaient encore jamais rien vu de semblable.

Louis, dont l'état fut stabilisé par les médecins, n'était pas passé loin de la mort. Souffrant d'un traumatisme crânien ayant entraîné un œdème cérébral, de multiples lésions et contusions, ainsi que des plaies profondes sur les membres et le visage, il resta en convalescence des semaines entières à l'hôpital.

Il en ressortit défiguré, et grandement bouleversé.

23
Un train de retard

Été de l'année 1972

À 16 h 15 précises chaque jour, excepté les samedis et dimanches, la stridente sonnerie de la cité scolaire Henry-Mangin de Sarrebourg retentissait. Dans un joyeux désordre, un brouhaha indescriptible, des collégiens par centaines sortaient alors des deux bâtiments, situés au 34 de la rue Gambetta. Certains d'entre eux traînaient, répartis en bandes plus ou moins importantes selon leurs affinités, styles vestimentaires, réputations, cotes de popularité, pratiques sportives, aux abords du portail. Les couples s'enlaçaient, les querelleurs se battaient, les bons copains riaient, les inquiets ressassaient, les intellectuels débattaient, les athlétiques couraient, tandis que les pressés s'en allaient... Cédric David faisait partie de cette dernière catégorie. Plus par obligation que par choix, d'ailleurs.

Le jeune homme de 14 ans, pourtant plutôt apprécié et toujours bien entouré, faisait faux bond, chaque fin d'après-midi, à ses amis, ses prétendantes ainsi que ses ennemis jurés, pour se rendre un kilomètre et demi plus loin, retrouver son petit frère Marcus à la sortie de l'école.

L'enfant, anormalement frêle pour son âge, souffrait de myopathie de Duchenne, une maladie neuromusculaire liée à une anomalie du gène DMD, responsable de la production d'une protéine impliquée dans le soutien de la fibre musculaire. L'affection dégénérescente se traduisait par une faiblesse musculaire généralisée et gagnait chaque jour un peu plus du terrain au sein du corps de ce dernier, qui ne tarderait pas à devoir se déplacer en fauteuil roulant…

Marcus, qui suivait malgré tout une scolarité ordinaire, terminait quinze minutes plus tard que son aîné. Il l'attendait ainsi chaque jour à proximité du parking durant un petit moment, le temps que Cédric arrive.

Ce dernier, curieux et observateur pour un garçon de son âge, pouvait facilement se disperser en route. Mais il faisait néanmoins un effort pour être ponctuel devant les sermons incessants de ses parents. Très athlétique, il lui arrivait même parfois de courir tout le long du trajet, pour vérifier que tout allait bien pour Marcus, qu'il s'était tout de même fait quelques copains malgré sa différence ; et surtout, qu'il n'était devenu le souffre-douleur de personne.

Tu dois prendre soin de ton frère, tu sais bien qu'il n'est pas tout à fait comme les autres. Il ne saurait se défendre si un camarade venait à le chahuter. Sois à l'heure, chaque minute qu'il passe seul représente un danger pour lui. Tu es au courant de ce que disent les médecins, la situation ne cesse d'empirer et il viendra un jour où il ne pourra même plus tenir son cartable tout seul. Tu as la chance d'être en pleine santé, vif et robuste, le Seigneur t'a fait ainsi pour que tu protèges ton petit frère, lui rappelait fréquemment son père, un sapeur-pompier professionnel un peu bourru, mais très aimant. Il avait appris à Cédric à boxer depuis son plus jeune âge. Ce qui permettait à ce dernier de répliquer avec agilité et précision lorsqu'on l'attaquait. Si bien que même des adolescents âgés d'une ou deux années de plus que lui n'osaient lui chercher des noises. Tous les jours, Cédric et Marcus prenaient la ligne 4 du bus pour rentrer chez eux, à quelque vingt-cinq minutes de là, dans la minuscule bourgade d'Alaincourt-la-Côte.

Une fois arrivés, Cédric aidait son cadet à faire ses exercices pour le lendemain, avant de partir à son entraînement de football ou de tennis, tandis que ses parents arrivaient à la maison.

Seulement, voilà, depuis plusieurs semaines, l'adolescent n'avait plus vraiment la tête aux devoirs, aux entraînements, ou même à sa famille. Ses pensées étaient accaparées par une fille... Cette fille, qui répondait au nom d'Alice.

Il ne savait pas vraiment s'il l'aimait, lui qui, au fond, ne savait pas vraiment ce qu'était l'amour. Ce dont il était sûr, c'est qu'elle l'attirait comme un véritable aimant. Le jour de la rentrée, il l'avait tout de suite remarquée. Si, dès le début de l'année scolaire, il n'avait pu s'empêcher de la caresser du regard, plus ou moins furtivement, au moins plusieurs fois par heure, cela n'avait cessé d'empirer. D'ailleurs, plusieurs de ses professeurs et de ses camarades s'en étaient aperçus...

— Il faut absolument que tu passes à l'action ! lui avait conseillé à plusieurs reprises Guillaume, l'un de ses amis.

Élancé et fin, les cheveux ébouriffés, il ne s'arrêtait jamais de bouger ou de parler. L'hyperactif présentait quelques manières efféminées dans sa façon de se tenir et de se déplacer. D'aucuns pensaient même qu'il préférait les garçons aux filles... Ils se trompaient, et Guillaume prenait un malin plaisir à en jouer. En effet, ces dernières baissaient facilement leur garde devant lui. Plus tard, cela l'aiderait d'ailleurs à conquérir le cœur de femmes des plus sublimes, bien au-delà de ses espérances.

— Tu sais bien qu'elle sort avec ce Bastien depuis près d'un an et demi... Je n'ai aucune chance !

— Je ne vois vraiment pas ce qu'elle lui trouve. Avec ses cheveux longs et gras, ses habits sales. Je l'ai déjà vu porter le même T-shirt deux semaines d'affilée... Je me demande bien depuis combien de temps il n'a pas pris de douche. Il empeste véritablement, par moments. Et il semble être bien plus intéressé par son skate que par elle. D'ailleurs, il ne s'en sépare jamais.

— Apparemment, ça ne la dérange pas. Je devrais peut-être me laisser pousser les cheveux jusqu'aux épaules et arrêter les shampoings !

— Ne dis pas de bêtises, Cédric. Ça se trouve, l'attirance que tu as pour elle est réciproque, mais elle n'ose pas te l'avouer… D'un autre côté, toi non plus, tu ne te lances pas. Votre histoire n'avancera pas d'un centimètre si vous continuez comme cela, tous les deux.

— Si c'était le cas, je pense qu'elle aurait fait les choses dans l'ordre, en quittant d'abord Bastien, non ?

— Oh, tu sais, les femmes sont parfois compliquées… avait alors ajouté Guillaume, en prenant ses grands airs.

À vrai dire, il n'en avait pas la moindre idée et répétait simplement là une phrase que lui avait déjà lancée plusieurs fois son frère aîné, âgé de 22 ans.

Il doit savoir de quoi il parle, considérait-il, en voyant défiler un nombre impressionnant de jolies créatures, sur lesquelles il fantasmait, à la maison. Blondes, petites, brunes, métissées, à lunettes, rousses, grandes, fines ou aux formes généreuses, il semblait tester tous les goûts, toutes les saveurs qu'il pouvait rencontrer dans la nature avant de faire son choix. Ou, au contraire, de ne plus jamais pouvoir jeter son dévolu sur une seule femme…

— Comment deviner si c'est réciproque ? Je ne suis même pas sûr qu'elle ait remarqué que j'en pince pour elle !

— Oh, ne t'inquiète pas, je crois que le collège entier l'a constaté, ça ne plaît d'ailleurs pas vraiment à Bastien, d'après ce qu'on raconte… Et j'ai déjà vu Alice te jeter des petits regards, avait alors inventé Guillaume, pour convaincre son ami de passer à l'action.

Tout en pensant : « Au pire, il se mangera un râteau… Après tout, j'en prends bien à la pelle, moi, des râteaux ! »

— Il n'y a qu'un seul moyen pour faire bouger la situation, décide-toi à lui parler après les cours, ajouta-t-il, en tapant énergiquement sur l'épaule de son compagnon.

— Tu as peut-être raison Guigui, avait fini par admettre Cédric, qui retrouvait un peu d'espoir grâce à son ami.

Il est sec, mais il a une sacrée force. Il devrait se mettre à la boxe, lui aussi, pensa-t-il en se frottant l'épaule à la suite du coup – qui se voulait amical – reçu.

C'était décidé, un de ces jours, à la sortie des cours, il prendrait enfin son courage à deux mains et irait lui parler. Et tant pis si ça ne plaisait pas à Bastien, Cédric n'avait pas peur de lui. Et serait tout à fait prêt à livrer bataille pour les jolis yeux d'Alice. Grâce aux entraînements au sac de frappe de son père, dans la cave aménagée en salle de sport, Cédric avait gagné en confiance en lui à mesure que ses coups se faisaient plus puissants et plus précis.

Ce matin-là, Cédric n'avait rien pu avaler lors du petit-déjeuner. Il était parti de chez lui en retard et avait attrapé son bus de justesse, après s'être inhabituellement attardé dans la salle de bains. Il avait en effet passé un temps fou à se coiffer, faisant, défaisant, puis refaisant mille et une fois sa coupe de cheveux… Et avait profité du moment pour répéter quelques phrases, seul devant sa glace, tout en prenant soin d'ouvrir le robinet d'eau pour couvrir son énonciation.

Alice, tu sais que tu me plais ; *Alice, je crois que je suis amoureux de toi* ; *Tu as bien remarqué que tu me plaisais, Alice !* s'essayait-il, le moins naturellement possible, en prenant diverses intonations, et forçant sa voix pour qu'elle paraisse plus grave qu'elle ne l'était.

Marcus, lui, était parti plus tôt que son aîné, ce jour-là. Sa mère l'avait déposé avant de se rendre à son travail, dans une pharmacie de Dieuze, où elle officiait comme préparatrice de commande.

Surtout, tu attends bien ton frère après les cours, mon chéri. Allez, sois bien sage ; passe une bonne journée, Marcus, à ce soir, lui avait-elle glissé, comme tous les matins, avant de l'embrasser tendrement sur la joue.

Cédric était passé totalement à côté de son contrôle de géographie en milieu d'après-midi, n'arrivant pas à se concentrer plus de deux minutes d'affilée sur sa copie. Cette dernière avait fini étonnamment clairsemée pour un élève qui figurait habituellement parmi les meilleurs de sa classe.

Ce jour-là, Cédric avait tout autre chose en tête. Il avait patiemment attendu qu'Alice termine son devoir et quitte la salle pour lui emboîter le pas, sans éveiller les soupçons des commères, bien trop occupées à tenter de placer les principaux fleuves d'Europe sur une carte. Rhin, Tamise, Rhône, Volga, Dniepr, Loire, Vistule, Elbe, Danube, Euphrate, Tage et autres cours d'eau accaparaient l'attention de certains, pendant que d'autres, qui n'avaient visiblement pas assez révisé à cause du match de l'équipe de France de la veille, s'ingéniaient à flanquer Nil et Mississippi sur l'atlas...

Entendant des bruits de pas derrière elle alors qu'elle s'avançait dans le couloir, la belle se retourna vers Cédric. Elle lui sourit :

— Rassure-moi, l'Oural traverse bien la Russie et le Kazakhstan ?

— Oui, c'est bien ça, confirma instantanément Cédric, qui n'avait même pas pris la peine de l'inscrire sur sa copie.

— Ouf, c'était l'un de mes seuls doutes. Je pense avoir plutôt bien réussi le reste. Et toi ? Question bête, tu auras l'une des meilleures notes, comme d'habitude...

— Je... je n'ai pas trop eu le temps de réviser, cette fois-ci, dit-il d'un ton mal assuré, tout en se passant une main dans les cheveux, qu'il avait mis près d'une demi-heure à coiffer, pour feinter un minimum d'aisance.

— Ah, je vois, le foot ?

— Oui, oui, le foot !

Cédric, qui n'était même pas au fait de l'adversaire de la veille de l'équipe de France, saisit la perche de la jeune fille.

Si seulement elle savait qu'il avait passé la soirée à penser à elle, à ce moment, à ce qu'il allait lui dire...

— Ne m'en parle pas ! Bastien m'a harcelée pour que je vienne le regarder chez l'un de ses potes ! Il me fait la tête parce que j'ai refusé... Non seulement il y avait le devoir à réviser, mais mes parents n'auraient de toute manière jamais voulu. Je commence à en avoir marre de son comportement d'enfant gâté...

Cédric n'en espérait pas moins... Était-ce son jour de chance ?

C'était le moment ou jamais, il fallait qu'il trouve le courage de lui parler maintenant, pour une fois qu'il n'avait pas son Bastien dans les pattes.

— Alice, il faut que je te d... marmonna-t-il.

— Ça te dirait de m'aider à réviser pour le contrôle de maths de demain ? le coupa-t-elle. Ça semble facile pour toi, et à vrai dire, je n'ai pas tout compris.

— Heu, oui, bien sûr... Avec plaisir ! répondit-il, stupéfait de sa demande.

— C'est vraiment gentil, Cédric... Je savais que je pouvais compter sur toi ! Ça ne te dérange pas de rester un peu après les cours ? Tu n'as pas un de tes entraînements ?

Cédric fut ahuri par le fait qu'elle en connaisse autant sur lui alors qu'ils ne s'étaient pas énormément adressé la parole depuis la rentrée. Peut-être s'était-elle renseignée ? Il en rougit. Pour lui, c'était clairement un signe d'intérêt.

— Non, non, je n'ai rien de prévu ce soir, mentit-il, tout en imaginant Marcus rentrer pour une fois seul de l'école ; et son coach de foot s'inquiéter de son absence à l'une des deux séances hebdomadaires.

En cinq saisons, il n'avait jamais raté un entraînement.

Alice portait un jeans taille basse et un chemisier un peu décolleté, mettant en valeur ses formes. Malgré ses 14 ans, elle avait déjà le corps d'une femme. C'était la première fois que Cédric ressentait une pulsion pour une fille de son âge. Avant ça, il fantasmait sur les mannequins des catalogues *La Redoute* de ses parents, sur les actrices des films qu'il visionnait au cinéma, et des danseuses qui se déhanchaient dans les spectacles locaux où son père l'amenait...

Alice, s'assurant que la voie était libre, et que personne ne les remarquerait, prit Cédric par la main et l'amena, tout en trottinant, vers l'une des salles du deuxième étage de l'établissement.

— Rassure-toi, on a au moins jusqu'à 19 heures avant que le concierge vienne vérifier que personne ne traîne dans les parages. Après ça, il ferme à clé la porte de sortie arrière qu'empruntent les profs.

— Je vois que ce n'est pas la première fois que tu restes après les cours... Tu prépares toujours aussi assidument tous les contrôles ?

— À vrai dire, c'est la première fois que j'utilise l'une des salles de classe pour réviser. D'habitude, Bastien et moi, on vient ici quand on veut être un peu tranquilles tous les deux. Chez lui, ce n'est pas possible, et mes parents ne veulent pas que je le fréquente. Ils le détestent.

— Ah, je vois, et toi, tu es amoureuse ?

Cédric retint sa respiration.

— Non, pas vraiment, je crois que je suis plutôt avec lui par habitude. Et que c'est l'un des seuls garçons qui m'a montré de l'intérêt. Enfin, au début...

— Peut-être que d'autres gars t'aiment vraiment bien, mais qu'ils n'osent pas te l'avouer, justement parce que tu es en couple... osa-t-il maladroitement.

Alice, qui comprit ce que Cédric sous-entendait par là, sourit.

Ce soir-là, les deux adolescents restèrent plusieurs heures ensemble à réviser. Ils se rapprochèrent de plus en plus, jusqu'à finir par s'embrasser. Cédric était aux anges. Si bien qu'il ne se soucia pas le moins du monde de son frère cadet qui rentrait, pour la première fois depuis des années, seul.

Cédric s'attendait à se faire vivement houspiller une fois chez lui. La punition serait lourde, mais il en assumerait les conséquences. Il prit le dernier bus pour regagner son village d'Alaincourt-la-Côte. Jamais il ne s'était senti aussi bien. Ça y est, il pouvait l'affirmer, il était amoureux. D'Alice. Et apparemment, c'était réciproque. Il avait hâte de parler de tout ça avec Guillaume, dès le lendemain. Il fallait que son ami le conseille de toute urgence sur le comportement à adopter désormais vis-à-vis d'Alice. Allait-elle quitter Bastien sur-le-champ ? Devait-il lui tenir la main ? L'embrasser en la voyant le matin ? Faire ça en cachette ou, au contraire, marquer son territoire devant tout le monde ? Mille questions se bousculaient dans sa tête, alors que le bus, empruntant la D995 en direction de Château-Salins, prenait à gauche après une côte de plusieurs centaines de mètres. Il n'y avait qu'un seul arrêt à proximité de l'église dans ce petit bourg traversé d'une étroite et unique route. Toutes les bâtisses se ressemblaient. Le chauffeur demanda au garçon laquelle il habitait.

— La numéro 12, lâcha Cédric, tout en repensant aux lèvres d'Alice.

Devant le nombre inhabituel de véhicules arrêtés à proximité de la maison indiquée, le conducteur ne put stationner. En plein milieu de la chaussée, il joua de ses avertisseurs, avant d'adresser, à l'attention de Cédric :

— Dis donc, c'est la java chez toi...

— Ça m'étonnerait que ce soit chez moi ! Merci, Monsieur, bonne soirée, le congédia-t-il poliment, sans même lever les yeux vers l'extérieur.

Ça doit être chez les voisins. Même si à la maison aussi, ça va être ma fête... pensa Cédric.

Il appréhendait de franchir le seuil de la porte d'entrée, savait que ses parents lui feraient sûrement de nombreux reproches. Et le priverait, à coup sûr, de dessert.

En s'engageant dans l'allée de galets décoratifs le menant chez lui, Cédric remarqua que toutes les lumières étaient allumées. Il aperçut plusieurs silhouettes par la fenêtre, dont celle de son oncle Frédéric, qui habitait dans les environs de Strasbourg. Mais qu'est-ce que cela pouvait donc bien signifier ? Avait-il oublié un anniversaire, trop occupé à penser à la fille de ses rêves ? Le chauffeur avait bel et bien raison, une fête semblait se dessiner ce soir !

Cédric ouvrit la porte avec enthousiasme, songeant que c'était vraiment son jour de chance, car il allait échapper aux remontrances de ses parents grâce à la présence de la famille et des amis. Ils ne vont quand même pas m'engueuler devant tout le monde ! médita-t-il.

De nombreuses voix retentissaient depuis la salle à manger. Cédric crut tout d'abord à des rires. Il s'agissait en fait de plaintes et de sanglots.

Tous les visages se tournèrent vers lui lorsqu'il entra dans la pièce. Ces personnes, pourtant familières, étaient bien différentes de celles qu'il avait pour habitude de voir. Traits tirés, yeux rougis, mines déconfites, tous tiraient de véritables gueules d'enterrement. Cédric n'eut pas le temps de demander ce qu'il se passait.

Son père, dans tous ses états et qui lui avait jeté un regard noir en le voyant rappliquer, se rua vers lui et le gifla comme jamais il ne l'avait fait.

—Jacques, non ! Ça ne sert à rien ! cria sa mère, méconnaissable.

—Ça ne sert à rien ? vociféra-t-il. Et raccompagner son petit frère malade après ses cours, ça ne sert à rien non plus ? À le protéger, peut-être ? Tout cela ne serait pas arrivé si tu étais allé chercher Marcus à l'école comme d'habitude. Je ne te demandais qu'une seule chose, Cédric, une seule…

À moitié sonné par la gifle que son père lui avait adressée, le garçon comprit néanmoins que quelque chose de grave s'était passé…

Sa mère vint le libérer de l'étreinte de ce dernier, qui passait désormais ses nerfs contre la grande armoire normande ayant appartenu à un aïeul. Il lui décocha un direct du gauche dont beaucoup ne se seraient pas relevés. Son poing traversa le bois dans un fracas. L'oncle Frédéric tenta de le raisonner, en vain… Il fallut le concours du grand-père et d'un des voisins pour l'amener dehors le temps de le calmer.

La mère de Cédric demanda à son fils de s'asseoir en lui désignant d'un signe de la tête le rocking-chair près de la cheminée. Elle se saisit d'un petit tabouret et lui fit face, en le scrutant droit dans les yeux. Elle d'ordinaire si fraîche, si pétillante, si légère, si souriante, avait tout d'un coup l'air d'avoir défié les lois de la physique pour se retrouver dix ans plus tard. Le regard de Cédric bloqua sur des rides et des cheveux blancs qu'il n'avait encore jamais observés auparavant. Elle était plus pâle que le gros pull-over en laine que portait sa tante, inconsolable, emmitouflée dans une épaisse couverture à carreaux multicolore et tricotée par la grand-mère de Cédric des années en arrière.

— Cédric, il s'est produit un drame, ce soir. Ton frère est tombé en traversant la route près de l'école, et s'est fait percuter par une voiture.

— Que… quoi ? répondit Cédric. Où est-il ? À l'hôpital ? Il va être soigné ?

— Chéri…

Sa voix, entrecoupée de sanglots, tremblait. Elle fit du mieux qu'elle put pour se contenir encore quelques instants.

— Marcus s'en est allé au paradis… Il n'a pas survécu à ses blessures.

Le ciel s'effondra sur la tête de Cédric.

Son petit frère, si gentil, si fragile, si souriant, était mort, par sa faute. Il avait agi de façon égoïste, ne s'intéressant qu'à son Alice et en avait immédiatement payé le prix. Il devait être maudit. Ce n'était pas possible autrement. Il passait ses journées à accompagner son frère, et la seule fois où il pensait un tant soit peu à lui, comme le faisaient à longueur de temps tous les ados de son âge, il arrivait malheur à Marcus. N'avait-il pas le droit d'être heureux, insouciant, immature, bête, fragile, aveuglé par l'amour, comme tout le monde ?

Il s'en voudrait toute sa vie, et son père ne lui pardonnerait jamais. Lui qui lui avait tant répété d'être toujours à l'heure pour son frère, que chaque minute de retard était une minute de danger pour Marcus. Sa mère non plus, d'ailleurs, ne lui pardonnerait pas. À la seule différence qu'elle essayerait au moins de le faire. Et lui ferait croire qu'elle avait réussi. Que ce n'était pas sa faute. Mais celle du destin. Un destin tragique pour Marcus, du début à la fin. Mort comme il était né, par accident. Par un incroyable coup du sort.

Cédric non plus ne se le pardonnerait jamais, tant s'en faut.

Il sortit de la maison en prenant ses jambes à son cou, bousculant au passage son oncle, qui venait d'allumer une cigarette à son père, véritable boule de nerfs.

— C'est ça, va-t'en ! Fuis la réalité. Fais-toi écraser, toi aussi ! explosa ce dernier, qui n'était pas près de décolérer.

Il valait mieux que Cédric s'en aille.

Il n'entendit pas. Et cria, à en perdre la voix. Il courut des heures durant, à en perdre haleine. Dans la nuit, au milieu des routes, des bois, des villages du Saulnois… sans même savoir où il allait. Priant pour connaître le même sort que Marcus. Implorant le ciel de le prendre, lui aussi. De l'aider à rejoindre son petit frère le plus vite possible. Maudissant cette Alice, qui était tout aussi fautive que lui. Cette sirène qui l'avait entraîné dans un océan de peine, un abysse de malheur, des eaux si profondes qu'il s'était aussitôt noyé.

Il passa la nuit dehors, entre sanglots, cris et points de côté. Dans l'obscurité la plus totale, l'ensemble des muscles de son corps le brûlant, les cordes vocales déchirées, il se fit la promesse de ne plus jamais avoir ne serait-ce qu'une minute de retard ; et de, dorénavant, se consacrer pleinement aux personnes qui auraient besoin de lui. Aux personnes les plus faibles. À défaut d'avoir su protéger la vie de son frère comme il aurait dû le faire, il protégerait désormais celle des autres.

Ignorant que bien des années plus tard, le malheur ne frappant jamais une seule fois à la porte, le sort se répèterait pour l'un de ses proches. Et qu'il ne pourrait rien faire. Aussi ponctuel, prudent, fort, rusé, influent soit-il devenu.

24
Une biche égarée

26 janvier 2020, treize jours après les faits

D'ordinaire si paisible, l'allée de Chanteraine, impasse résidentielle de la commune du Ban-Saint-Martin, était anormalement animée en ce mardi matin. Elle était barrée par les forces de l'ordre, tout comme les deux autres accès menant au mont Saint-Quentin : l'avenue Lucien-Poinsignon et la rue de la Marne. Plus d'une centaine d'individus y fourmillaient, chacun s'affairant dans son domaine de spécialisation, au milieu d'un ballet incessant de véhicules allant et venant, de sirènes, de klaxons, de gyrophares, de crépitements de flashs d'appareils photo, de sifflets, d'aboiements de chiens et de conversations animées…

Un important dispositif de police avait été mis en place dès l'aube, et la découverte d'un cadavre par un habitant du coin alors qu'il promenait son basset. La section de recherches de Metz, saisie du dossier, était présente sur les lieux. Tout comme la cellule d'investigation criminelle, plusieurs équipes cynophiles et de techniciens de la police scientifique. Cette dernière effectuait depuis plusieurs heures des prélèvements sur la scène de crime pour tenter de reconstituer le scénario de cette affaire peu ordinaire.

Les anciens la comparaient déjà au double meurtre de Montigny-lès-Metz, en 1986. Deux enfants partis jouer à vélo, comme à leur habitude, sur le talus de la rue Vénizélos, près de la voie garage de la SNCF, avaient alors été retrouvés morts, le crâne fracassé à coup de pierres sur le ballast.

La nouvelle d'une jeune femme sauvagement assassinée s'était rapidement répandue dans le secteur, encore traumatisé par cet épisode macabre. Journaux régionaux et nationaux n'avaient pas tardé à faire irruption sur les lieux du crime, tout comme de nombreux curieux, sans doute attirés par le sang… Élus locaux et procureur de la République contenaient les journalistes, de plus en plus pressants, en leur fournissant quelques bribes de renseignements, par la suite répétées en boucle, pendant plusieurs heures, sur les chaînes d'informations en continu. À l'instar du témoignage de Jean-Claude Zimermann, le promeneur au basset qui était tombé sur le macchabée : « Je faisais faire ses besoins à Fifi comme tous les matins. Et là, sans raison, elle se met à courir comme une dératée vers les bois. Elle poursuivait une biche. Je l'ai suivie tant bien que mal au son de ses aboiements qui s'éloignaient… Vous savez, j'ai tout de même 67 ans ! Puis, soudain, les hurlements se sont faits de plus en plus proches, elle s'était immobilisée devant la dépouille. C'est elle qui l'a trouvée, je n'en croyais pas mes yeux. Et je vous prie d'imaginer que la scène n'était pas jolie à voir. Elle en a bavé, la pauvre fille… Fifi jappait comme jamais ; j'ai tout de suite appelé la police. »

Se prenant au jeu des caméras, il avait déjà raconté sa découverte une bonne vingtaine de fois depuis le début de la journée, à autant de médias et enquêteurs ; agrémentant son discours de détails, mimiques supplémentaires à mesure qu'il gagnait en confiance et en décontraction. C'était l'une des seules personnes à ne pas paraître choquées après avoir vu la scène de crime. Pas de quoi le suspecter pour le moment, selon les experts.

Un article, rédigé par le fait-diversier Olivier Corvo, avait été mis en ligne par *Le Républicain Lorrain*, sur son site internet en début de matinée :

FAITS DIVERS

Une jeune femme retrouvée morte au mont Saint-Quentin

Une jeune femme a été retrouvée sans vie ce matin par un promeneur dans les bois du Saint-Quentin. Elle n'a pour le moment pas été identifiée. Sa mort remonterait à plusieurs jours…

Il est 7 heures lorsque Jean-Claude Zimermann, qui promène comme tous les matins son basset dans le bois environnant à la paisible allée Chanteraine où il réside, découvre le corps d'une jeune femme morte. Et ce, à approximativement un kilomètre des premières habitations : « *J'emmenais Fifi faire ses besoins comme tous les matins lorsqu'elle s'est mise à courir comme une dératée vers la forêt du mont Saint-Quentin à la poursuite d'une biche. Je l'ai suivie tant bien que mal…* » Et d'ajouter : « *Vous savez, j'ai tout de même 67 ans! C'est elle qui a trouvé la dépouille, je n'en croyais pas mes yeux. Et je vous prie d'imaginer que la scène n'était pas jolie à voir. Elle en a bavé, la pauvre fille… Fifi jappait comme jamais; j'ai tout de suite appelé la police.* »

Sa mort remonte à plusieurs jours

Immédiatement, un important dispositif de sécurité est mis en place tout autour de la scène de crime. La section de recherches de Metz, saisie du dossier, s'est rendue sur les lieux, tout comme la cellule d'investigation criminelle, plusieurs équipes cynophiles et de techniciens de la police scientifique. Selon les premiers éléments de l'enquête, la jeune femme, qui n'a pour le moment pas été identifiée, aurait été battue à mort. Les légistes ont en effet indiqué qu'elle était décédée il y a de cela plusieurs jours. « *Nous tentons actuellement de déterminer ce qu'il s'est passé dans ces bois. Les policiers sont à la recherche d'indices qui permettraient de reconstituer le fil de cette histoire macabre* », expliquait Denise Chabraud, procureure de la République. Affaire à suivre, donc…

Olivier CORVO

Sur place, le journaliste jouait désormais de toute son expérience et de son réseau pour tenter d'obtenir plus d'informations, dont l'identité de la victime, qui, il en était sûr, était déjà connue.

Un badge avait été remis aux riverains des trois rues barrées pour qu'ils puissent accéder à leurs logements. Certains d'entre eux, qui n'avaient pas résisté à l'envie de s'approcher de la scène de violence, s'étaient faits vivement réprimander par les enquêteurs et renvoyés à la case départ sur-le-champ.

Le corps de la jeune femme, ou du moins ce qu'il en restait, gisait au milieu de la forêt, à quelque 900 mètres des premières habitations.

Un cri strident avait été entendu par les résidents des premières maisons du voisinage le soir de l'homicide, mais personne n'avait bronché. Tous, trop confortablement installés dans leur petit cocon de ce quartier aisé pour daigner s'occuper de ce qu'il se passait à l'extérieur de leurs murs. Il faut dire que les habitants de cette zone privilégiée, l'une des plus cotées de l'agglomération messine, se sentaient à l'abri dans leurs immenses propriétés aux imposantes grilles de fer forgé et multiples caméras de vidéosurveillance.

La plupart d'entre eux possédaient également un ou plusieurs chiens de garde, afin de dissuader d'éventuels cambrioleurs qui se décideraient à s'aventurer par chez eux. La léthargie collective avait alors emporté le bras de fer sur le cri d'horreur de la jeune femme agonisant.

« Tiens, chéri, tu as entendu ? », avait demandé Mme Brisseau-Mesnil à son mari, trop occupé à fumer un cigare cubain, un verre de scotch à la main, en ne détournant à aucun moment les yeux de sa tablette. Les époux Guerlain s'étaient quant à eux interrompu l'espace d'un instant dans leurs ébats, avant que madame, à califourchon sur monsieur, profitant de l'érection provoquée par sa prise de viagra mensuelle, ne continue ses va-et-vient avec encore plus de frénésie. Sous les yeux de notre valeureux promeneur – à la une des journaux à peine quelques jours plus tard – qui ne manquait pas une miette du spectacle depuis la fenêtre de son bureau situé juste en face. Et ce, malgré ses « 67 ans tout de même ».

Comme le visage en lambeaux de la victime le laissait présager aux policiers, son cadavre avait certainement été la proie d'un animal sauvage quelques minutes après son décès. Des traces de morsures profondes post-mortem avaient en effet été constatées par le légiste, qui ne réussissait pas encore à identifier l'animal. De quelle sorte de créature traînant dans les bois du Saint-Quentin pouvait-il s'agir ? Il n'avait pour le moment aucune réponse et avait fait appel à un expert animalier qui devait arriver dans la journée.

Un épais bâton avait transpercé l'estomac de la femme enceinte, jusqu'à ressortir de l'autre côté, dans le bas de son dos.

D'après les premières constatations des policiers, il ne faisait nul doute qu'il s'agissait d'un homicide volontaire. Elle n'avait cependant pas été violée. Le tueur s'était acharné avec une force inouïe, presque surhumaine, sur la jeune femme qui n'aurait pas pu être identifiée sans que l'on retrouve dans son véhicule, garé en contrebas de l'avenue Lucien Poinsignon, ses papiers d'identité.

Cette vision cauchemardesque avait provoqué la nausée chez plusieurs enquêteurs, pourtant habitués aux scènes de crime. Le lieutenant Jérémy Laurie, l'un des moins chevronnés de l'équipe de la police scientifique, qui travaillait là sur sa troisième affaire, n'avait d'ailleurs pas pu refréner son envie de vomir. Il avait dû s'écarter de toute urgence du cadavre, rendant tripes et boyaux une vingtaine de pas plus loin.

— La tournée sera pour toi, ce soir, lui avait alors adressé son supérieur hiérarchique, le commissaire Antoine Rossetti, un tantinet en colère. Et surtout, nettoie-moi ça bien !

— Dé… désolé, avait répondu Jérémy, dont le visage était plus blanc que la blouse qu'il portait.

Le corps fluet, un duvet en guise de moustache lui donnant un air juvénile, Jérémy s'était retrouvé à exercer cette profession un peu par hasard. Un brin trop flemmard pour devenir chercheur, malgré des prédispositions indéniables en sciences ; un brin trop doué pour devenir simple policier… Après avoir obtenu son master contrôle et analyse chimique à l'université de Bourgogne avec mention, il avait passé le concours d'agent spécialisé de la police technique et scientifique. S'étant classé parmi les premiers, l'enfant du pays mosellan, originaire de Sarrebourg, avait logiquement postulé pour une affectation au secrétariat général pour l'administration du ministère de l'Intérieur (Sgami Est).

À ce moment précis, tout en ramassant minutieusement les restes du copieux petit-déjeuner à base d'œufs brouillés et de bacon qu'il venait de régurgiter, le lieutenant se demanda s'il n'aurait pas mieux fait de poursuivre ses études par un doctorat et de préparer une thèse ; bien au chaud et confortablement installé dans un grand laboratoire parisien ou d'une université de province, loin des corps de jeunes femmes aux cheveux d'or et au crâne fracassé…

25

Le talon d'Achille

Le même jour, en fin de matinée

L'inspecteur David arriva sur les lieux en fin de matinée. Il avait été informé à l'aube par l'un de ses anciens collègues de la découverte d'un cadavre et avait immédiatement pensé à Cassandre, alors qu'il suivait la seule piste crédible à ses yeux, celle du clan Rajkovic, à plusieurs milliers de kilomètres de là. À peine quelques jours de recherche qui ne s'étaient pas avérés fructueux, et avaient rappelé de bien mauvais souvenirs à Cédric.

Une fois mis au parfum, il avait balancé quelques affaires dans un sac à dos et avait sauté dans le premier avion en direction du Luxembourg. Avant de louer une voiture à l'aéroport Findel et de rouler à vive allure jusqu'à Metz. Il ne lui avait d'ailleurs fallu que 35 minutes pour rallier la capitale lorraine.

Quelques jours auparavant, il avait déjeuné avec Alexandre, lui jurant de faire tout ce qui était en son pouvoir pour éclaircir la disparition de la femme qu'il aimait. Il avait à ce titre mis un point d'honneur à tenir sa promesse et ne serait jamais revenu bredouille des pays de l'Est, où son enquête n'avait pas avancé d'un poil, malgré son expérience et le solide réseau sur lequel il s'appuyait. S'il n'avait pas été appelé par son ancien coéquipier à la section de recherches de Metz, son obstination l'aurait probablement poussé à passer encore des mois entiers là-bas… À ratisser les quartiers les plus malfamés de Tirana sur les traces de Cassandre… Et de Charlène, dans un certain sens.

L'inspecteur David, connu comme le loup blanc dans le Grand Est, se gara à quelques mètres seulement du véhicule de la victime, entouré de rubalise par les enquêteurs. Il était passé au peigne fin par les techniciens, lampes LumiLight, combinaisons et gants à l'appui. Il passa aisément le périmètre de sécurité entourant la scène de crime.

Tous les yeux étaient braqués sur lui. Il n'avait nul besoin de se présenter lorsqu'il arrivait quelque part, sa réputation le précédant.

— Cédric, j'attendais ta venue ! s'écria Antoine Rossetti, visiblement content de revoir son vieux compère.

— Merci de m'avoir prévenu, Toto… On est sûr que c'est elle ?

— Il n'y a, à cette heure-ci, plus de doutes possibles. Cassandre Luce.

D'après les photos de sa carte d'identité et de son permis, c'était d'ailleurs une vraie beauté. Regarde comment elle a fini… Quel gâchis ! J'aurais préféré que ta piste d'un enlèvement en Europe de l'Est soit la bonne. Je me demande en effet si elle n'aurait pas été mieux aux mains du clan Rajkovic…

À ces mots maladroits, l'inspecteur David jeta un œil noir vers son ex-coéquipier. Antoine, qui se rendit compte qu'il avait parlé trop vite, déglutit.

— Pardon, Cédric, je ne voulais pas… Je ne pensais pas à Charlène en disant ça…

C'était la première fois que Jérémy, qui assistait à la scène, voyait son supérieur faire amende honorable auprès de quelqu'un. D'habitude si sûr de lui, il ressemblait à cet instant à un petit garçon s'excusant d'avoir mangé un sachet de bonbons en cachette après l'école. Comme tout le monde ici, Jérémy avait bien évidemment entendu parler de l'histoire de l'inspecteur, de ses prouesses, mais également de la perte de la femme qu'il aimait. Il était un exemple pour tous, et Jérémy aurait signé les yeux fermés si on lui avait proposé d'effectuer une carrière aussi brillante. Ce dernier, toujours un peu patraque, décida d'aller faire quelques pas, à dessein de se remettre d'aplomb avant de retourner près du cadavre.

— Ce n'est rien, Toto, je sais que tu ne pensais pas à Charlène... D'ailleurs, qui y pense encore ici, à part moi ? La vie a repris son cours pour vous tous et c'est bien normal. Le soleil continue de se lever chaque matin, tout comme des milliards de personnes à travers la planète ; totalement indifférentes au fait que mon monde à moi, mon univers, se soit effondré, ait sombré à la mort de Charlène.

— Charlène était mon amie, Cédric... Et c'est également la marraine de ma fille, nous pensons souvent à elle, avec Liliane et Laura. Elle nous manque énormément, d'ailleurs, tu nous manques aussi. Tiens, si tu veux, j'appelle Liliane et lui demande de te préparer l'un de ses tiramisus dont tu raffoles ce soir...

L'inspecteur David ne répondit pas.

Il s'approcha calmement du cadavre de Cassandre. Alexandre lui avait envoyé plusieurs photos et vidéos d'elle lorsqu'il était parti à sa recherche. Ce qu'il avait devant ses yeux, ce n'était pas elle. Du moins, ça ne l'était plus. L'esprit de Cassandre était bien trop beau et bien trop pur, à l'image de l'enveloppe corporelle qui l'abritait auparavant, pour rester dans cette dépouille innommable. Comment une âme si belle aurait pu demeurer prisonnière d'un corps déchiré, fracassé, dévoré, réduit en miettes, déformé, mutilé ? Dénaturé...

Pour l'inspecteur, ce n'était tout bonnement pas possible.

Tu dois déjà être si loin, ma petite Cassandre. Je ne t'ai pas connue, mais Alexandre m'a dit tellement de bien de toi que j'en ai comme l'impression. J'espère que tu as, malgré tout ce que tu as enduré, trouvé la paix... Et le repos éternel. Tu le mérites, ma chère.

Le téléphone de Cédric vibra. C'était Guillaume Decourt, le rédacteur en chef du *Républicain Lorrain* et copain d'enfance de l'inspecteur, qui venait couper court à cette conversation avec l'au-delà.

— Alors, vieille branche, du nouveau ?

— T'as des journalistes sur place, non, Guigui ?

L'inspecteur adorait donner des surnoms à tout le monde. Il n'appelait jamais ses amis par leur véritable prénom.

— Oui, en effet, mais vous ne leur avez pas filé grand-chose à se mettre sous la dent pour le moment...

— Peut-être parce qu'on n'a pas grand-chose pour le moment ?!

— Pas à moi, Cédric...

— Bon, tu veux quoi ?

— L'identité, qu'on puisse sortir l'info avant la concurrence sur le Net. Et qu'on puisse dresser le portrait de la victime, interroger quelques-uns de ses proches avant que tous les autres ne se ruent dessus. On a prévu un cahier spécial pour demain, on aimerait le préparer dans de bonnes conditions.

— Et si je te disais que c'était la fiancée de quelqu'un de chez vous ?

— Alors, je te répondrais que t'as toujours été un sacré comique dans ton genre, mais que j'espère que ce n'est pas celle d'Olivier, que j'ai envoyé sur les lieux !

— Crois-moi, je n'ai vraiment pas la tête à plaisanter, Guigui...

En effet, le ton de l'inspecteur était on ne peut plus sérieux. Guillaume saisit que ce n'était pas une blague.

— Mais non... Ce n'est tout de même pas Cassandre ?

— ...

— Je comprends mieux, maintenant... J'ai reçu la lettre de démission d'Alexandre il y a quelques jours. Sans plus d'explications. Quel gâchis, ai-je pensé. J'ai fait des pieds et des mains pour qu'il reste, mais sa décision était prise. Il m'a simplement répondu qu'il avait de gros problèmes personnels et qu'il ne pourrait plus assumer son poste.

— Oui, sa fiancée était portée disparue. Jusqu'à ce matin…

— Merde. Je l'ignorais.

Guillaume avait perdu son éternel ton enjoué, il semblait défait.

— Comme tu dis ! J'ai d'abord pensé aux chiens qui ont tué Charlène.

— Alexandre a reçu un message de menace à l'agence, penses-tu que…

— Je supposais, mais j'ai compris aujourd'hui que ce n'était pas eux. Le mode opératoire ne colle pas, ils ne sont pas du genre à se la jouer psychopathe dans les bois. Ils préfèrent tuer à petit feu, torturer celles qu'ils ont enlevées et leurs proches.

— Cédric… Ça n'a pas dû être facile pour toi de replonger le nez là-dedans.

— J'ai juré à Alexandre de l'aider. Et il va falloir que tu me fasses une promesse également… Joue le temps sur l'identité de la petite, par respect pour Alexandre… Je ne lui ai même pas encore annoncé la nouvelle. Je n'aimerais pas qu'il l'apprenne par la presse, et toi non plus.

— Très bien, j'attendrai demain matin pour balancer l'info sur la toile. Le problème, c'est la concurrence, également sur place, qui n'aura quant à elle aucun scrupule vis-à-vis d'Alex.

— Ne t'en fais pas, rien ne s'échappera de notre côté, j'en fais mon affaire !

— OK, je fais de mon mieux alors pour interroger et creuser auprès des proches de Cassandre en toute discrétion. Dont Alexandre, s'il est capable de parler. Je ne sortirai l'info que demain, en exclusivité donc, et avec un supplément de plusieurs pages… Je te textote si j'ai quelque chose qui peut t'intéresser !

— Parfait, je me charge d'annoncer la mauvaise nouvelle à Alexandre d'ici là. Ça ne va pas être une partie de plaisir.

L'inspecteur David s'immobilisa. Un détail venait de lui sauter aux yeux. Cassandre portait des talons.

« Pourquoi enfiler de telles chaussures lorsqu'on se rend dans une forêt ? Et, qui plus est, en plein hiver… » Il savait que cette dernière travaillait dans une boutique de sport de la ZAC d'Augny. Cela ne pouvait être une simple coïncidence…

— Guigui, je dois te laisser. À plus tard.

Il raccrocha rapidement.

Comme souvent, il s'étonna d'être le seul à s'en rendre compte. Bien qu'il eût repéré quelque chose, aucune expression sur son visage ne pouvait le laisser deviner aux personnes qui l'entouraient. C'était l'une de ses forces. Il savait lire entre les lignes, remarquait la moindre expression, le moindre élément imperceptible, tout en se rendant lui-même illisible… Sauf peut-être auprès de personnes, à l'instar d'Antoine, qui le connaissaient par cœur.

Il enfila un gant sur sa main droite et fit mine d'inspecter la terre à proximité du cadavre… Il en profita pour s'approcher des chaussures de Cassandre, tout en tentant de se rappeler de cette vieille affaire dont un ex-coéquipier du nom de Jean-Michel Leroux lui avait parlé il y a des années de cela… Un responsable de magasin de sport, fétichiste de lingerie féminine, et surtout de chaussures, qui en pinçait pour l'une de ses salariées…

Ce dernier exerçait un harcèlement sexuel depuis plusieurs semaines sur son employée : il lui avait mis plusieurs fois la main aux fesses et l'avait isolée dans la réserve du magasin.

La jeune femme, qui retrouvait souvent certaines de ses affaires, pourtant rangées le matin aux vestiaires, dans un drôle d'état à l'issue de sa journée de travail, ne s'était pour autant pas laissé faire. Et ce, malgré les multiples tentatives d'intimidation et de chantage de son employeur.

Par deux fois, des paires de chaussures lui appartenant avaient en outre disparu.

Cédric ne savait pas en détail ce que ce détraqué en faisait, et n'osait se l'imaginer… Mais il en avait déjà vu de toutes les couleurs lors d'une carrière ponctuée d'innombrables enquêtes. Ce genre de pratiques sexuelles déviantes le rebutait, lui, qui avait eu une éducation très catholique ; si bien qu'il avait préféré ne pas se charger de cette affaire. Du moins, c'était la version officielle qu'il avait donnée à ses supérieurs pour ne pas la traiter. Officieusement, c'est parce qu'elle devait être étouffée à la demande de Jean-Michel, dont le cousin était l'un des proches de ce responsable d'enseigne aux mœurs particulières. Chaque membre de l'équipe disposait en effet de trois jokers de la sorte. Cédric avait utilisé son dernier avant de raccrocher son insigne, lors du coup de filet qu'il avait orchestré, laissant pleinement sa vengeance s'exprimer auprès du clan Rajkovic.

Jean-Michel Leroux avait alors à l'époque chargé l'un de ses jeunes collaborateurs, qu'il venait tout juste d'engager dans l'équipe, de « s'occuper » de cette histoire. L'employée avait été dédommagée, le patron surveillé quelque temps… avant d'être oublié par le service de l'inspecteur David, qui avait bien d'autres chats, encore plus tordus, à fouetter.

« Vincent ! »

Le cousin de Jean-Michel, ami avec le fétichiste, s'appelait Vincent. Le prénom avait jailli des tréfonds de la mémoire de l'inspecteur David, réapparaissant dans une sorte de flash.

Antoine s'approcha de lui, et demanda, en baissant le ton pour que personne n'entende :

— Tu as quelque chose ?

Il connaissait trop bien son ancien coéquipier pour se laisser duper, et avait immédiatement tilté lorsque ce dernier avait écourté sa conversation téléphonique.

— Non, non, j'ai cru voir une empreinte au sol... répondit-il.

Il ne disposait plus de joker. Antoine le savait pertinemment et avait compris qu'il mentait.

— Cédric, sacré Cédric... Y a pas à dire, t'es le type le plus doué que je connaisse. C'en est parfois énervant. Si je ne t'appréciais pas autant, j'aurais vraiment envie de te botter les fesses !

— Essaye toujours, sourit l'inspecteur en serrant les poings et en mimant de se mettre en garde, visiblement amusé par la dernière réflexion de son ancien coéquipier qui ne faisait vraisemblablement pas le poids.

— Bon, fais ce que tu as à faire, mais rapidement et très discrètement, cette fois-ci. Comme tu le vois, l'affaire est déjà très médiatisée, et nous avons tous les grands chefs sur le dos. Nous n'avons pas vraiment droit à l'erreur. Pense à ma jeune équipe...

Il se tourna vers Jérémy.

— Ne fous pas leur carrière en l'air. Je te laisse jusqu'à ce soir ; après, il faudra me rendre des comptes.

L'inspecteur David acquiesça d'une petite moue qu'Antoine connaissait parfaitement, puis reprit le fil de sa réflexion.

Bien évidemment, le patron qui fantasme en cachette sur son employée avant d'en tomber amoureux ! Il a dû la contraindre, pour assouvir je ne sais quelle fantaisie, de l'accompagner dans cette forêt... En talons ! Afin de finir en beauté, de se payer une toute dernière partie de jambes en l'air avant de l'assassiner. Pourquoi n'y ai-je pas pensé plus tôt ?, se reprocha-t-il, toujours aussi exigeant envers lui-même. Il était en colère d'avoir été aveuglé par son histoire personnelle et de n'avoir eu, depuis de longues semaines, qu'une seule piste à l'esprit : celle du clan Rajkovic.

Fait rare, l'inspecteur avait pris la mauvaise direction dans son enquête, ne lisant qu'à moitié le dossier de Cassandre, qui lui avait été transmis sous le manteau.

La profession de la jeune femme, l'enseigne dans laquelle elle travaillait auraient dû lui sauter aux yeux, en dépit qu'il n'eût que brièvement entendu parler de tout cela à l'époque. Au même titre que le nom de son patron, y figuraient plusieurs autres informations que l'inspecteur avait survolées, encore bien trop prisonnier de son passé et de l'enquête qui lui avait fait perdre sa femme...

J'ai bien fait d'arrêter, je ne suis plus fait pour ça ! Une fois l'affaire élucidée, c'est décidé, je raccroche pour de bon, songea-t-il. Avant de poursuivre sa réflexion : *il y a juste un détail qui ne colle pas... Selon les médecins légistes, la victime n'aurait pas été violée dans la forêt. Ils estiment son dernier rapport à quelques heures avant son décès. Les choses ont dû mal tourner pour Christophe, Cassandre ne voulant, cette fois-ci, pas céder. D'où l'explosion de violence, et cet acharnement par la suite de la part du tueur... qui avait prémédité le crime, mais qui comptait le commettre uniquement après avoir assouvi ses pulsions.*

Pour l'inspecteur, le patron maniaque des chaussures avait dû répéter le même type de harcèlement qu'il avait exercé sur sa jeune salariée de l'époque, avec Cassandre. Seulement, cette fois-ci, il était allé beaucoup plus loin, montant en puissance dans sa perversion, et passant à l'acte de viol. Pris de panique, ayant peur de ruiner sa carrière, sa vie, il avait alors tué sa victime pour qu'elle se taise à jamais. Ruinant, par la même occasion, l'existence d'Alexandre. Il avait certainement fui le pays, ou était en ce moment même en train de le faire. Il n'était peut-être pas trop tard. Il fallait que l'inspecteur le retrouve au plus vite.

Pour que justice soit faite !

Pas la justice au sens institutionnel du terme, celle s'appuyant sur des règles édictées par des instances et de nombreux textes interminables et poussiéreux... *En effet, comment des écrits rédigés par de simples Hommes nés, élevés, instruits par d'autres Hommes – au sein d'une société pleine de vices – dans la perversion, l'immoralité, auraient-ils pu être intègres, impartiaux, neutres ?* songeait Cédric.

Non, l'inspecteur se référait à la justice au sens symbolique du terme, celle représentée par le glaive et la balance.

Le glaive infligeant le juste châtiment en fonction du poids qu'aura le crime commis sur la vie des proches de la victime.

Il en était arrivé à sa propre représentation de cette dernière après une longue carrière écoulée à observer, côtoyer les pires ordures, les pourchasser, les conduire jusque dans leurs cellules… Trop souvent, il avait vu ces criminels être relâchés après une poignée d'années – seulement – passées au bagne. Puis récidiver, presque aussitôt.

Pour lui, il n'y avait aucune justice là-dedans.

Il devait retrouver le tueur, pour qu'Alexandre puisse, par son glaive, lui infliger le juste châtiment.

Avant qu'un autre lui mette la main dessus et l'amène derrière les barreaux…

Un cri retentit derrière les enquêteurs.

— J'ai quelque chose, j'ai quelque chose ! s'époumona le lieutenant Jérémy Laurie, en exhibant fièrement, à quelque cent mètres de distance, un curieux petit objet blanc.

— Quoi ? Tu as retrouvé dans les restes de ton petit-déjeuner, la balle de ping-pong que tu as avalée lors de la raclée que je t'ai flanquée au bureau ? répondit de sa voix puissante son supérieur. Eh bien, approche ! Qu'on puisse se faire une partie…

— C'est une carte de membre, chef. Une carte de membre, répéta le jeune homme en trottinant. Et vous ne m'avez encore jamais battu ; il faudrait d'abord vous améliorer en revers. Ainsi qu'en coup droit !

Une fois arrivé à la hauteur de ses collègues, le lieutenant Laurie tendit l'objet de couleur blanche, qu'il avait pris soin de placer dans un sac de prélèvement, à Antoine Rossetti.

— Magic Fitness… Il n'y a pas d'inscription de noms sur leurs cartes, commenta-t-il, en retirant ses gants.

— C'est ce que je vois. Et ne me fais pas croire que tu te rends de temps à autre à la salle pour pousser de la fonte… Pas avec ton physique de crevette mal nourrie.

— Et pourtant si… Mais je ne soulève pas de fonte, je me contente de courir sur le tapis et d'effectuer quelques exercices d'abdominaux et de tractions deux fois par semaine.

— Qu'est-ce qu'il ne faut pas entendre ! OK, Schwartzy, et où se trouve donc l'endroit qui te permet d'avoir un tel corps d'Apollon ?

— Merci pour le compliment, chef ! Je prends ! À vrai dire, il y en quatre rien qu'à Metz : Sablon, Technopole, Augny et Woippy.

— Très bien, vas-y sur-le-champ et reviens avec un nom et une adresse… Et profites-en pour travailler un peu tes bras et tes pectoraux, Lieutenant Crevette.

L'inspecteur Laurie acquiesça et partit en direction de la salle de fitness. En s'éloignant, il imita la démarche d'un culturiste en écartant les membres supérieurs et en gonflant pecs et épaules. Et ce, sous les yeux amusés de ses collègues. L'inspecteur David, lui, était noyé dans ses pensées : cette découverte allait totalement à l'encontre de son intuition…

26
Magic Flic

Le lendemain matin

FAITS DIVERS
L'ex-petit ami de Cassandre placé en garde à vue

Un homme de 24 ans originaire d'Ars-sur-Moselle a été placé en garde à vue pour homicide. Il s'agit de l'ex-petit ami de Cassandre Luce, Kévin Dumont. Selon les légistes, la jeune femme était enceinte de plusieurs mois au moment du décès.

Les autorités ont procédé à une première interpellation dans le cadre de l'affaire Cassandre Luce : il s'agit de Kévin Dumont, l'ex-petit ami de la jeune femme, originaire d'Ars-sur-Moselle.

La carte de membre de la salle de fitness de l'homme présumé coupable a été découverte par les enquêteurs à proximité de la scène de crime. Ce qui fait pour le moment de ce dernier le principal suspect. Il devrait être mis en examen pour homicide volontaire après avoir été auditionné.

Pour rappel, le cadavre de Cassandre a été retrouvé hier matin, à l'aube, dans les bois du Saint-Quentin par un promeneur résidant à plusieurs centaines de mètres. Sa mort remonterait, selon les premières constatations de la police scientifique, à la soirée du 13 janvier.

Cassandre était enceinte

Les constatations des légistes sont formelles : elles ont confirmé que Cassandre attendait un enfant au moment où elle a été tuée. D'après ces derniers, toujours, la jeune femme était enceinte de plusieurs mois. Nous savons qu'elle entretenait une relation sentimentale avec Alexandre Di Lorenzo, journaliste pour notre titre, depuis plus de deux ans.

Si la piste de l'ex-petit ami de Cassandre se révélait judicieuse, on pourrait alors affirmer qu'il s'agit d'un homicide de nature passionnelle. Kévin Dumont, encore amoureux de son ancienne bien-aimée, n'a-t-il pas supporté qu'elle reconstruise une vie avec quelqu'un d'autre ? Il est encore trop tôt pour le dire…

Olivier Corvo

La carte de membre d'une salle de fitness.

Kévin avait été trahi par sa carte de membre *Magic Fitness*, la même salle de fitness où s'entraînait Cassandre, et dans laquelle il s'était inscrit quelques semaines plus tôt. Le jour du drame, elle avait glissé de sa poche de survêtement alors qu'il s'enfonçait dans les bois du Saint-Quentin à la poursuite de celle qu'il avait aimée par le passé. La carte avait été retrouvée à quelques centaines de mètres du cadavre par le lieutenant Jérémy Laurie, parti s'aérer après avoir rendu ses tripes.

Vingt euros par mois, le prix d'un long séjour derrière les barreaux pour le jeune homme. Si aucune mention de son nom n'était inscrite sur cette petite carte blanche, le lieutenant Laurie n'avait eu qu'à se rendre dans l'une des quatre salles de la commune pour qu'on l'informe sur son propriétaire, et l'adresse de ce dernier. Le commissaire Rossetti avait constitué une équipe d'hommes triés sur le volet pour procéder à l'interpellation ; dont le jeune et prometteur lieutenant faisait bien entendu partie.

L'ex-petit ami, encore amoureux… Un classique, pensa Antoine Rossetti en observant Jérémy Laurie, le lieutenant tout juste sorti de l'école de police, passer les menottes à celui qui devenait le suspect numéro un. L'interpellation s'était faite dans le plus grand des calmes, comme si ce dernier s'attendait à voir des agents de police débouler chez lui après son crime. Antoine s'approcha de lui :

— Alors, on ne réplique pas quand on a un homme en face de soi ? Espèce de lâche !

Un petit rictus s'afficha sur les lèvres de Kévin, qui cracha à la figure du commissaire.

— Sale petit merdeux ! s'exclama ce dernier, avant de lui asséner un violent coup de poing au niveau du ventre.

Kévin, qui eut la respiration coupée, se recourba sur lui-même.

— Tu veux jouer, alors on va jouer !

Les quatre hommes, qui avaient cueilli le suspect aux premières lueurs du jour, l'emmenèrent à bord de leur fourgonnette. Direction le commissariat. Ils l'installèrent dans la salle d'interrogatoire D, la plus exiguë et inconfortable des quatre. Celle qu'ils réservaient aux violeurs, aux tueurs et aux caïds de la drogue. Le chauffage y avait été poussé au maximum, une lampe aveuglante disposée au-dessus de l'accusé. Assis sur un petit tabouret en plastique, les bras menottés derrière le dos, Kévin faisait face à trois policiers, dont Antoine, qui se déplaçait tel un lion en cage dans la pièce, occupant tout l'espace, les bras croisés.

— Kévin... On ne va pas tourner autour du pot, les preuves à ton encontre sont accablantes. Autant nous raconter en détail ce qu'il s'est passé le soir du 13 janvier...

— Je n'ai rien à vous dire !

— Ta voiture a été vue par plusieurs voisins et ta carte de membre *Magic* retrouvée sur les lieux du crime. Est-ce que tu confirmes avoir été dans les bois du Saint-Quentin ce soir-là ?

— Ça me regarde, souffla-t-il.

— Ton ex-petite amie a été assassinée, Kévin ! Donc non, tu ne peux pas te permettre de nous répondre « ça me regarde ». Tu vas prendre au bas mot vingt années de réclusion criminelle. Trente si tu ne changes pas cette attitude – que les juges détestent – et ne coopères pas un minimum ! J'aimerais connaître les raisons qui t'ont poussé à lui donner la mort ? Pourquoi, Kévin, pourquoi ?

— Je ne l'ai pas tuée !

— Alors, explique-moi comment ta carte de sport a-t-elle bien pu atterrir dans cette forêt ?

— Quelqu'un me l'a sûrement dérobée pendant que j'enchaînais les soulevés de terre ou les squats… répondit le suspect, d'un ton plein de provocation.

— Nous n'avons vraiment pas le temps pour entendre tes conneries ! hurla le commissaire de police.

Il fit un signe de la tête à son lieutenant, qui tenait dans ses mains un dossier. Ce dernier le jeta sur la table et ouvrit la pochette en carton sous le nez du jeune homme. Des photos de la scène de crime. Des clichés insoutenables.

Kévin changea de visage, il détourna le regard. Des larmes montèrent en lui.

— Putain de merde ! cria-t-il. Vous n'étiez pas obligés de me montrer ça…

— Tu vois bien qu'on n'est pas là pour plaisanter, Kévin ! Pourquoi as-tu tué Cassandre ? insista le commissaire en faisant défiler les photos du cadavre de la jeune femme.

— Ce n'est pas moi ! Comment aurais-je pu lui faire une chose pareille ? Elle ne méritait pas ça…

Kévin pleurait désormais.

— Alors, comment expliques-tu la carte dans la forêt, Kévin ?

— D'accord, j'étais sur les lieux du crime ce soir-là, mais c'était justement pour la protéger… avoua-t-il, la respiration saccadée, des larmes coulant sur son visage.

— La protéger de quoi, Kévin ? Tu vois bien que ton histoire ne tient pas debout...

— Cassandre était en danger. De sales types projetaient de l'enlever. J'ai surpris une conversation entre deux hommes de main d'une puissante mafia de l'Est, lors d'une partie de poker dans un cercle de jeu clandestin. Je n'ai pas tout compris à leur discussion, car j'étais à une dizaine de mètres d'eux, mais j'ai entendu l'adresse de Cassandre, et le nom d'Alexandre Di Lorenzo, son fiancé, prononcé par l'un des gorilles.

— Arrête tes mensonges, Kévin, je commence vraiment à perdre patience.

Antoine bouillonnait de l'intérieur.

— C'est la vérité, j'admets que c'est difficile à avaler, mais je jure devant le Bon Dieu que c'est vrai... Alors, depuis quelque temps, je suivais Cassandre. J'avais peur que quelque chose de mal lui arrive. Malheureusement, je n'ai pas pu la protéger.

— Je n'y crois pas une seule seconde, Kévin. Bien, nous allons faire une petite pause, je vais aller passer mes nerfs sur deux, trois cigarettes – ce qui te laissera un moment pour réfléchir – et quand je reviendrai, tu tiendras un discours du genre : « Oui, Monsieur le gentil Commissaire, c'est moi qui ai tué Cassandre, car j'étais encore amoureux d'elle et ne supportais pas l'idée qu'elle puisse refaire sa vie et être heureuse avec un autre homme... » Et si tu continues à déblatérer toutes tes sornettes, c'est sur toi que je passerai mes nerfs !

Les trois policiers sortirent de la pièce. Kévin, seul, suait à grosses gouttes dans ce véritable sauna. L'inspecteur David, qui venait d'assister à la scène depuis la vitre sans tain, intercepta Antoine au vol.

— Je pense qu'il dit vrai, Toto, lui adressa-t-il.

— Tu n'es pas sérieux Cédric, rassure-moi ? Avec les indices retrouvés et son attitude, on a de quoi mettre ce salaud à l'ombre durant le restant de sa vie.

—Je sais, mais je pense quand même qu'il ne t'a pas menti...

—Toi et ton clan Rajkovic... Tu ne lâcheras donc jamais l'affaire.

Tu es loin du compte, mon ami, comme je l'étais encore il y a peu. Il se pourrait bien qu'il ne s'agisse ni des Rajkovich, ni de Kévin... Je dois en avoir le cœur net, songea-t-il, avant de répondre calmement au commissaire :

—Prends ta pause, Toto, et laisse-moi aller lui parler pendant cinq minutes...

—Bien, vas-y, amuse-toi, Cédric ! souffla le commissaire, désespéré et ne pouvant tenir une minute de plus sans assouvir son irrépressible envie de nicotine.

L'inspecteur David entra dans la pièce. Kévin le fixa de ses grands yeux rougis, sans broncher.

—Je pense que tu dis vrai.

—Alors, quoi ? Après l'épisode des photos, j'ai maintenant le droit au numéro du gentil flic ? Vous voulez me pousser à bout pour que j'avoue un crime que je n'ai pas commis... Vous savez, je ne suis pas né de la dernière pluie, et je regarde comme tout le monde les séries télévisées d'enquêtes criminelles !

—Kévin, je ne te parle pas en tant que flic, comme tu dis. J'ai pris ma retraite après avoir tapé dans la fourmilière du clan Rajkovic. La mafia dont tu parlais et qui a torturé et tué ma femme. Ils me recherchent d'ailleurs activement, et les informer que je suis sorti de ma planque vaut son petit pesant d'or, crois-moi ! Mais je sais que tu ne diras rien... car je suis l'une des seules personnes, si ce n'est la seule, qui ne te juge pas coupable et qui est en mesure de te tirer de là... Dis-moi, qu'as-tu remarqué d'étrange lorsque tu suivais Cassandre ?

—Rien qui me vienne à l'esprit. Le soir du crime, je ne l'ai pas repérée dans les bois... Après l'avoir cherchée un petit quart d'heure, j'ai rebroussé chemin. Je ne voulais pas qu'elle en sorte avant moi et qu'elle aperçoive ma voiture. Cassandre souhaitait que je disparaisse de sa vie, vous savez...

— Depuis combien de temps la suivais-tu ?

— Plusieurs semaines... Je me suis même inscrit à *Magic Fitness* au cas où quelqu'un trouverait ça suspect que je sois aussi souvent sur le parking de cette salle de sport.

— Tu l'aimais encore, hein ?

— Oui, je crois bien. Et je pense que, dans le fond, elle aussi... Mais je l'ai trop fait souffrir à l'époque où nous étions ensemble, j'ai laissé passer ma chance. Bien que s'il n'y avait pas eu cet Alexandre, nous nous serions sûrement remis en couple.

— Tu la suivais à son sport, mais également devant son lieu de travail, j'imagine ?! As-tu déjà remarqué une attitude étrange de la part de son responsable ?

— Oui, de temps en temps... Maintenant que vous le faites remarquer, j'ai déjà aperçu son patron – je crois qu'il s'appelle Christophe – un soir où elle s'entraînait. Ce n'est pas vraiment le genre à pratiquer le fitness, si vous voyez ce que je veux dire. J'ai trouvé ça étrange... J'ai paniqué et j'ai filé.

— Et tu ne t'es pas dit qu'elle pouvait être en danger ?

— ...

— Kévin ?

— Pour être tout à fait franc avec vous, je n'étais pas dans mon état normal, inspecteur...

— Mais encore ?

— J'étais défoncé ! J'avais fumé quelques joints avant et n'ai donc pas vraiment réfléchi.

— Très bien, je te remercie de ton honnêteté, Kévin.

L'inspecteur s'approcha du jeune homme et lui glissa à l'oreille :

— Ils vont te cuisiner jusqu'à ce que tu avoues les crimes de Cassandre, John Fitzgerald Kennedy et Tupac Shakur... Dis-leur que tu ne parleras qu'en présence de ton avocat. Et pas un mot sur le fait que tu aies vu le patron de Cassandre... Du moins, pas tout de suite. Je m'en charge, fais-moi confiance, je vais te sortir de là.

27

Une dernière pensée

Depuis des jours, peut-être des semaines, je n'ouvre plus les yeux que de manière épisodique. Quelques minutes, parfois quelques secondes... Tout est trouble. Des hommes vont et viennent dans la pièce. Et en moi. Certains me battent. D'autres m'administrent je ne sais quelles drogues pour que je sois docile. Ils ont sûrement peur de moi, maintenant. Après ce que j'ai fait à ce vieillard dégoûtant, ils se méfient... Je ne sais pas s'il a survécu. À vrai dire, je m'en moque éperdument. Il a eu ce qu'il méritait. Il ne violera plus. À son âge, il aurait pu s'intéresser à la peinture, ou – je ne sais pas – au bricolage. Non, mais franchement ! J'ai encore un goût de sang dans la bouche. Ils me nourrissent un minimum, me laissent agoniser. J'ai quand même le droit à un verre d'eau par jour. Elle n'est pas bonne, peut-être même pas potable.

J'ai surpris un des hommes en train de me piquer à l'aide d'une seringue la dernière fois ; avant de me pénétrer. C'était peut-être il y a une heure, ou il y a un mois, un an, je n'en sais rien. Je n'ai plus la moindre notion du temps et ne sais combien de jours se sont écoulés depuis que je suis descendue de mon véhicule. Je ne ressens plus la moindre douleur. Et ne sais toujours pas où je me trouve. Je me doute que je ne suis pas en France. Tous ont des accents des pays de l'Est. Je suis peut-être en Russie. Aucun indice dans cette pièce minimaliste. Il n'y a qu'un lit, et presque pas de lumière. Je ne discerne que des ombres et des bruits de voitures qui circulent et klaxonnent au loin. Une question me taraude.

Pourquoi ?

Je devais certainement me trouver au mauvais endroit au mauvais moment. Comme tant de femmes avant moi. Ça n'arrive finalement pas qu'aux autres. Moi qui me pensais intouchable, hors du commun, vouée à un incroyable destin. C'est comme ça que je vais finir. C'est plutôt risible. Enfin, non, ça ne l'est pas... Mon chéri doit être au plus mal sans moi. Va-t-il réussir à relever la tête ? Avancer ? Aimer à nouveau ? Refaire sa vie avec quelqu'un d'autre ? Je n'en suis pas certaine. Tout ce que je sais, c'est que je vais très certainement rendre mon dernier souffle ici, comme ça. Je n'en ai plus pour longtemps. Et à vrai dire, je ne lutte plus vraiment. J'aimerais avoir le courage de me battre encore un peu, mais après ce qu'ils m'ont mis la fois passée, je n'ai plus la force. Je pense que j'ai plusieurs fractures au niveau des côtes. J'ai encore mal au crâne. C'est qu'ils cognent fort, ces ruskov. Ils baisent violemment, aussi. En voilà un autre qui entre dans la pièce. Ça n'arrête jamais... Oh non, pas lui ! Celui-là est des plus virulents. Il joue à l'aide de sa lame sur ma chair. Y brûle ses cigarettes. Il aime faire mal. C'est comme ça qu'il prend son pied. Il ne sourit jamais. Il semble cette fois-ci bien plus énervé qu'à l'accoutumée. Je suis à moitié dans les vapes. Il dessine un symbole avec la pointe de son couteau sur mon corps. Mes bras. Puis ma gorge. Ça chauffe. C'est plutôt agréable.

Ça y est, la lumière se tamise tout doucement, tandis que l'homme en colère multiplie les va-et-vient. Je crois qu'elle va s'éteindre pour de bon, cette fois-ci...

Ma dernière pensée ? Elle est pour toi, mon chéri, sache que je t'aime.

28

Le face-à-face

Mai 2017, deux ans et huit mois avant les faits

Ils s'étaient assis, l'espace de quelques instants, au pied d'un gigantesque chêne pour reprendre leur souffle et s'hydrater. Le temps s'était arrêté autour d'eux. Aucun des deux ne parlait. Le silence ne les gênait pas. Bien au contraire, il les apaisait. Ils se contentaient de se regarder, et de sourire… Captivés l'un par l'autre. Leurs corps, comme aimantés, se rapprochaient tout doucement. Cassandre lui prit la main. Soudain, ils entendirent un bruissement dans les fourrés derrière eux.

Elle se leva d'un bond :

— Louna ! Louna, cria-t-elle en avançant, pleine d'espoir.

Un grognement sourd fit office de réponse, faisant sursauter Cassandre, qui comprit aussitôt que ce n'était pas son chien.

— Attends, n'y va pas ! Laisse-moi aller voir, lui intima Alexandre.

Il attrapa un bâton près du chêne, qui lui servirait d'arme, et s'approcha prudemment… Une ombre noire surgit du massif broussailleux tout en poussant un cri puissant.

Un sanglier.

Alexandre faillit trébucher. Le colosse semblait visiblement prêt à charger.

— Cassandre, retourne doucement sur tes pas, je vais te rejoindre… Surtout, pas de mouvements brusques. Il a plus peur que nous ! lança Alexandre, d'un ton qui se voulait rassurant, tout en ramassant très discrètement sa matraque de fortune.

Quelque chose dans sa voix avait changé.

— D'accord, mais fais attention à toi !

La jeune fille ne se fit pas prier et rebroussa lentement chemin, tout en culpabilisant de laisser Alexandre seul face au danger. Mais dans ce genre de situations, l'instinct de survie prend souvent le dessus, guidant quelques actions des plus égoïstes.

Alexandre se tenait immobile, impassible face au sanglier. Sa perception des choses était tout à coup différente. Il était à l'affût, se sentait bien plus vif, plus agile et intelligent que la bête un peu gauche qui se présentait devant lui. Le bâton, qu'il avait pris soin de ramasser préalablement, l'encombrait tout à coup. Il le jeta par terre, tout en fixant son opposant.

La rage intérieure qu'il ressentait à ce moment-là lui était familière. Il l'avait déjà éprouvé auparavant, sans pour autant pouvoir se rappeler quand ni pourquoi. Il n'y avait plus de place pour la moindre pitié, la moindre empathie, peur ou faiblesse dans son esprit.

Tout dans son corps semblait avoir été modifié, chaque cellule remplacée. Il avait l'impression que sa mâchoire avait doublé de volume, comme si elle accueillait une multitude de nouvelles dents plus acérées les unes que les autres. Elle était anormalement contractée et lui tirait.

Chaque centimètre carré de son anatomie paraissait désormais recouvert de muscles saillants dont il pouvait ressentir la puissance. Ils ne demandaient qu'à la libérer, au moindre geste ou sursaut de l'animal sauvage. Les poils de ses avant-bras étaient anormalement hérissés, la lumière du soleil qui filtrait à travers les branches des arbres donnait un effet luisant au pelage des deux bêtes hostiles, qui se scrutaient dans les yeux.

Le porcin ne grognait plus.

Celui qui se montrait menaçant, il y avait encore quelques instants, paraissait à présent craintif ; conscient d'être installé à une place inférieure à son opposant dans la chaîne alimentaire.

Écoutant son instinct de survie, il fit soudainement volte-face. Sur le qui-vive et devant le mouvement brusque de l'animal en fuite, Alexandre bondit en sa direction. Ce dernier s'enfuit aussi vite qu'il le put, n'échappant pas pour autant au coup de griffes de son assaillant. Il poussa un cri rauque, tout en accélérant de plus belle. D'abord tenté de le poursuivre pour terminer ce qu'il avait commencé, Alexandre se ravisa et revint tout d'un coup à lui.

Cassandre, pensa-t-il...

Son rythme cardiaque était repassé à la normale, sa mâchoire ne lui faisait plus mal, il se sentait plus léger.

Il alla rejoindre la jeune femme qui s'était abritée une centaine de mètres plus loin.

— Mais que s'est-il passé, tu as des traces de sang sur le bras... Tu t'es blessé ? s'inquiéta Cassandre.

— Ce n'est rien, dit-il en constatant le liquide rougeâtre sur son bras, avant de continuer, de façon tout à fait honnête : Je crois que la bête qui nous a attaqués était amochée. C'est d'ailleurs sûrement pour cela qu'elle s'est montrée aussi agressive...

Devant la mine défaite de cette dernière, et la scène qui venait de se jouer à leur insu, ils eurent tous deux une crise de fou rire.

Il n'avait déjà plus aucun souvenir de l'altercation avec le sanglier, pourtant survenue à peine quelques instants plus tôt...

29

Sur ses deux oreilles

13 janvier 2020, le jour du drame

Christophe quitta le magasin de sport en milieu d'après-midi, afin de s'assurer que tout était ordre dans son véhicule pour le grand soir. Il tenait à pouvoir guetter la sortie de son employée sereinement. La veille, il avait disposé une large bâche dans le coffre de sa Porsche et préparé une dose de chloroforme – qu'il s'était aisément procuré sur Internet – suffisante pour endormir un cheval… Il aspergerait son mouchoir de poche du liquide anesthésiant le moment venu, avant d'aller à la rencontre de sa victime, le plus discrètement possible. Il était prêt à faire usage de la force si cela s'avérait nécessaire. C'était pour le bien de Cassandre. Même s'il préférait surprendre celle-ci, et de préférence de dos, si l'occasion se présentait, et dans la pénombre. Il n'aurait pas énormément de temps et devrait se montrer efficace. Quelques inspirations effrayées dans le morceau de tissu suffiraient. Il avait déjà manqué son coup par deux fois, et commençait à faire preuve d'impatience, à prendre plus de risques… Désireux d'être enfin heureux, de se retrouver en amoureux, et d'avoir, bientôt, une famille. Tout était prêt dans sa maison de campagne de Bar-sur-Aube… Il ne manquait plus que l'essentiel. Cassandre.

Christophe était garé sur le parking du Décathlon, à une cinquantaine de mètres seulement de son commerce de sport. Depuis sa position, il pouvait surveiller sans se faire voir les allées et venues de ses clients ainsi que de ses employés. Il n'y avait pas foule en ce jeudi après-midi. Dans ce tableau, le contraste avec le flux ininterrompu de personnes qui entraient et sortaient du magasin de sport préféré des Français était saisissant. Un couple de jeunes gens quitta le bâtiment qu'il épiait à 16 h 46, des sachets plein les bras. Suivis, de Fabrice, l'un des vendeurs du rayon fitness, qui partait livrer un tapis de course au volant du fourgon de la société jusqu'à Montigny-lès-Metz. Il démarra en trombe, sans avoir pris la peine de caler le carton à l'arrière du véhicule...

Si l'on reçoit une plainte du client, il va m'entendre ! pesta le responsable de magasin en assistant à distance à ce petit manège.

Stéphanie puis Cassandre lui emboîtèrent le pas, plusieurs dizaines de minutes plus tard. Assurément après un passage aux vestiaires pour récupérer leurs affaires. Profitant de l'absence en magasin de son patron ce soir-là, Cassandre s'était changée... Elle n'était plus en tenue de travail, mais portait une robe blanche et des talons en dessous d'une longue parka noire, qui lui donnait une élégance certaine, même de loin...

Le cœur de Christophe battait la chamade.

Cet ange va vivre avec moi dès ce soir, se réjouit-il secrètement, tout en jouant avec le récipient qui contenait son chloroforme. Le produit lui avait été livré en seulement deux semaines après qu'il eut passé commande sur un site très douteux qu'il n'avait pas eu de peine à trouver sur le darkweb. Quelques recherches internet sur des forums répondant à la question « Comment endormir quelqu'un comme dans Dexter ? » avaient été suffisantes.

Il tourna les clés de son véhicule à quarante-cinq degrés vers la droite, son moteur vrombit ; puis, il laissa quelques dizaines de mètres d'avance à son employée, qui se dirigeait vers un premier rond-point à proximité du McDonald's. Christophe connaissait les différents chemins qu'empruntait quotidiennement Cassandre pour se rendre au fitness, chez elle, chez des amies… Elle ne se montrait pas assez sur ses gardes, ce qui inquiétait Christophe. *Avec tout ce qu'on entend de nos jours, toutes ces filles tuées…* pensa-t-il.

Plusieurs fois déjà, il avait repéré un autre véhicule la suivre. Notamment lors de sa dernière tentative de rapt, qu'il n'avait pas concrétisée, car il se méfiait du curieux homme à capuche au volant d'une Seat Ibiza qu'il avait aperçu entamer une filature jusqu'à la salle de sport de la jeune femme, dans le quartier du Sablon. Ce dernier l'avait observée courir, à travers la grande baie vitrée du *Magic Fitness*, durant plus d'une heure… Avant de s'éclipser soudainement, après l'entrée de Cassandre dans les vestiaires.

Détraqué ! avait sifflé Christophe en épiant la scène.

Ce soir, fort heureusement, ce malade n'était pas là…

Cassandre roulait de façon vigilante, en actionnant ses clignotants et en respectant les distances de sécurité, ainsi que les limitations de vitesse. Ce qui était plutôt contraignant pour Christophe, qui avait un fort penchant pour la pédale d'accélérateur. Il trouvait ces traques interminables, en sortait totalement épuisé. Mais il devait rester prudent et s'en tenir à son plan. Le moindre excès d'impatience pourrait immédiatement lui nuire, le faire courir à sa perte.

Elle emprunta la sortie en direction de Moulins-Lès-Metz, passa devant le bar discothèque Le Privé, très prisé des aficionados des nuits messines, puis bifurqua à droite vers Longeville-lès-Metz. Après une longue ligne droite, parsemée de plusieurs feux tricolores, elle ne se dirigea pas, comme à son habitude, vers le pont Saint-Symphorien pour se rendre soit à la salle de sport, soit à son domicile, mais continua tout droit…

Étrange, pensa Christophe, quatre voitures derrière elle.

Elle tourna à gauche deux rues plus loin, vers le Ban-Saint-Martin. Ce qui n'était pas non plus dans ses usages et contraignait, une fois de plus, le plan de Christophe. Elle passa devant le terrain de football de la commune, envahi par les nombreuses caravanes des gens du voyage, et gagna la route de Plappeville ; avant d'enclencher son avertisseur gauche pour monter l'avenue Lucien-Poinsignon. Christophe choisit de ne pas s'engager dans cette impasse et de continuer son chemin quelques dizaines de mètres. Il ne savait pas où Cassandre se rendait, mais était bien décidé à l'attendre et ne pas se mettre en danger en tentant de l'enlever dans un endroit dont il n'avait pas eu le temps d'étudier les moindres recoins.

Il stoppa son véhicule devant l'entrée d'une résidence et fit semblant de téléphoner pour tromper d'éventuels curieux.

Le kidnapping se ferait devant chez Cassandre ; un peu plus tard, sur le parking isolé sur lequel elle laissait sa voiture chaque soir avant de regagner son appartement deux à trois heures avant son fiancé.

Au loin, il discerna la fille, aux cheveux d'or, stationner en contrebas de l'avenue, puis entendit une porte claquer. Cassandre dépassa une à une les différentes habitations ; sa silhouette se réduisant petit à petit pour atteindre la taille d'un petit rongeur, puis d'une fourmi. Elle se dirigeait, à pied et en talons, vers les bois… *C'est curieux, et bien trop risqué !* pensa Christophe. *Il ne reste plus qu'à attendre.*

Une Seat Ibiza de couleur bleue freina brusquement au milieu de la route de Plappeville, puis pénétra dans l'impasse, et ce, sans mettre de clignotant. Un jeune homme était au volant.

Encore lui ! Cette fois, Christophe distingua, malgré la pénombre naissante et la distance, le profil droit de celui qu'il avait vu sur le parking de son magasin, puis devant la salle de fitness de Cassandre. Pour une fois, il ne portait pas de capuche, mais une casquette…

Un détail qu'il n'avait jusqu'alors jamais remarqué sauta aux yeux de Christophe. Son oreille droite. Il semblait lui manquer un morceau d'oreille droite…

30

L'hydre à deux têtes

14 janvier 2020, un jour après le drame

La fenêtre céda, en silence.

Il se glissa dans l'ouverture et pénétra à l'intérieur de la salle de bains de Christophe. Tout y était en ordre. Un peu trop même, au goût d'Alexandre. Une dizaine de brosses à dents, de couleur verte, étaient minutieusement réparties sur l'évier. Elles apparaissaient comme neuves et l'espacement, entre chacune d'elles, était exactement le même. Cette intrigante symétrie se retrouvait sur l'ensemble des éléments principaux de la pièce dans laquelle rien ne semblait avoir été laissé au hasard. Tapis et serviettes de bain, également de couleur verte, y étaient alignés en plusieurs exemplaires. Carrelage au sol, murs, éviers, toilettes, bain et plafonds étaient quant à eux d'un blanc immaculé.

Alexandre sortit de cette salle d'eau qui lui filait le tournis. Il alluma la lampe torche de son smartphone tout en s'enfonçant au sein du long corridor.

Un silence de mort régnait.

Il ouvrit les différentes pièces une par une.

Buanderie, bureau, chambre principale et chambre d'ami, toutes étaient dans les mêmes tons verts et blancs, et parfaitement rangées. Ce qui commençait à donner la nausée à Alexandre.

En outre, aucune trace de vie récente n'y était détectable. Les lits étaient impeccablement réalisés, et aucun objet n'y traînait. Dans le dressing de la pièce, Alexandre n'était tombé que sur des affaires d'homme.

De mauvais goût, certes, mais d'homme tout de même.

Alexandre descendit par l'escalier en colimaçon qui menait au rez-de-chaussée, le plus discrètement possible, en espérant, enfin, tomber sur Cassandre ou trouver un indice qui lui permettrait de la retrouver.

Le hall d'entrée de la maison était immense et donnait, à droite, sur un chaleureux salon et, à gauche, sur une cuisine américaine. Vides, comme le reste de la demeure.

Une étrange porte cadenassée, qui conduisait au sous-sol, attira l'attention d'Alexandre. Qu'y avait-il donc de si précieux, ou de compromettant, à l'intérieur de cette cave, qui justifiait qu'elle soit barrée de la sorte ? Alexandre retourna à l'extérieur, en sortant, cette fois-ci, par l'une des fenêtres du rez-de-chaussée. Il se rendit dans le cabanon pour se munir d'une pince coupante et, une fois revenu devant la porte donnant sur la cave, en fit sauter le verrou. Il descendit, partagé entre anxiété et excitation, les treize marches conduisant à la partie souterraine de la maison. Ce qu'il vit le laissa sans voix. Il n'en croyait pas ses yeux.

Partout, dans le salon ultramoderne qui se dressait devant lui – et qui lui disait étrangement quelque chose – étaient encadrées des photos de Cassandre. Au travail, en voyage, au parc d'attractions, et même au restaurant, lors de son propre anniversaire : un cliché de Cassandre et lui, qui avait été pris par l'un de ses amis dans un établissement strasbourgeois et sur lequel il avait visiblement été coupé.

Au milieu de tout ça, deux portraits de Christophe, assurément réalisés par un photographe professionnel, trônaient. Qu'est-ce que cela pouvait bien signifier ?

Je le savais, ils ont emménagé ensemble ! À cette heure-ci, ils sont sûrement partis en vacances, à l'autre bout du monde. Pendant que moi, je me fais un vrai sang d'encre... N'a-t-elle donc pas de cœur ? Comment a-t-elle pu m'oublier, et passer à autre chose, aussi facilement ?

Ce salon, c'est celui qu'elle avait imaginé, qu'elle m'avait demandé de lui acheter, se dit Alexandre, qui devint fou de rage et se mit à tout saccager dans l'appartement. Il renversa la table basse du salon, planta violemment le cuir du canapé design à l'aide du tournevis qu'il avait gardé dans sa poche, donna de grands coups de pied dans l'écran plat nouvelle génération, sur lequel les deux tourtereaux devaient à coup sûr regarder des films d'horreur tout en se faisant d'immondes baisers. Sans que Christophe, lui, ne revienne en arrière pour visionner à nouveau les scènes importantes. Puis cassa l'ensemble des cadres de Cassandre et de Christophe qui le narguaient depuis de longues secondes.

Une fois à peu près calmé, il se dirigea vers la chambre du couple. Il remarqua immédiatement, à côté du lit principal et de la fresque murale représentant les deux amoureux, un lit de bébé.

Son visage se décomposa.

Tout devint flou autour de lui, comme si la pièce s'était tout à coup recouverte d'un épais voile blanc. Pris d'un fulgurant malaise, il tomba à la renverse. Cassandre était enceinte. De son amant. Tout était désormais plus clair dans l'esprit d'Alexandre. C'était sans doute pour cela qu'elle l'avait quitté. Elle allait fonder une famille avec un autre. Peut-être même allaient-ils se marier ? Car oui, Cassandre, très croyante, lui avait toujours dit que le jour où ils auraient un enfant, ils devraient se présenter devant l'autel. Ils étaient sûrement d'ailleurs à l'heure actuelle en pleine lune de miel. C'en était trop pour Alexandre, totalement abattu, qui décida de s'en aller de cette maudite maison. De regagner sa voiture. Et de rentrer chez lui, pour ne plus jamais en sortir, noyé par l'indescriptible peine qu'il ressentait.

En remontant les escaliers pour se rendre au rez-de-chaussée, il entendit un bruit de clés en provenance de la porte d'entrée. Cette dernière s'ouvrit, puis claqua dans un bruit sourd.

Sûrement Christophe et Cassandre !, pensa Alexandre, qui sentit l'adrénaline, en lui, s'élever. Il décida de redescendre au sous-sol et d'attendre, patiemment, que la femme de sa vie et son amant regagnent leurs appartements.

Ses sens, décuplés, étaient à l'affût du plus infime bruit. Il ne savait pas comment il allait réagir en voyant Christophe, ni même ce qu'il allait dire à Cassandre… Mais il voulait avoir des explications et entendre, de la bouche de son âme sœur, qu'elle ne l'aimait plus et qu'elle le quittait. *C'était la moindre des politesses après une telle relation*, pensait-il. Et il avait, après tout, toujours été juste et droit envers elle.

— Mais qu'est-ce qu'il se passe ici ?! Il y a quelqu'un ?

En haut des escaliers, la voix de Christophe, qui venait d'apercevoir la porte d'ordinaire cadenassée ouverte, retentit.

Ce dernier, croyant à un cambriolage, se munit de son sabre japonais préféré. Le même qui avait servi à l'assassinat de Martial quelques semaines auparavant, et qu'il avait depuis minutieusement nettoyé.

— Qui que vous soyez, montrez-vous, ou vous allez avoir de gros ennuis… somma-t-il. Je vous préviens, je suis armé.

Christophe se déplaçait laborieusement, douloureusement ; ne pouvant presque plus poser au sol sa jambe gauche. Son genou, qu'il avait du mal à déplier, le faisait énormément souffrir. Il portait en outre un bandage de fortune, ensanglanté, au niveau du sommet du crâne. Les traces de griffures sur son visage trahissaient une récente lutte.

Alexandre ne répondit pas. Il se tenait désormais derrière le canapé du salon, tapi dans l'ombre et prêt à en découdre. Il ne ressentait pas le moindre sentiment de peur, bien conscient de sa supériorité physique. Mais il pouvait, par contre, ressentir celle de sa proie qui descendait, lentement, avec une crainte grandissante et difficilement dissimulable, les treize marches menant au sous-sol. Son souffle saccadé, son cœur battant à tout rompre, ses muscles tressaillant, son déplacement fébrile, déclenchaient en Alexandre une irrépressible envie de se jeter sur lui. Il préféra néanmoins attendre le bon moment.

Mort, Christophe ne lui serait en effet d'aucune utilité pour enfin faire la lumière sur la mystérieuse disparition de Cassandre. Pour une fois, Alexandre prenait légèrement le dessus dans cette permanente lutte interne qui l'opposait à sa seconde identité sauvage, bestiale, cruelle.

— Qu... qui êtes-vous ? bégaya Christophe en remarquant l'appartement du sous-sol totalement dévasté. Et que voulez-vous ?

Alexandre discerna la petite silhouette rondelette du patron de Cassandre, qu'il avait déjà aperçu plusieurs fois auparavant devant le magasin de la zone industrielle messine.

Christophe tenait son sabre de la main droite, d'une façon assurée. De l'autre, il se frottait l'arrière du crâne avec frénésie.

— Montrez-vous ou je n'hésiterai pas à me servir de ma lame. Je prends des cours de katana depuis plusieurs années, vous avez frappé à la mauvaise porte ! ajouta-t-il, d'un ton qui se voulait menaçant, et qui fit sourire Alexandre...

Ce dernier, jusqu'ici accroupi, se leva alors tranquillement.

— Bonsoir, Christophe. Je pense que nous avons beaucoup de choses à nous dire...

— A... Alexandre, qu'est-ce que cela signifie ? Que fais-tu chez moi ?!

La voix de Christophe tremblait. Des gouttes de transpiration dégoulinaient sur le front de l'homme qui dirigeait désormais son sabre en direction d'Alexandre.

— Qu'est-ce que des clichés de Cassandre et un lit de bébé font dans cet appartement de sous-sol ? Et où est Cassandre ? Tu vois, Christophe, moi aussi, j'ai des questions à te poser. Et tu as tout intérêt à y répondre... formula-t-il, tout en avançant d'un pas vers Christophe.

— N'approche pas, je te préviens ! Cassandre et moi allions nous installer ensemble, voilà tout. Depuis plusieurs mois, nos rapports ont dépassé le cadre professionnel... Je suis tombé amoureux d'elle, et, je le crois, elle de moi. Elle devrait d'ailleurs être ici, à mes côtés, à l'instant où je te parle.

— Ce n'est pas le genre de Cassandre. Même si j'ai quelques doutes, j'ai tout de même du mal à croire qu'elle ait pu me faire pareille infidélité. Surtout avec un type de ton espèce. Elle m'a dit plusieurs fois que tu la répugnais ! Dis-moi la vérité...

Alexandre continuait d'avancer, pas à pas, et de façon très calme, vers la bête blessée, qui découvrit une partie de son bandage tant il se grattait, laissant apparaître un crâne ruisselant de sang.

— Ce lit de bébé, Christophe... Pourquoi ce lit de bébé ?

— Cassandre et moi allons fonder une famille. Nous attendons un bébé ! Tu n'as plus ta place dans sa vie.

À ces mots, Alexandre bondit en direction de Christophe. Ce dernier tenta, dans un mouvement pourtant assez précis malgré sa blessure, de lui planter sa lame dans le thorax. Mais Alexandre l'esquiva, le frappa au niveau de la gorge tout en agrippant son poignet droit. Christophe, devant la violence du coup asséné, lâcha prise. Il tomba au sol, le souffle coupé. Alexandre fondit sur son ennemi après s'être saisi du katana avec agilité et le pressa contre la partie antérieure de son cou.

— Tu as désormais le choix. Soit tu me dis la vérité sur ta liaison avec Cassandre et où elle se trouve en ce moment, soit tu meurs dans d'atroces souffrances...

Christophe déglutit.

— D'accord, d'accord, je vais tout t'expliquer. Mais ne me tue pas, je t'en supplie ! débita-t-il. Je suis amoureux de Cassandre, c'est la vérité. Et nous avons des rapports sexuels depuis plusieurs mois. Mais je ne suis pas le père de son enfant, nous nous sommes toujours protégés.

— Comment ma Cassandre a-t-elle pu avoir envie de toi ? vociféra Alexandre, appuyant un peu plus la lame sur le cou de Christophe, en sanglots, qui commençait à saigner.

— J'avoue, je l'ai forcée ! Je la faisais chanter, et la violais… J'ai honte de moi, je suis désolé, je serai jugé et j'irai en prison, mais laisse-moi la vie sauve…

Alexandre ne put se contenir et frappa violemment Christophe au visage, lui cassant plusieurs dents au passage. La bouche de ce dernier était en sang, tout comme la main d'Alexandre qui, lui, ne ressentit aucune douleur.

— Où est Cassandre en ce moment ?

— Ça, je n'en ai aucune idée, je te prie de me croire.

— Et pourquoi aurait-elle emménagé avec toi, alors que tu la violais et lui faisais du chantage ?

— Je comptais l'enlever, et l'amener de force dans cet appartement que j'ai fait construire pour elle. Je l'aurais bien traitée, je te le jure, et jamais je ne lui aurais fait le moindre mal.

— Quand est-ce que tu l'as vue pour la dernière fois ? formula Alexandre dans un effort surhumain pour surmonter le sentiment de rage qui le transperçait.

Une rage qu'il ne pourrait contenir encore bien longtemps… D'un moment à l'autre, elle devrait s'exprimer.

Christophe sentait toute la détermination et la colère qui animaient son assaillant. S'il désirait avoir la moindre chance de s'en sortir vivant, il devait coopérer et s'en tenir à la stricte vérité.

— Je l'ai suivie, après le travail, jeudi soir. J'avais prévu de l'endormir, de la mettre dans le coffre de mon véhicule et de l'amener jusqu'ici. Les premiers temps, elle aurait certainement voulu partir, m'aurait détesté, mais elle se serait ensuite faite à sa nouvelle vie. Tu sais, Alexandre, j'aurais été aux petits soins pour elle, et notre enfant. Je ne suis après tout qu'un homme amoureux d'une femme qui ne l'aime pas.

— Tais-toi, Christophe, tais-toi ! C'est mon bébé qu'elle attend, c'est ma femme ! Et quand on est amoureux d'une personne, on ne la viole pas, on ne projette pas de l'enlever. Tu es un vrai malade mental ! À quelle heure et où l'as-tu vue pour la dernière fois ?

— Elle a conduit jusqu'au Ban-Saint-Martin, puis a garé son véhicule en haut de l'avenue Lucien-Poinsignon. Il était environ 17 heures 15 lorsqu'elle s'est dirigée vers le bois. Elle portait une robe blanche, elle était magnifique, radieuse. J'ignore ce qu'elle est allée faire. Je me suis dit que j'attendrais qu'elle réapparaisse à sa voiture pour passer à l'action. J'ai donc fait demi-tour et l'ai guettée dans la rue perpendiculaire au début de l'impasse, à plusieurs centaines de mètres de là. Elle n'est jamais revenue…

Une robe blanche. La même qu'elle portait lors de nos premiers émois près du chêne. Ce soir-là, Cassandre ne comptait ainsi pas m'annoncer qu'elle me quittait, mais qu'elle attendait un enfant… pensa Alexandre, avant de poursuivre :

— Arrête de mentir ! Ou je promets que je vais te tuer !

— Il faut me croire, je n'ai pas pu l'enlever. Et jamais je ne lui aurais fait de mal ! Il y avait cette voiture, qui rôdait également, avec un jeune homme à l'intérieur. Le même qui vient de temps en temps… Un assez mince, toujours habillé en tenue de sport. Je ne l'ai pas très bien vu à travers le pare-brise, mais j'ai l'impression qu'il lui manquait une oreille.

Kévin.

— Et comment expliques-tu les traces de griffures sur ton visage ? Et le bandage que tu as au niveau de la tête ?

— Bon, d'accord ! Je me suis rendu également dans les bois, mais ça ne s'est pas passé comme prévu ! Cassandre s'est débattue, m'a frappé à l'aide d'une pierre qu'elle a ramassée au sol. Elle a réussi à s'échapper, je te jure que je ne l'ai pas tuée ! Quand j'ai retrouvé mes esprits, il faisait déjà nuit noire… et j'étais blessé. Je pouvais à peine marcher… Je crois qu'elle m'a pété le genou. Je suis retourné à mon véhicule et, pris de panique, j'ai roulé jusqu'ici ! J'avais prévu de quitter le pays, car je pensais que Cassandre avait prévenu les autorités. Mes bagages étaient prêts, j'étais simplement revenu pour placer mon sabre en lieu sûr avant cela… déblatéra-t-il.

Dans l'esprit d'Alexandre, tout se brouilla. Bientôt, haine, colère, rage et cruauté l'envahirent. Et prirent le dessus. Il ne pouvait retenir plus longtemps la bête sauvage qui sommeillait en lui et laissa s'exprimer, à coup de poings, de griffes, de genoux et de coudes, toute sa violence.

— Argh ! Non, non, épargne-moi ! Je t'ai dit tout ce que je savais, je suis désolé ! Je ne suis qu'un monstre, ne me tue pas… supplia Christophe, le visage défiguré, en pleurant toutes les larmes de son corps.

Il discerna une étrange lueur dans le regard d'Alexandre, une lueur bien plus animale qu'humaine, et comprit à ce moment qu'il ne sortirait pas vivant de cette maison.

Christophe était un monstre, certes, mais un monstre bien plus cruel se dressait à cet instant devant lui.

Alexandre pressa, avec fermeté, la lame du sabre japonais sur la gorge de Christophe, qui s'égosillait, en vain.

Habité par une force décuplée, il lui enfonça jusqu'à finir par la lui trancher en entier et le faire taire, à jamais…

31

Un petit trouble et puis s'en vont…

Été de l'année 2000

Mon nouveau papa – plus gentil que le précédent – m'attend dans le couloir. J'entre dans la pièce en compagnie du docteur. Il tire une chaise en ma direction et me fait signe de m'asseoir. Elle n'est pas du tout confortable. Lui est dans un grand fauteuil beige, moelleux à souhait. Je ne trouve pas ça très correct de sa part. Mais bon, je n'ai manifestement pas mon mot à dire. Il est très gros et a le visage très rouge. Il porte une blouse blanche et une moustache noire, visiblement taillée avec minutie, dont les pointes se retroussent en direction de ses joues. Il me fixe de ses deux petits yeux ronds. De fines lunettes semblent coiffer l'imposante patate qui remplace son nez. Son physique est plutôt amusant. Son air, on ne peut plus sérieux.

— Alors, mon garçon, commençons par le début… Je vais te poser tout un tas de questions, et te demande de tenter de me répondre rapidement. D'accord ?

— Oui, je vais essayer !

— Est-ce que tes parents te manquent ?

— Ma mère, énormément. Je pense parfois à elle…

— Es-tu triste quand tu penses à elle ? Heureux, en te rappelant de bons souvenirs ?

— Triste.

— Sur une échelle de 1 à 10, à quel niveau situerais-tu cette tristesse ?

— 9.

— T'arrive-t-il de pleurer ?

— Oui, docteur. Souvent…
— Et ton père, il te manque également ?
— …
— Allons, tu peux me parler, tu sais… Tout ce qui se dira ici restera entre nous.
— Quand je pense à lui, je suis fou de joie. J'ai le sourire…
— Ah, tu te remémores donc de bons souvenirs avec lui ?
— Non, j'ai le sourire, car il est mort. Le dernier souvenir que j'ai de lui, couché sur le sol, me remplit de bonheur.
— Qu'est-ce qui te rend heureux, là-dedans ?
— C'est l'une des premières fois que je l'ai vu calme, inoffensif, sans défense. Il méritait de finir comme ça. Ce n'était pas quelqu'un de bien.
— Bien, merci pour ta franchise. As-tu assisté à son suicide ?

Je ris, et lui réponds :

— Oui.
— Y repenses-tu parfois ?
— Tous les jours… Parfois, je ris tout seul dans ma chambre en le voyant s'effondrer.

Un inquiétant rictus s'afficha sur le visage de l'enfant.

— Et qu'est-ce qui t'amuse là-dedans ?
— Je n'en sais rien, j'ai toujours trouvé cette scène rigolote.
— Quelles relations entretenais-tu avec lui ?
— Il nous battait souvent, maman et moi. Et ne s'occupait que de Sophie.
— Quel genre d'activités faisaient-ils tous les deux ?
— Il lui demandait de lui faire des choses…
— Quelles « choses » ?
— Des choses que font les grandes personnes entre elles. Je ne sais pas trop comment les expliquer. Et je ne voyais pas tout de là où j'étais…

— Où étais-tu lorsqu'ils faisaient ces « choses » ?

— Dans la chambre, j'observais par l'entrebâillement de la porte.

— Et tu parlais de tout ça avec Sophie ?

— Pas vraiment, non.

— Ton père ne t'a jamais demandé de lui faire ce même genre de choses ?

— Non, jamais.

— Tu es sûr ?

— Oui.

— J'aimerais aborder un autre sujet avec toi. J'ai vu ton dossier scolaire, pour quelles raisons as-tu été renvoyé de l'École de la Blies ?

— Je ne sais plus…

— Tu te souviens bien avoir étudié là-bas avant de changer d'école ?

— Oui, ça, je m'en rappelle !

— Tu y avais des amis ?

— Oui, plein ! Ils me manquent parfois, d'ailleurs. Charles, Samy, Louis et Jordan ! J'aurais bien aimé rester dans cette école. Je ne sais pas pourquoi papa m'a fait changer.

— Tu n'as pas rencontré de problèmes particuliers dans cette école ? Avec l'un de tes camarades ?

— Non, on s'entendait tous très bien.

— D'accord, je ne t'embête pas plus longtemps avec mes questions ; du moins pour aujourd'hui… Je pense que nous allons être amenés à nous revoir assez souvent. C'est un plaisir d'avoir fait ta connaissance, peux-tu aller chercher ton père, lui demander de venir, et nous attendre dans le couloir ? J'aimerais également m'entretenir avec lui quelques minutes…

— Oui, pas de souci, docteur. Au revoir !

Il est finalement plutôt gentil, pensai-je, tout en sortant de sa salle de consultation. Ça ne me dérangerait pas de le revoir.

Enfin, s'il me prête un fauteuil plus confortable la prochaine fois. Peut-être que ça se mérite, et je crois avoir marqué des points, aujourd'hui. On verra donc bien à la prochaine séance...

J'informe mon père comme me l'a demandé le médecin et l'attends dans le grand couloir blanc et froid. Il n'y a pas de passage, pas de mouvement. Est-il le seul à travailler dans ce cabinet ? Docteur Émile Levy, est-il écrit sur une plaque dorée apposée à la porte.

Je colle mon oreille à cette dernière ; c'est drôle, je les entends parler. Enfin, à moitié.

— Monsieur Di Lorenzo, inutile de tourner autour du pot. Je préfère d'entrée de jeu vous faire part de mon inquiétude à propos d'Alexandre... Selon toute vraisemblance, il a développé, au fil des évènements dramatiques qu'il a essuyés, une sorte de trouble psychiatrique. J'ai également interrogé sa petite sœur, Sophie, l'un des deux ment au sujet des agressions sexuelles subies. Chacun me dit que c'est l'autre qui a été abusé par leur père. Et j'ai malheureusement toutes les raisons de croire que c'est Alexandre qui ne raconte pas toute la vérité...

— Et sur quelles bases vous fondez-vous pour porter ces accusations ? Je ne vois vraiment pas pourquoi Alexandre ne dirait pas la vérité !

— Peut-être par honte, du moins c'est ce que je lui souhaite. Ma seconde théorie est des plus inquiétantes... Je pense qu'Alexandre présente ce que l'on appelle, de façon barbare dans le jargon psychiatrique, des troubles dissociatifs de l'identité. Il y a une zone d'ombre dans son parcours, j'ai donc envoyé un mail à son ancien établissement scolaire, mais n'ai pas eu de réponses, vacances d'été obligent. D'après Sophie, Alexandre aurait été viré de l'École de la Blies après une violente altercation avec un enfant de son âge, un certain Louis. Et selon elle, encore, ce Louis a été salement amoché. Défiguré. C'était le jour du suicide de son père... Je pense qu'Alexandre peut être dangereux, pour lui comme pour les autres.

— Comment osez-vous ? répondit Yvon Di Lorenzo, en se levant d'un bon de sa chaise.

Il haussa la voix :

— Ne croyez-vous pas que ce gamin a déjà assez souffert comme cela ? Vous dites n'importe quoi !

— Je comprends votre réaction, Monsieur, et, à vrai dire, je la redoutais même... Mais je vous garantis qu'il vaudrait mieux pour vous comme pour Alexandre que j'assure un suivi approfondi, à raison de plusieurs fois par semaine. Et il serait intéressant de le confronter à sa petite sœur...

Il n'eut pas le temps de poursuivre.

— Espèce de charlatan ! Je savais que je n'aurais pas dû venir. J'étais contre toute cette mascarade, et, croyez-moi, si ma femme n'avait pas insisté depuis plusieurs jours, vous ne m'auriez pas devant les yeux.

— C'est inutile de le prendre comme ça. Réfléchissez un peu, votre enfant a besoin d'aide.

Yvon pointa son index et le leva de façon menaçante vers le médecin.

— Si vous dites encore un mot...

Il sortit un billet de 500 francs et le jeta sur le bureau du psychiatre, effrayé et médusé par l'attitude de l'homme qui se dressait en face de lui.

— Voilà, je pense que ça suffira ! Adieu, docteur !

Il quitta la pièce en furie, en claquant la porte derrière lui.

— Viens, Alexandre, on y va ! m'annonça-t-il sèchement.

Je le suivis tant bien que mal jusqu'à la voiture.

Il m'emmena manger une immense glace à l'italienne à quelques rues de là.

— Que t'as dit le docteur, Alexandre ? demanda-t-il, en faisant un effort pour se calmer devant moi.

— Qu'on allait se revoir souvent !

— Eh bien, il s'est trompé…

— Les docteurs peuvent se tromper ?

— Bien sûr, comme tout être humain. Il arrive à tout le monde de faire des erreurs, tu sais… Et il y a parfois, même, de bonnes raisons qui nous poussent à en faire. Mais sais-tu ce qui est le meilleur, là-dedans ?

— Non, c'est quoi ?

— C'est qu'on a tous le droit à une seconde chance. Qu'importe ce qu'on a pu faire par le passé, la vie nous accorde toujours une chance de nous racheter. Ta mère et moi allons te donner la vie que tu mérites, Alexandre ; peu importe ce qui a bien pu se passer avant. Si elle te demande, tu lui diras d'ailleurs que ton entretien s'est bien passé, d'accord ?

— Mais ça s'est bien passé ! Mis à part son siège inconfortable… Pourquoi es-tu sorti en colère ?

— Oh ! Ce n'est rien, ne t'en fais pas… C'est justement à cause du fauteuil du docteur, je n'étais pas en colère, mais mon dos m'a fait horriblement souffrir. Tu comprendras quand tu auras mon âge.

Il me fit un clin d'œil tandis que je léchais le cône de ma glace sur lequel ma boule à la pistache dégoulinait lentement.

— Ah ! J'oubliais ! Dernière chose, si Christine te questionne, n'évoque pas ce que t'a dit le médecin à la fin… Je préfère que tu aies du temps pour faire les activités extrascolaires qui te plaisent. Je sais que tu jouais au football avant, je t'inscrirai dans un nouveau club si tu en as envie… Ça restera notre petit secret, marché conclu ? demanda-t-il en me tendant sa main.

— Marché conclu ! répondis-je en tapant dans cette dernière et en croquant à pleines dents dans mon cornet.

La semaine suivante, j'intégrais l'équipe de football de Montigny-lès-Metz ; et nous ne reparlâmes plus jamais de cet épisode.

32

Sauvée

13 janvier 2020, le soir du drame

Mais que lui veut donc cet étrange jeune homme à l'oreille balafrée ?
Christophe finit par se décider à sortir de sa voiture. Cassandre était peut-être en danger. Il fallait qu'il l'enlève, dès maintenant. Qu'il la sauve des griffes de ce salaud, de cette ville, de cette société de détraqués. Qu'il l'emmène dans leur maison, loin de tout le monde, loin de tout ça. Et s'il fallait se battre contre l'homme à la Seat Ibiza bleue, il le ferait. L'amour lui donnait des ailes. Il retrouvait une seconde jeunesse, une fougue qu'il n'avait par le passé jamais eue. S'il n'avait remporté la moindre bagarre dans sa vie, il le ferait pour la première fois ce soir. Pour sauver sa belle. Cette fois-ci, il ne se défilerait pas, ne refuserait pas l'altercation… Monterait au combat.

Il traversa l'allée de Chanteraine au pas de course et s'enfonça dans les bois. Le soleil commençait à se coucher, laissant la forêt entre chien et loup : les ombres des arbres – fatigués par le temps qui passe, meurtris d'être à jamais debout, las de n'avoir aucun répit – semblaient s'affaisser au sol. Christophe ne savait pas vraiment où aller… Il décida de ne pas emprunter le sentier qui s'offrait à lui et monta une butte, sur plusieurs centaines de mètres. Il contourna par la droite d'épais buissons et marcha, essoufflé, l'oreille à l'affût, durant quelques minutes.

Le silence était quasi total. Seul le vent chuintait par épisodes, faisant balancer irrépressiblement les feuilles, les branches, les âmes, avec une douceur certaine. Christophe discerna une forme blanche, au loin. *Cassandre.*

Elle semblait faire corps avec les éléments. Jouait avec l'obscurité naissante, caressait les hautes herbes, tournoyait avec les feuilles, dansait avec le vent qui, charmeur, sifflait alors de plus belle. Séduites, les ombres des arbres – un temps voûtées – retrouvaient de leur superbe à son passage. La lumière du jour, illuminée par Cassandre, retardait ses adieux.

Christophe s'approcha discrètement, en prenant soin de se dissimuler derrière les arbres, les fougères, de cette forêt qui ne semblait pas vouloir d'un si vil allié.

Tous les éléments, amoureux de leur muse, se liguaient contre lui. Le vent lui giflait le visage, les imposants troncs lui bloquaient le passage, allongeant leurs branches à dessein de l'érafler, le couper, le saigner. Le sol se faisait glissant, imprévisible. Alors qu'il fut arrivé à une vingtaine de mètres de la jeune femme, une ronce se dressa sur son passage, le faisant lourdement chuter au sol. Cassandre, effrayée, se retourna. Elle le reconnut aussitôt.

— Christophe ? Mais qu'est-ce que vous faites là ? Vous m'avez suivie ? Je vous préviens, je vais appeler la police ! menaça-t-elle.

— Pas de panique, ma jolie, pas de panique... Je voulais simplement te parler d'un sujet pressant, répondit l'homme, recouvert de terre, tout en se relevant.

— Alexandre sait que je suis ici... Nous avons rendez-vous... Il n'est d'ailleurs pas très loin, vous feriez mieux de partir ! Alexandre ? Alexandre ! cria-t-elle.

— Nous savons tous les deux que c'est faux, Cassandre... N'aie pas peur, voyons ! Est-ce que je t'ai déjà fait le moindre mal ?

Christophe se rapprochait dangereusement. Cassandre, qui avait pris quelques cours de self-défense par le passé, se tenait prête à en découdre. Elle avait un niveau débutant, mais était tout à fait capable de donner un coup de pied, de coude ou de genou pour se défaire d'un étranglement...

— N'approchez pas plus ! Portez plainte pour vol si vous le souhaitez, tant pis ! Plus jamais vous ne me toucherez !

— Allons, ma belle, calme-toi... Qu'est-ce qui te prend ?

— Je suis enceinte, Christophe !

— Je suis au courant. J'ai même déjà choisi un lit pour notre enfant...

— Mais vous êtes totalement malade ! Ce n'est pas votre enfant, mais celui d'Alexandre et moi... Partez, maintenant !

Cassandre sortit son téléphone portable de son sac à main et chercha à alerter la police.

Christophe, en assistant à la scène, se rua vers elle.

Dans la panique, il en oublia de déverser sur son mouchoir en tissu la dose de chloroforme qu'il avait préparée. Cassandre tenta de le frapper au visage, mais l'homme plaça son bras en opposition. Elle tâcha de l'aveugler à l'aide de ses ongles, mais ne parvint qu'à le griffer au niveau de l'arcade, de la paupière et du nez. Il lui saisit le poignet, la tira vers lui ; et de l'autre main, appliqua le tissu avec autorité sur le visage de sa bien-aimée.

Une dizaine de secondes seraient suffisantes pour qu'elle s'endorme. Il compta dans sa tête tout en maintenant son emprise.

10, 9, 8, 7, 6, 5, 4, 3...

Cassandre lui asséna un coup de genou monumental dans les parties intimes.

Christophe ressentit une douleur indescriptible. Il se courba. La jeune femme, qui manquait de puissance par rapport à son adversaire, devait viser juste. *Les rotules.* Elle s'appliqua et frappa Christophe d'un coup de pied médian au niveau du genou gauche. L'agresseur s'effondra.

Au fil des nombreux films d'horreur qu'elle avait visionnés depuis plusieurs années, un détail avait – à plusieurs reprises –

sauté aux yeux de Cassandre : lorsque la victime parvenait à prendre l'ascendant sur le tueur, vampire, monstre ou autre assaillant, elle détalait ensuite sans le mettre hors d'état de nuire. Et en lui laissant, même, parfois son arme à proximité… Avant de se faire finalement rattraper, puis tuer.

Elle repéra à quelques mètres d'elle une énorme pierre. Elle courut la ramasser. Elle devait s'assurer que Christophe ne puisse pas la suivre…

L'homme était au sol. Elle s'agenouilla près de lui, leva la pierre au-dessus de sa tête. Christophe tenta de la repousser, de se débattre, mais ne put éviter le choc. La boîte crânienne en sang, il gisait au sol.

Était-il encore en vie ? Cassandre n'en avait aucune idée et décida d'aller rejoindre Alexandre. Elle lui expliquerait la situation et il saurait alors assurément que faire.

Cassandre trottina malgré ses talons, bien aidée par le vent qui la poussait dans le dos. Les ronces et les branches des arbres s'écartaient à son passage, le sol se faisait lisse et stable. Après cinq minutes de course, elle ralentit, épuisée.

Elle n'était plus qu'à quelques pas du chêne mégalithique portant les initiales de leur couple.

Elle se retourna pour s'assurer que Christophe n'était pas à ses trousses…

Enfin !

Elle aperçut au loin Alexandre.

Malgré le choc de l'altercation, un sourire se forma sur le visage de Cassandre. Soulagée d'entrevoir celui qu'elle aimait. Avec lui, elle était désormais en sécurité. Elle allait d'abord lui annoncer qu'elle était enceinte. Après seulement, elle lui parlerait de son agression, de Christophe, du chantage exercé depuis de longs mois. Son chéri lui pardonnerait, c'est sûr. Après tout, ce n'était pas sa faute. Elle partit à la rencontre d'Alexandre.

Sauvée.

Cassandre était sauvée…

33

D'une pierre deux corps

28 janvier 2020, 15 jours après les faits

Mon cher Cédric,
Seul ami qu'il me reste.
Quand tu auras terminé la lecture de cette lettre, tu ne le seras certainement plus. Et ça, je le conçois tout à fait.
Qui pourrait demeurer intime avec un être comme moi ?
J'ai tué Cassandre.
Et Christophe... mais cela n'a pas vraiment d'importance, car il le méritait. Après ce qu'il lui a fait subir. Comme je méritais de ne plus vivre, après ce que j'ai fait à celle que j'aimais plus que tout.
Si je ne t'en ai pas parlé, c'est simplement parce que je ne m'en remémorais pas. Tout m'est soudainement revenu en tête : j'ai été éclaboussé par cette horrible vérité. Cette vérité qui m'empêche de rester en vie plus longtemps... Le temps de te rédiger cette lettre à quelques pas du cadavre d'un monstre, et tout ça ne sera plus qu'un lointain souvenir. Lorsque tu liras ces quelques lignes, un être mauvais, malveillant, impitoyable, un redoutable prédateur aura quitté ce monde. Pour aller où, me diras-tu ? Je ne sais guère. Loin, je l'espère. Le plus loin possible... Hors de portée. Hors d'état de nuire.
Je suis malade, Cédric. Je l'ai toujours été. Cassandre et Christophe ne sont pas les premières victimes de ma folie. Il y a aussi eu Louis. Un innocent, à l'instar de Cassandre. Tout cela me semble presque irréel, mais dans une sorte de flash, j'ai revu tous mes crimes... Je suis revenu ici pour vérifier que mon esprit ne me jouait pas un énième tour : en voyant le cadavre de Christophe, je ne peux plus nier ce que j'ai fait. Simplement y mettre fin.

Aucune excuse, la plus solide soit-elle, ne pourrait justifier mes actes, mais j'ai compris que mon traumatisme remontait à l'enfance. Ce second moi, cette personnalité distincte, je l'ai développée pour me protéger de ce monde et de ses dangers. Avant d'en devenir un à moi tout seul. Peut-être même plus nuisible que les autres...

Je n'ai semé que le malheur sur mon passage, Cédric. Je ne manquerai à personne. Pas même à toi. Tu me haïras sans doute désormais, comme le feront tous les autres. Sache que je ne t'en veux pas le moins du monde pour ça. C'est tout à fait compréhensible, après le poignard que je t'ai planté dans le dos. Le bâton que j'ai planté dans le ventre de Cassandre. Tu as dépensé ton temps, ton énergie à retrouver la trace d'invisibles kidnappeurs, violeurs et tueurs, alors que tu avais le pire des démons en face de toi... Si tu savais comme je m'en veux d'être ce que je suis. D'avoir tout gâché avec celle que j'aimais. Avec qui j'aurais pu construire un avenir, une famille. Avec qui j'aurais pu être le plus heureux des hommes.

Je tenais simplement à t'exprimer, une dernière fois, tout le respect que je te porte. Et à te demander un dernier service, en souvenir de notre amitié passée : dis à mes parents que je les aime. Que ce n'est pas leur faute. Que je m'excuse d'être tombé aussi bas. Qu'ils ont fait de leur mieux pour m'accorder une seconde chance. Mais que le fruit était antérieurement pourri... Qu'ils ne méritaient vraiment pas ça. Car si tu ne leur dis pas pour moi, qui le fera ? Je peux d'ores et déjà les voir en pleurs en lisant les articles de presse qui me seront consacrés. Jamais ils ne s'en remettront...

Dis à Sophie que j'ai tenté de la protéger comme je le pouvais. Que tout a dégénéré, et que je n'avais pas prévu cela. Dis-lui que je l'aime également.

Désolé d'avoir trahi la confiance que tu m'avais accordée. Si j'ai eu la preuve que les coups de foudre existent en amour, je pars conforté dans l'idée qu'en amitié aussi, Cédric. Désolé pour ce que j'ai été, mon cher ami. Pour ce que je ne serai plus...

Alexandre

La lettre, que tenait Alexandre dans sa main gauche, était couverte de sang. Tout comme l'intérieur de la chambre à coucher, éclaboussée par quelques morceaux de cervelle. Le lit de bébé semblait flotter paisiblement dans un océan rougeâtre. Près de la main droite du mort, dont la paume était désormais dirigée vers le ciel, trônait l'arme avec laquelle il avait mis fin à ses jours. Un revolver 357 Magnum équipé d'un silencieux. La joue droite du jeune homme, du moins ce qu'il en restait, se décomposait au sol.

Voilà donc pourquoi je n'ai pas réussi à te joindre après l'identification de Cassandre…

La vision était insoutenable. Cédric, qui en avait pourtant vu d'autres, était mal à l'aise. Il se détourna, décontenancé.

Hors de lui.

Une fois de plus, il était arrivé trop tard.

N'ayant jamais vu la voiture d'Alexandre lors de leurs deux rendez-vous à la Brasserie alsacienne, il ne l'avait remarquée qu'après avoir inspecté la maison de campagne. Il y avait découvert le corps de Christophe, baignant dans une mare de sang, séparé par une dizaine de centimètres de sa tête. Cette dernière présentait plusieurs traces de morsures sévères. Sa lèvre inférieure, ainsi que l'une de ses oreilles pendaient, à moitié arrachées.

Le tout était déjà en état de décomposition avancée. L'odeur, insoutenable également…

L'inspecteur David avait trouvé une certaine ressemblance entre la scène de crime et celle du mont Saint-Quentin, tout aussi sauvage, tout aussi bestiale, presque surréaliste…

Mais jamais il n'aurait soupçonné Alexandre avant d'avoir trouvé la lettre que ce dernier lui avait adressée. Même toutes les preuves ADN réunies, l'inspecteur aurait eu du mal à croire à une éventuelle culpabilité de celui qu'il considérait encore, à ce moment-là, comme son ami. Il aurait même opté pour une mise en scène destinée à l'accuser sans la lecture de ces quelques lignes tachées de sang.

Une déception, tout aussi cruelle que le crime qu'avait commis Alexandre envers la femme qui attendait le fruit de leur amour. Il s'en voulait de n'avoir rien pu faire. De n'avoir rien remarqué. D'être passé totalement à côté de cette affaire, qui n'avait pas fini de révéler toutes ses surprises.

Les différents fragments du corps de Martial furent découverts à Sedan quelques mois plus tard, par le meilleur ami de l'oncle de Christophe. Ce dernier lui avait révélé le secret d'un coin à champignons fabuleux où l'avait un jour emmené son compère d'antan. Il y revenait depuis tous les ans, aux premiers rayons de soleil du printemps. La cueillette s'était révélée fructueuse, bien au-delà des espérances du vieillard, qui n'était pas tombé que sur des fongus... Le récoltant avait lâché son panier en osier chargé à ras bord en tombant sur un os.

De taille.

Il avait tout d'abord découvert une jambe, puis un tronc... avant de dénicher une tête, celle de Martial, déjà remplie de différents insectes nécrophages, mouches, larves, vers et papillons, venus se sustenter. Ce qui avait permis aux enquêteurs d'estimer à combien de temps remontait le décès.

Un corps en putréfaction sert en effet de refuge à toutes sortes d'insectes qui viennent se nourrir et y pondre dans un délai très rapide grâce à leurs antennes dotées de récepteurs chimiques. Ils sont capables de percevoir à plusieurs kilomètres à la ronde des effluves de matière organique en décomposition, l'odeur cadavérique, puis le rancissement des graisses... Ce qui facilite bien souvent le travail des techniciens en identification criminelle.

Les prélèvements entomologiques avaient ainsi fourni de précieux indices à ces derniers, qui avaient néanmoins mis plusieurs jours à identifier la victime, en se basant sur les récents avis de recherche nationaux… Moins efficaces que les insectes !

Le rapprochement avec l'affaire Cassandre avait alors été fait. Les enquêteurs, en reconstituant le déroulé de l'histoire, en étaient arrivés à la conclusion que ce dernier avait été assassiné par son meilleur ami, Christophe.

Après l'aparté dans la salle d'interrogatoire D du commissariat de police, l'inspecteur David avait foncé dans le magasin de sport dont était responsable Christophe Schneider, et avait cuisiné les employés pour obtenir quelques informations. Dont l'adresse exacte de ses deux résidences, ainsi que de son lieu de villégiature, connu que d'une poignée de personnes, à Barcelone. Après avoir réservé un vol pour le lendemain, l'inspecteur s'était rendu dans l'appartement messin, vide, puis dans la maison de campagne de Christophe à Bar-sur-Aube, où il avait fait d'une pierre deux coups en retrouvant le corps des deux hommes.

Très vite, des renforts l'avaient rejoint sur place. Il n'avait eu d'autre choix que de leur laisser la lettre, examinée par la police scientifique. Une conférence de presse avait été organisée quelques jours plus tard, en compagnie du procureur de la République, du commissaire Rossetti et du maire de la commune. Olivier Covo avait reçu l'ensemble des informations une vingtaine de minutes avant le début de cette dernière et avait rédigé un article sur le web dans la foulée. Le papier avait fait grand bruit et avait été relayé par de nombreux journaux nationaux, alors même que la réunion, au cours de laquelle aucune information supplémentaire ne fut dévoilée, battait son plein.

Un cahier spécial de quatre pages avait été publié le lendemain matin dans le quotidien régional, les journalistes de la rédaction y témoignant sur Alexandre dans un mur de parole.

« C'était la gentillesse incarnée ! », « Je ne l'imagine toujours pas faire une chose pareille », « Et dire que je suis déjà allée dîner avec ce détraqué ! ».

Des sentiments et réactions divers fusaient au sein de l'équipe, visiblement choquée par cet épisode. Mais nul ne semblait se douter des troubles dissociatifs de l'identité dont Alexandre souffrait depuis de longues années. Après tout, comment auraient-ils pu, alors qu'Alexandre lui-même les ignorait ? Non, ils n'étaient pas à blâmer et on pouvait très bien comprendre l'effroi de certains d'avoir travaillé aux côtés d'un homme capable de mettre fin aux jours de la femme qu'il aimait et de l'enfant qu'elle attendait...

FAITS DIVERS

Toute la vérité sur l'affaire Cassandre

La jeune femme de 24 ans, dont le corps a été découvert au mont Saint-Quentin, a été sauvagement assassinée par son fiancé. Ce dernier aurait également tué l'employeur de Cassandre dans sa résidence auboise, avant de se suicider. Le crime pourrait être passionnel.

Le corps d'Alexandre Di Lorenzo, le fiancé de Cassandre Luce, a été retrouvé dans une maison de campagne de Bar-sur-Aube, à côté d'un autre cadavre, celui du propriétaire de la bâtisse. Il s'agit de celui de Christophe Schneider, le responsable du magasin Gigasport, situé dans la zone d'activités commerciales d'Augny, à proximité de Metz. La jeune femme sauvagement assassinée le 13 janvier dernier dans les bois du mont Saint-Quentin (notre édition du 14 janvier, NDLR) y était employée. Les enquêteurs affirment avoir retrouvé une lettre de confession près du corps de l'ancien journaliste de notre rédaction. Il y avoue ses deux crimes.

La jeune femme était enceinte

L'homme de 27 ans l'a écrite à l'attention d'un ami avant de se suicider à l'aide de son revolver. « Reste à confirmer que la lettre a bien été rédigée par Alexandre Di Lorenzo. Nous en saurons plus dans les prochaines heures, après analyse des enquêteurs », indique Denise Chabraud, procureure de la République. La lettre est actuellement examinée par des experts en comparaison d'écriture de la police scientifique. Selon les médecins légistes, la jeune Cassandre était enceinte de plusieurs semaines. Des sources affirment qu'elle devait se marier à l'été avec Alexandre, et qu'elle entretenait une liaison avec son patron. Tout porte donc à croire que l'assassinat de Cassandre est de nature passionnelle.

Dans quelques minutes, la police tiendra une conférence de presse en compagnie du ministère public et du premier édile de la commune.

Olivier CORVO

34

Noyade en eaux troubles

Début du printemps 1999

J'arrive péniblement à me redresser. Je crois que j'ai plusieurs côtes cassées, ou fracturées. Pour dire la vérité, je n'en sais rien, j'ai simplement très mal. J'atteins les clés de la commode, scotchées en dessous du tiroir. Je tremble en tentant de l'ouvrir, mais y parviens finalement. Je me saisis alors de l'arme.

Je ne me souvenais plus qu'elle était aussi lourde. J'espère pouvoir réussir à appuyer sur la détente. Il me faudra sûrement les deux mains. Je ne suis pas aussi fort que papa. Loin de là.

Les munitions…

Elles sont dans le tiroir d'à côté. Il n'est pas fermé à clé. Vite, Sophie gît au sol, il y a du sang partout. Papa est inarrêtable. Combien de balles seront nécessaires pour en venir à bout ? Une, deux, trois… J'espère que ça suffira à l'abattre. Je les charge dans le barillet du revolver…

— Sale petit enfoiré ! Je vais te tuer !

Trop tard… Papa a entendu le bruit.

Sophie, elle, est inerte.

La bête fond sur moi.

Un bruit assourdissant retentit. C'est la première fois que j'entends un coup de feu. Voilà, j'ai tiré ; la bête s'est effondrée, les yeux grands ouverts, comme surprise de trouver enfin un peu de répondant en face d'elle. Elle ne manquera à personne. Je crois qu'elle est morte.

Sophie est sauvée.

Moi, perdu.

Dans quelques instants, j'aurai tout oublié…

Les abus physiques et sexuels à répétition avaient fini par avoir un impact considérable sur la santé mentale du jeune garçon. Si bien que plusieurs régions de son cerveau, dont le cortex orbitofrontal, l'hippocampe, le gyrus parahippocampique et l'amygdale, en avaient été sévèrement affectées.

Alexandre effectuait ainsi, à chaque nouvelle agression, des expériences de dépersonnalisation. Il n'était plus qu'un observateur de sa propre vie.

Le corps engourdi, bien loin de ses propres pensées, sentiments, sensations corporelles et actes. Il s'imaginait être dans sa chambre à coucher, dans le noir, et observer les abus de son père sur sa sœur, Sophie.

Un engourdissement physique intense et des distorsions temporelles, visuelles et auditives accompagnaient chacun de ces épisodes. La télévision, pourtant proche de lui lorsqu'il était sur le canapé en présence de son paternel, lui paraissait très lointaine ; et il transformait le son de ses propres plaintes en gémissements de sa sœur.

Les gestes sexuels qu'il effectuait alors sur son père étaient ceux d'un automate, et il aurait bien été incapable de les répéter ou de s'en souvenir lorsqu'il était dans une phase de pleine conscience.

Un moyen que son cerveau avait mis en place pour le protéger en se détachant du monde extérieur, en créant une imposante muraille l'isolant de toutes les agressions, tous les abus, tous les dangers.

Le lendemain, il ne pouvait se rappeler les scènes qu'il avait vécues. Les seules informations auxquelles sa mémoire lui permettait d'accéder étaient d'avoir été témoin de quelques gémissements et mouvements de sa sœur, sur le canapé du salon, à travers l'entrebâillement de la porte.

Un vague souvenir dans la pénombre et un sentiment de flottement sur son lit l'accompagnaient chaque matin…

Il n'était pas conscient de cette amnésie dissociative et ne parlait pas avec sa sœur de ce qu'il se passait. De toute manière, même si elle avait évoqué le sujet, il ne l'aurait pas crue…

Cette amnésie psychogène ne se limitait pas aux évènements stressants ou traumatiques tels que les abus sexuels et violences subies, il arrivait également à Alexandre de ne pas garder en mémoire certaines informations ordinaires.

Ce qui lui causait bien des soucis pour suivre une scolarité normale. Il avait du mal à se concentrer, oubliait de faire ses devoirs, ne se souvenait plus de certaines leçons qu'il avait pourtant apprises auparavant.

Son professeur de l'époque mettait ça sur le compte de son récent changement d'établissement scolaire, à la demande du proviseur de son ancienne école à la suite d'une bagarre intervenue dans la cour de récréation. Ce dernier ayant ainsi voulu laisser une seconde chance à cet enfant fragile, et d'ordinaire si calme et poli, visiblement métamorphosé par la disparition de sa mère. À la première récidive de violence envers l'un de ses camarades, il serait redirigé vers un apprentissage spécialisé.

Cette perte de mémoire le poursuivrait toute sa vie, dans sa vie professionnelle comme dans sa vie sociale ou amoureuse…

Mais le plus inquiétant dans tout cela ne résidait pas dans cette amnésie, mais dans la seconde personnalité qu'avait développée Alexandre via ce trouble dissociatif de la personnalité.

Imaginant son père comme une bête féroce, surpuissante, dotée d'une mâchoire de carnassier qui ne ressentait ni peur ni pitié, il pouvait brutalement changer d'identité et s'identifier à ce dernier.

Ainsi, dans des moments de stress intense, de sentiment d'injustice ou de danger, il changeait catégoriquement ses attitudes, préférences et points de vue. Il lui arrivait alors d'avoir une perception différente de son corps, sa personnalité première passant totalement le flambeau à la seconde, agressive, sauvage et imprévisible.

Tout chez lui était alors transformé : ses goûts, ses sensations n'étaient plus les mêmes, sa façon d'agir, de réfléchir, ses repères. C'est ce qu'il s'était passé dans la cour de récréation de l'École de la Blies, lorsqu'il avait défiguré le jeune Louis, d'ordinaire bien plus fort que lui, et son ami. En temps normal, il n'aurait jamais osé se battre contre lui, conscient de son infériorité ; et freiné par tous les moments d'amitié qu'ils avaient partagés depuis plusieurs années.

Ce jour-là, il n'y avait aucune place pour le doute, la peur, la pitié ou l'affection dans l'attitude d'Alexandre. S'il n'avait pas été séparé de sa proie, il aurait d'ailleurs très bien pu la dévorer, son goût du sang ayant pris, après la première morsure, le dessus.

Il n'en avait à vrai dire aucun souvenir, et avait été très surpris du changement de comportement de ses camarades vis-à-vis de lui lorsqu'il les avait croisés en marchant près de son ancienne école.

Jordan, Charles, Sébastien et Samy, la bande habituelle avec qui il traînait, l'avaient esquivé. Il s'était étonné de ne pas voir Louis, qui complétait auparavant, avec lui, la joyeuse troupe.

Ce dernier, défiguré, suivait désormais une éducation et des soins spécialisés à domicile. Depuis son agression par Alexandre, il avait peur de tout, honte de son physique, et n'était plus sorti de chez lui.

Il n'en échapperait d'ailleurs plus jamais, mettant quelques années plus tard fin à ses jours, en se pendant à l'une des poutres de sa chambre à l'aide d'une corde ; ne supportant plus sa vie ni son visage.

35

Meurtre au mont Saint-Quentin

13 janvier 2020, le jour des faits

Cassandre était en retard. Peut-être se donnait-elle du courage avant de m'annoncer la terrible vérité de sa liaison avec son patron. Cela faisait près de dix minutes que je l'attendais au pied du chêne, et m'apprêtais à regagner la voiture...

C'est là que je l'ai vue. Au milieu de cette immense forêt qui nous était, à tous les deux, familière. J'avais le souffle court devant sa beauté.

Elle demeurait telle que dans les souvenirs de nos premiers émois. Jolie. Rayonnante. Ses longs cheveux blonds, son visage si doux lui donnaient l'apparence d'un ange. Il émanait d'elle quelque chose de céleste. D'apaisant. Comme si ce qu'elle s'apprêtait à me divulguer allait embellir considérablement le reste de ma vie. Je devais sûrement me faire des idées... Je me remémorais à cette seconde le mail de Christophe avec qui elle me trompait depuis d'interminables semaines.

Elle allait indubitablement m'annoncer, d'ici quelques instants, qu'elle prenait le large à ses côtés. Qu'importe la raison pour laquelle elle m'avait remplacé, et le lieu où elle allait ; je me rendais compte que j'allais la perdre, cette fois-ci, pour de bon. Pourquoi m'abandonnait-elle, moi, son ami, son amant, son âme sœur, à quelques mois seulement de notre mariage ?

Son pas était gracieux, son regard serein. Ses deux grands yeux bleus en amande me fixaient alors qu'elle avançait en prenant soin d'éviter les branches et troncs d'arbres qui semblaient avoir été fracassés sur le sol avec violence.

Il ne faisait nul doute qu'une tempête était passée par là, décimant chênes, charmes et hêtres sur son passage.

Quelque chose d'inquiétant planait au sein de l'atmosphère ambiante.

Le craquement de ses pas au contact des feuilles mortes résonnait dans toute la forêt, créant une sinistre mélodie.

Alors qu'elle n'était plus qu'à quelques mètres de moi, elle esquissa un léger sourire. Je m'imaginais déjà la prendre dans mes bras pour ne plus jamais la lâcher, la convaincre de ne pas partir. Passer ma main dans ses cheveux, jouer avec, les caresser longuement. L'aimer, comme j'aurais dû plus le faire ces derniers temps.

Une douleur, un sentiment étrange que j'avais déjà éprouvé par le passé me revint soudainement. Mon corps tout entier devint plus puissant, plus vif, plus nerveux. Ma vision des choses changea alors radicalement. J'étais tout à coup telle une bête sauvage sur son territoire de chasse, guettant sa proie à la tombée de la nuit.

Mon esprit ne ressentait plus que colère et cruauté.

Cassandre me trompait, allait me quitter, rompre la promesse qu'on s'était faite, des mois plus tôt, au pied de ce même chêne... Elle ne méritait pas de vivre.

Je la frappai violemment au visage. Son doux sourire laissa brusquement place à une terrible expression de peur, d'incompréhension.

Elle fondit en larmes. Je laissai ma haine et ma colère s'exprimer sur elle, multipliant les coups, déversant un flot ininterrompu de morsures, de griffures, de coups de bâtons.

Cassandre se débattit.

Pris dans un véritable élan de folie, je n'arrivais plus à discerner les mots qu'elle prononçait à mon égard.

— Encein...

J'étais littéralement hors de contrôle.

Bientôt, sa robe blanche, tout comme son visage, se tacha de sang.

Elle devint méconnaissable.

Son cri strident retentit à plusieurs centaines de mètres à la ronde.

Soudain, tout me revint en tête.

Une sorte d'électrochoc porté par l'ensemble des cellules de mon corps me secouait chaque organe, chaque nerf, chaque muscle. J'étais pris de convulsions et tout semblait tourner à une vitesse folle autour de moi. Je vomissais, plusieurs fois, comme si mon esprit ordonnait à mon corps d'expulser au grand jour ce souvenir enfoui au plus profond de moi.

Je me rappelais désormais parfaitement la scène.

Une scène de crime.

Comment j'avais méticuleusement dissimulé tout indice qui pourrait me lier à cet acte barbare ; inhumain.

Oui, je l'avais tuée.

Parce que je l'aimais plus que tout. Parce que la simple idée qu'elle puisse être touchée, enlacée par un autre homme m'était tout simplement insupportable. L'idée que quelque part, là-bas, quelqu'un d'autre lui dise « je t'aime », lui caresse ses longs cheveux blonds, embrasse le grain de beauté qu'elle présentait sur sa lèvre supérieure, sente son odeur, la fasse rire, rêver, jouir, pleurer, partage ses doutes et ses envies, ses craintes et ses désirs, était pour moi pire que la mort. La pire des tortures. Alors oui, j'avais préféré la tuer. Je ne l'avais pas décidé, cela s'était tout simplement fait ainsi.

Cela devait se faire ainsi. Je n'avais de toute manière aucun contrôle là-dessus. Je m'étais en quelque sorte tué par la même occasion, me plongeant dans une léthargie encore plus intense qu'habituellement. Le choc avait été très violent. Si violent, pour elle comme pour moi, que j'étais tombé dans une sorte d'état second, mon esprit emprisonné dans un abysse si profond que c'était un véritable miracle que tout me revienne ainsi en mémoire. Une partie de mon cerveau avait ce jour-là arrêté de fonctionner, une autre avait pris le dessus. Cela m'était déjà arrivé à plusieurs reprises.

J'étais fou.

Malade.

En proie à je ne sais quels troubles mentaux. Refoulant au plus profond de moi ce qu'il s'était passé dans un rêve lointain, qui me rongeait de l'intérieur, comme une tumeur inguérissable.

Chaque nuit, depuis son meurtre, j'avais entendu son cri strident dans mes rêves. Dans ce rêve, ou plutôt ce souvenir, qui n'avait de cesse de se rejouer en boucle. Tourmentant chaque jour un peu plus mon esprit jusqu'à ce que la réalité m'apparaisse enfin. Une horrible vérité. Celle d'un meurtre à mains nues. D'un véritable massacre.

Alors qu'elle s'avançait vers moi le sourire aux lèvres pour me prendre dans ses bras, plus amoureuse que jamais, je l'avais frappée, plusieurs fois. Avant de lui enfoncer un bâton dans le ventre.

Alexandre, je suis enceinte... avait-elle soufflé tout en se débattant, avant de pousser un cri indescriptible en réalisant que j'étais en train de lui ôter la vie. Et celle de notre enfant.

Sa robe blanche était devenue rouge.

Elle me suppliait des yeux de ne pas faire ça, d'arrêter. Et comme elle n'était pas morte sur le coup, je finissais le travail à l'aide d'une grosse pierre que j'avais ramassée au sol. Je lui fracassais le crâne, à ma chérie.

Mon goût du sang prenait alors le dessus et, incapable de résister à cette proie fraîchement tuée, je plantais mes dents dans sa chair, lui dévorait le visage.

Qu'est-ce qu'elle avait bon goût !

Chapitre dernier
Bienvenue en enfer

Encore un bref instant de courage.
Voilà, c'est fait.
J'ai pressé la détente, ma vie est désormais derrière moi. Si on m'avait demandé, il y a encore quelque mois de cela, ce que je pensais de la mort ? J'aurais bien trop à y perdre, aurais-je répondu. Peu m'importe maintenant que j'ai tout perdu…

Vais-je enfin pouvoir oublier ce que j'ai fait ? Comme mon esprit avait décidé de le faire des semaines, des mois, des années durant… La reverrai-je désormais ? M'aimerait-elle toujours ? Et si oui, me pardonnerait-elle de l'avoir tuée ? Parviendrai-je à oublier le regard de supplication qu'elle m'a lancé alors que je lui ôtais la vie ?

Je n'ai même pas le temps d'imaginer une réponse à toutes ces questions que me voilà plongé dans une nuit glaciale et profonde. Ne m'avait-on pas parlé d'une lumière rassurante au bout d'un tunnel ?

Qu'importe, cela est sans doute réservé aux personnes qui ont fait le bien autour d'eux. Pas aux individus de mon espèce, pas à ceux qui ont du sang pur sur les mains. Le sang de la personne que j'aimais le plus au monde, qui plus est.

Oh, il m'est sûrement déjà arrivé de faire du bien, mais cela est désormais trop lointain. Et n'a plus vraiment d'importance.

Ici, le temps semble s'être figé, il fait nuit noire et j'ai froid. Très froid. J'ai mal, je sens encore l'impact de la balle dans ma bouche, jusqu'à l'arrière de mon crâne. Et le bruit du canon du 357 Magnum avec lequel j'ai mis fin à mes jours.

Et à ceux de mon père. Il y a longtemps. Mais ça, personne ne le sait. Je viens d'ailleurs à peine de m'en rappeler. Ça restera notre petit secret… Les enquêteurs ont à l'époque conclu au suicide.

Il n'aurait, selon eux, pas su faire face à la perte de sa femme. Et aurait pété les plombs, un soir, battant ses enfants, pratiquement à mort, avant de se tirer une balle dans la bouche.

Comment auraient-ils pu me soupçonner, moi ? Il faut dire que j'ai parfaitement maquillé le meurtre. Je suis doué pour effacer les traces. En effet, j'ai toujours eu le recul nécessaire pour le faire, ayant vécu la plupart des scènes de violence comme un spectateur.

De toute manière, il méritait de mourir. C'est à cause de lui qu'est morte maman, et que Sophie et moi avons été séparés chacun dans une famille d'accueil. Je ne l'ai d'ailleurs plus jamais aperçue. Mes parents adoptifs m'ont un jour dit qu'elle ne souhaitait pas me revoir… Qu'elle désirait tirer un trait sur son passé. Que c'était trop dur. Et qu'elle était encore trop fragile. Je me souviens d'avoir été triste. Je l'aimais, Sophie. J'espère qu'elle va bien. Qu'elle a réussi à se reconstruire. Qu'elle ne m'en veut pas trop d'avoir tué papa. Et qu'elle n'a pas terminé comme moi… en miettes.

J'ai la gorge en feu et je ne peux plus parler. Je ne peux pas appeler Cassandre.

Je la cherche dans l'obscurité, mais elle n'est pas là. Je souffre comme jamais.

Seul.

Abattu.

Même si, au loin, un long et sinistre gémissement n'a de cesse de se rejouer encore et encore.

Le cri strident de Cassandre.

Il s'éloigne à mesure que je tente, péniblement, de m'approcher de lui. Il demeurera ainsi, lointain. Ce sera là mon éternel châtiment. Emprisonné, pour toujours, dans ce pesant enfer, le cœur et le visage en lambeaux. Me souvenant du mal que je lui ai fait. Que je nous ai fait.

Jamais je ne la reverrai.

Épilogue

Catherine, Karine, Alexandra, Carine, Anonyme, Nirojini, Aurélie, Mélissa, Sylvina, Brigitte, Hanane, Anonyme, Korotoume, Célène, Christine, Anne-Sophie, Dina, Pascaline, Georgette, Déborah, Monica, Sarah, Franciele, Sylvie, Joelle, Manon, Yasemin, Natacha, Raymonde, Gwenaëlle, Hillary, Laure, Janaina, Mathilde, Valérie, Marguerite, Genevieve, Anne, Lorena, Karine, Avril, Fouad, Luna, Anonyme, Alissatou, Virginie, Anonyme, Alaïs, Sonia, Brigitte, Aurélie, Jacqueline, Anonyme, Madalina, Grâce, Cécile, Jessyca, Camille, Lola, Anonyme, Xiao, Salma, Magdalena, Séverine, Anonyme, Céline, Sandy, France, Herma, Linda, Claudette, Sylvie, Fatiha, Jennifer, Florence, Anonyme, Laura, Véronique, Dialine, Andrée, Marie-Amélie, Brigitte, Virginie, Laeticia, Anonyme, Valérie, Tiffany, Lisiane, Olivia, Karina, Simone, Emmanuelle, Mélanie, Laeticia, Valérie, Maelys, Sabrina, Bettina, Thérèse, Aurore, Lucette, Nathalie, Jeannie, Myriam, Marcelle, Barbara, Khaddija, Valérie.

Elles sont au nombre de 98 et sont nos sœurs, mères, amies, voisines, cousines, collègues de boulot. Elles ? Les femmes tuées par leur conjoint ou ex-conjoint en 2020... Bien trop précieuses pour qu'elles ne tombent dans l'oubli – classées au rang de simples numéros, destinées à alimenter les statistiques annuelles de l'État... C'est pourquoi le collectif associatif « Féminicides par compagnons ou ex » a tenu à rendre hommage à ces 98 femmes en érigeant un mémorial rue Bouvier à Paris sur lequel figure leurs prénoms... Pour qu'elles ne deviennent pas de simples numéros, rappelons-nous ici de leurs prénoms.

Cassandre aurait été l'une d'entre elles.
Ce roman leur est également dédié.

Remerciements

Je tenais à remercier toutes celles et ceux qui m'ont encouragé à me lancer dans cette aventure.

Catherine, la première personne à avoir lu le manuscrit.

Rose, Constance, Rose-Marie, Adeline, Hilomi, Clément, qui l'ont suivi de près. Pour vos précieux avis et conseils, merci. Pour vos critiques et corrections, merci également.

Et à Guillaume, sans l'enthousiasme de qui le manuscrit aurait pris la poussière dans le fond d'un tiroir.

Merci à Yoann pour son appel téléphonique, la veille du réveillon de Noël, m'annonçant qu'il verrait bien ce roman rejoindre la nouvelle collection Black Files de JDH Éditions.

PREMIÈRE PARTIE 9
  De douces retrouvailles 11
  L'horreur du quotidien 13
  Le visage de la honte 18
  Rendez-vous en terrain connu 27
  En quête de réponses 36
  À la bonne heure 46
  Le secret de tes yeux 53
  Copains comme cochons 59
  De merveilleuses imperfections 65
  Nous serons enfin réunis 78

DEUXIÈME PARTIE 83
  Mon père, ce héros 85
  Un long silence de fiançailles 89
  Comme un lapin 96
  Un vieux réflexe 103
  Tombe la neige 111
  Où suis-je ? 117
  Une surprenante découverte 119
  Témoin malgré lui 126
  L'ultimatum 129
  Amis pour le meilleur et pour le pire 134

TROISIÈME PARTIE 145
  Un film en famille 147
  Incontrôlable 153
  Un train de retard 158

Une biche égarée	171
Le talon d'Achille	177
Magic Flic	188
Une dernière pensée	196
Le face-à-face	198
Sur ses deux oreilles	201
L'hydre à deux têtes	205
Un petit trouble et puis s'en vont…	214
Sauvée	220
D'une pierre deux corps	224
Noyade en eaux troubles	231
Meurtre au mont Saint-Quentin	235
Bienvenue en enfer	239
Épilogue	241
Remerciements	243

À découvrir dans la collection Black Files

La deuxième plume de Franck Bel-Air

de William Techer-Perez

Black
Files

Découvrez les autres collections de JDH Éditions

Magnitudes

Drôles de pages

Uppercut

Nouvelles pages

Versus

Les Collectifs de JDH Éditions

Case Blanche

Hippocrate & Co

My Feel Good

Romance Addict

F-Files

Les Atemporels

Quadrato

Baraka

Les Pros de l'Éco

Sporting Club

L'Édredon

La revue littéraire de JDH Éditions

Venez découvrir les textes de la revue

**Textes et articles dans un rubriquage varié
(chroniques, billets d'humeur, cinéma, poésie…)**

Suivez **JDH Éditions** sur les réseaux sociaux
pour en savoir plus sur les auteurs,
les nouveautés, les projets…

Inscrivez-vous à notre Newsletter sur
www.jdheditions.fr
Pour recevoir l'actualité de nos nouvelles
parutions